Ce livre appartient à :

....

Chère Jane Austen

Commérages et confusion 1

BÉATRICE ÉGÉMAR

City
Roman

Retrouvez tous les titres City Éditions :

www.city-editions.com

© City Éditions 2025
Couverture : Constance Clavel
ISBN : 978-2-8246-3037-3
Code Hachette : 23 3719 0

Collection dirigée par Christian English & Frédéric Thibaud
Catalogues et manuscrits : city-editions.com

Dépôt légal : Septembre 2025

« Je déclare qu'après tout, il n'y a pas de plaisir qui vaille la lecture ! »
« La personne qui n'éprouve pas de plaisir à la lecture d'un bon roman ne peut qu'être d'une bêtise intolérable. »

JANE AUSTEN

À ma chère Élisabeth, en espérant
qu'elle attrapera, elle aussi, le virus austenien.

Personnages réels :

Jane Austen
Cassandra Austen, sa sœur
Henry Austen, son frère

Personnages issus de l'imagination de l'autrice :

Mr et Mrs Spencer
Anne Spencer, leur fille
Lady Caroline Mitford
Francis Clarke, son neveu
Grace Bolton, sa filleule
Trilling, son majordome
Jenny, cousine de Mrs Spencer
David Burnett, son époux, homme de loi
Thomas, Juliet et Frederick, leurs enfants
Rose, la nounou
Imogen Landry, leur gouvernante et cuisinière
Mr Landry, son époux, cocher et homme à tout faire
Polly, servante aux ordres de Mrs Landry
Le révérend Herbert Nicolls,
curé de Saint-Nicholas

Harriett, son épouse
Charity et Hetty, leurs domestiques
Miss Cavendish, amie des Nicolls
William Leroy, ami des Nicolls
Charlotte et Alice, ses sœurs
Ned, son frère ;
Mr Pearson, médecin
Mrs Pearson, son épouse
Le capitaine Glover, de la deuxième milice royale du Surrey
Sir Lawrence Burgess, magistrat

1

On pourrait penser qu'une femme ayant donné naissance à cinq garçons serait transportée de joie à l'idée de mettre au monde une fille, mais ce ne fut pas exactement le cas de Mrs Spencer. Bien sûr, elle se réjouit en voyant que sa petite Anne était bien dotée de deux yeux, deux bras, deux jambes et tout ce qu'on pouvait espérer d'une enfant en pleine santé, mais la bonne dame était tellement accaparée par le souci de sa maisonnée, particulièrement par les soins à donner à James, John, Edmund, Oliver et Robert, qu'elle n'accorda à sa fille qu'une affection distraite, du genre de celle qu'on dispense à un gentil animal familier. On le caresse de temps en temps, et on l'apprécie, à condition qu'il ne traîne pas trop souvent dans vos pattes et qu'il ne fasse pas pipi sur les tapis.

La famille Spencer vivait dans la petite ville de New Alresford, une bourgade du Hampshire au nord-est de Winchester, enrichie par le commerce de la laine et l'élevage de moutons. Les Spencer logeaient dans une respectable bâtisse sans charme, mais bien adaptée à une famille nombreuse, avec sa grande cuisine, ses nombreuses chambres en mansarde, et son jardin laissé à l'état de nature, que bordait un ruisseau. Les jeunes Spencer avaient l'habitude d'y observer les libellules, d'y attraper des grenouilles et d'y mouiller leurs souliers. Le père, Mr Spencer, un respectable gentleman, passait le plus clair de son temps seul, dans sa bibliothèque, à lire à l'abri du vacarme de sa progéniture. Son épouse avait fort à faire pour gérer la maisonnée avec les maigres revenus de leur petit domaine, que Mr Spencer administrait avec une désinvolture fâcheuse. Ainsi, par la faute de sa négligence, la famille, qui aurait pu vivre confortablement si ses biens avaient été correctement exploités, devait se contenter d'un revenu modeste. Heureusement, Mrs Spencer était dotée d'un grand sens pratique. Elle était économe, savait coudre, former ses domestiques et cultiver son potager. Elle avait beaucoup d'énergie et elle était d'une inépuisable bonne humeur, toujours prête à rire des bêtises commises par ses fils. Mrs Spencer se montrait ravie d'avoir de la visite, et ses voisines ne se privaient pas de venir chez elle, sachant qu'elles y trouveraient toujours du thé bien sucré, une tarte sortant du four et une oreille complaisante. Si l'on pouvait reprocher quelque chose à cette dame, c'était sa totale absence d'imagination et de curiosité. Comme si imagination et curiosité avaient sauté une génération pour façonner l'âme de sa fille Anne.

L'un après l'autre, les fils Spencer quittèrent le foyer pour poursuivre leurs études, ce qui s'avéra coûteux. Avec son enthousiasme habituel, leur mère trouva la solution : elle décida d'accueillir en pension de jeunes garçons que son mari et elle se chargeraient d'éduquer.

N'y avait-il pas des chambres libres ? Mr Spencer et elle – surtout elle, en vérité – ne s'étaient-ils pas correctement acquittés de leurs devoirs de parents en apprenant à leurs enfants à bien se tenir, à lire, à écrire, à réciter leurs prières et à compter ? Ils sauraient assurément en faire autant avec les jeunes gentlemen qu'on leur confierait ! Il se trouva dans le voisinage trois familles intéressées par cette proposition. Ainsi, la maison qui aurait pu profiter d'un calme bienvenu se trouva-t-elle à nouveau bruyante et remplie, au grand désespoir d'Anne.

Quiconque observait Anne Spencer au sein de sa famille ne pouvait s'empêcher d'être surpris. Elle était grande, mince et brune, avec de beaux yeux couleur noisette et un teint vif, alors que ses parents et ses frères avaient tous les cheveux blonds, les yeux bleus et une tendance à l'embonpoint. Quant à son caractère, il était calme et rêveur. Elle possédait une imagination des plus riches, à l'opposé du tempérament actif de sa mère et de la réserve distante de son père. Bref, Anne était une étrangeté dans la maison Spencer, tel un bébé perruche qui aurait été couvé par un couple de merles. Par la force des choses, elle s'était habituée aux grandes tablées bruyantes, aux courses des garçons dans les couloirs et aux montagnes de linge à laver, repriser et repasser. Mais la vie domestique, qui faisait le bonheur de sa mère, ne peut suffire à une jeune fille de dix-sept ans, surtout si elle est rêveuse : Anne avait son jardin secret.

Quand elle n'était pas occupée à une tâche ménagère, comme nourrir les poules, étirer une pâte à tarte ou visiter les pauvres, Anne se réfugiait dans la mansarde qui lui servait de chambre, et fermait la porte. Là, à l'abri des cris, des rires et des disputes, assise dans un vieux fauteuil couvert d'une tapisserie décolorée, elle s'adonnait à son activité favorite : la lecture. Elle dévorait les pièces de Shakespeare. Elle vibrait aux récits palpitants de voyages à l'autre bout du monde, et la poésie lui arrachait des soupirs et des larmes. Anne lisait avant de se lever, jusqu'à ce que le bruit des pas de la servante chargée d'allumer le feu la tirât du lit. Elle lisait dans la journée, quand son père vaquait aux devoirs de sa charge et que sa mère n'avait pas besoin d'elle. Elle lisait le soir, à la bougie, après avoir bâclé ses prières et avant de sombrer dans le sommeil. Bref, Anne était une jeune fille pleine de vie et de rêves romanesques, prête à devenir une héroïne.

Hélas, la vie ne lui en avait guère donné l'occasion, jusqu'au jour où Mrs Spencer, une lettre à la main, entra dans la cuisine où Anne était occupée à peler des pommes pour en faire une tourte.

— Anne, tu es là ? Je viens de recevoir une lettre de ma cousine Jenny.

Anne fronça ses jolis sourcils. Sa mère était issue d'une famille si nombreuse que la jeune fille s'y perdait.

— Jenny… La fille de votre tante Augusta ?

Mrs Spencer se mit à rire.

— Mais non, voyons ! Jenny est la fille cadette de mon oncle Roderick, celui qui s'est coincé la tête dans une roue de charrette quand il était petit !

— Je vois !

L'histoire de l'oncle Roderick était une de celles que sa mère racontait sans se lasser pour amuser ses invités. Elle y ajoutait tant de détails que Anne, quand elle était enfant, se représentait l'oncle Roderick comme une sorte de monstre à la tête déformée par les rayons de charrette. Elle fut fort surprise – et déçue – quand, à l'occasion d'une visite, elle découvrit que la forme de son crâne était d'une parfaite normalité.

— Elle habite Guildford, dans le Surrey. Elle a épousé un certain Mr David Burnett, cadet de bonne famille, qui travaille comme homme de loi.

— Je ne crois pas l'avoir déjà rencontrée, dit Anne. Et que vous écrit Jenny ?

— Elle m'annonce qu'elle vient d'avoir un troisième enfant. C'est pourquoi elle me demande de l'aide !

— Oh ! Vous allez y aller, j'imagine ?

Mrs Spencer ouvrit la bouche, stupéfaite. Cette idée ne lui était visiblement pas venue à l'esprit.

— Moi ? Seigneur, non ! Qui s'occuperait de la maison ? De ton père ? Des garçons ? C'est toi qui vas y aller, Anne, évidemment.

Un voyage ! Anne était enchantée, elle n'avait quitté New Alresford que deux fois, toujours avec ses parents, pour aller visiter un vieil oncle à héritage. Mais là, elle allait partir seule. C'était presque une aventure. Tandis que Mrs Spencer, avec son efficacité habituelle, préparait bavoirs, brassières et bonnets à offrir au nouveau-né, Anne faisait ses malles, glissant au milieu des bas, chemises et jupons de quoi se nourrir l'esprit : un exemplaire de l'*Illiade*, chipé dans la bibliothèque de son père, et son roman préféré, *Pamela ou la vertu récompensée*. Elle avait lu deux fois l'histoire de cette pauvre jeune fille obligée de travailler comme domestique, qui doit résister aux avances du fils de sa patronne. Chaque fois, elle versait des larmes délicieuses.

— Quoi encore ? murmura Anne. Ah ! Shakespeare, *Roméo et Juliette*, bien sûr, et aussi *Camilla*, de Frances Burney… Qui sait combien de temps je vais rester là-bas ? Je ne pourrai pas me passer de lecture ! J'espère que le cousin David a une bibliothèque bien garnie.

Ses bagages, qui à cause des livres, s'avérèrent bien plus lourds que ce à quoi l'on pouvait s'attendre venant d'une jeune fille, furent expédiés. Anne, confiée aux bons soins d'un voisin, prit la malle-poste qui reliait New Alresford à la petite cité de Guildford. Elle passa son temps le nez collé à la fenêtre. Quelle joie de voyager au printemps ! Ce n'étaient que collines verdoyantes, prés piquetés de pâquerettes et de boutons d'or, fermes pimpantes, brebis paissant avec leurs agneaux, cerisiers et pommiers en fleurs. Le ciel était bleu pâle, orné de petits nuages espiègles. *Je me demande à quoi va ressembler cette cousine Jenny,* songea Anne. *J'espère que ses enfants ne seront pas trop bruyants. Peut-être pourrai-je m'échapper de temps en temps pour me promener ? J'imagine que ma cousine Jenny sera très occupée par ses enfants, et que son mari sera un homme sérieux, tous les hommes de loi le sont, n'est-ce pas ? Peut-être y aura-t-il dans les environs des gens intéressants. Un jeune et beau gentleman, par exemple, que je pourrais croiser par hasard. Il inspecterait ses terres en marchant d'un bon pas, plongé dans ses pensées – car il aurait eu des malheurs. Il aurait perdu sa mère, ou son meilleur ami. Il tiendrait une canne à la main, et serait accompagné par son chien. Un épagneul ou un setter ? Non, un chien plus gros, imposant. Le chien se dirigerait droit vers moi, je n'aurais pas peur du tout, et le gentleman – James, ou Robert ? – serait impressionné par mon sang-froid...*

Ainsi Anne passait-elle son temps, et le trajet jusqu'à Guildford, qui n'était à vrai dire que de trente miles, lui parut finalement très court.

2

La malle-poste s'arrêta au beau milieu de High Street, la rue principale de Guildford, bordée de maisons cossues. Anne en descendit, encore étourdie par les secousses du voyage. Le voisin complaisant qui lui avait servi de chaperon ne poussa pas la galanterie jusqu'à l'accompagner jusqu'au bout.

— La maison Burnett est par là, miss, dit-il en tendant le bras vers une colline dominée par l'imposante ruine d'un château médiéval. Continuez sur High Street, passez le pont et tournez juste après l'église Saint-Nicholas.

— C'est le clocher que je vois là ?

— Oui ! Quand vous aurez dépassé l'église, vous verrez que la rue tourne. Vous longerez toute une série de maisons en briques, puis vous arriverez devant une grande bâtisse blanche isolée, avec une glycine. C'est là ! Au revoir, miss !

Vingt minutes plus tard, une Anne essoufflée poussait la grille d'une propriété. La maison, séparée de la rue par une allée de graviers qui crissaient sous les pas, était de belle taille, peinte en blanc, avec des volets bleus.

Une énorme glycine palissée au parfum sucré la recouvrait jusqu'au premier étage. De part et d'autre de l'allée, des rosiers en fleurs associés à des arbustes accueillaient les visiteurs. Tout cela parut de bon augure à la jeune fille, qui actionna avec énergie la cloche de l'entrée. Une domestique entre deux âges, à qui elle se présenta, la conduisit auprès de sa cousine Jenny.

Anne entra dans un petit salon, dont on avait tiré les rideaux pour atténuer la lumière. Elle aperçut deux personnes qui lui faisaient face : un petit homme trapu d'une trentaine d'années, à l'air austère, et une mince femme brune qui semblait nerveuse, vêtue d'une robe prune. Elle allait se diriger vers celle-ci, supposant qu'il s'agissait de sa cousine Jenny, quand une voix étouffée sortit de ce qui semblait être un tas d'étoffes empilées sur un sofa.

— Ah, voici ma petite-cousine Anne…

Jenny Burnett se redressa, faisant trembloter les boucles blondes qui encadraient son visage pâle. Elle était entortillée dans un grand châle des Indes aux couleurs fanées.

— Quel bonheur que vous soyez venue, j'ai tant besoin d'aide ! Excusez-moi si je ne me lève pas, Frederick m'a épuisée.

Le cerveau d'Anne réfléchit à toute vitesse : qui pouvait bien être Frederick ? Son mari, son fils ? Ah non, ce devait être le bébé…

Jenny la présenta à ses hôtes. L'homme austère, Mr Nicolls, était le curé de la paroisse, et la petite femme à ses côtés, son épouse. Mr Nicolls avait un visage flasque orné de favoris bouclés, auquel il s'efforçait de donner une expression sévère en plissant à demi les yeux derrière ses lunettes. Il salua Anne en s'inclinant avec componction. Son épouse murmura quelques mots inintelligibles auxquels Anne répondit par un sourire embarrassé.

— Je suis tellement soulagée de vous savoir ici, dit Jenny. Je suis très fatiguée depuis la naissance de Frederick, et sujette à de terribles maux de tête.

Elle porta gracieusement la main à son front.

— Je ferai de mon mieux pour vous aider, dit Anne.

— Notre chère Mrs Burnett a une complexion délicate, dit Mr Nicolls d'un air sentencieux. Extrêmement délicate.

Son épouse hocha la tête, tandis qu'Anne éprouvait un pincement d'inquiétude. Si la santé de sa cousine Jenny était vraiment fragile, il y aurait beaucoup à faire. Serait-elle à la hauteur de sa tâche ?

On entendit soudain des pas précipités dans le couloir, et deux enfants firent leur entrée. Le plus grand était un beau garçon blond, qui devait avoir sept ans. Il jeta un coup d'œil à Anne et alla aussitôt se réfugier derrière un rideau. L'autre, une petite fille au regard vif, s'approcha de la jeune fille et la tira par la jupe.

— Vous êtes la cousine Anne ?

— Juliet ! protesta sa mère. On ne tire pas la robe des dames, c'est très impoli !

— Qu'elle est charmante ! dit Mr Nicolls avec un rire peu naturel.

— Ce n'est pas grave, je ne suis pas vraiment une dame, s'amusa Anne.

Mais Jenny, contrariée, fronça les sourcils :

— Si, tout de même !

On échangea quelques platitudes. Anne avait-elle fait bon voyage ? Comment se portait cette chère Annabel – c'était le prénom de Mrs Spencer – ? Puis la conversation, qui était déjà languissante, s'arrêta tout à fait. Jenny, toujours souriante, semblait n'avoir rien à dire et n'en était pas gênée. Le révérend Nicolls regardait le plafond d'un air inspiré, tandis que son épouse, recroquevillée sur son siège, évoquait une souris empaillée oubliée dans un grenier. Seuls les deux enfants mettaient un peu d'animation : assis sur le tapis aux pieds de leur mère, ils chuchotaient en dévisageant Anne avec curiosité. La situation commençait à devenir gênante. Heureusement, la domestique qui avait accueilli Anne entra avec un plateau chargé de tout le nécessaire pour le thé.

Tandis que sa cousine, qui s'était levée avec difficulté de son sofa, remplissait ses devoirs de maîtresse de maison en servant le thé, Anne, assise sur un hideux tabouret recouvert d'une tapisserie au petit point, put l'observer à loisir. Jenny Burnett était une de ces grandes blondes pâles, aux gestes lents et maladroits, qui semblait avoir poussé trop vite. Elle avait un beau visage aux traits réguliers mais elle paraissait dépourvue de vitalité et d'énergie.

Une fille rousse fit son apparition, portant un bébé qui disparaissait sous un amas de dentelles.

— Et voici mon Frederick ! dit fièrement Jenny.

On se pencha jusqu'à Anne pour lui montrer la merveille ; elle s'extasia comme il se doit.

— Les enfants sont une bénédiction, dit Mr Nicolls en chatouillant le menton du bébé.

Anne entendit la petite Juliet pouffer et résista à l'envie de lui sourire en retour.

— Ma chère Harriett et moi n'avons pas encore la chance d'en avoir un sous notre toit, poursuivit Mr Nicolls.

Il lança un regard lourd de reproches à sa femme qui rougit et baissa la tête.

— Il faut croire que le Seigneur veut éprouver notre patience, poursuivit-il. Mais je ne désespère pas de connaître un jour ce grand bonheur ! Harriett, ma chère, il est temps pour nous de laisser cette chère Mrs Burnett, elle a sans doute mille instructions à donner à sa jeune cousine.

Il toisa Anne avec condescendance tandis que sa femme se levait en bredouillant des adieux. Anne accusa le coup. Des instructions… Elle n'était pas une domestique, que diable ! Quel homme déplaisant… Après le départ du couple, Jenny s'avisa qu'Anne avait sans doute besoin de prendre un peu de repos dans sa chambre. La domestique revêche entre deux âges, qui portait le doux prénom d'Imogen, la conduisit à l'étage, jusqu'à une petite pièce qui jouxtait la chambre des enfants. Un lit étroit poussé contre le mur, une table de toilette avec son nécessaire et sa chaise, un fauteuil et un coffre en composaient tout le mobilier. La grosse malle, arrivée la veille, était déjà là. Anne s'approcha de la fenêtre, qui offrait une vue magnifique sur le jardin à l'arrière et, au-delà, sur la campagne vallonnée. Notre héroïne tira là le fauteuil, empila ses livres chéris sur le sol et décida que ce serait son refuge.

Le soir venu, Anne fit la connaissance de David Spencer. C'était un homme d'allure juvénile, aux cheveux roux indisciplinés et aux yeux rieurs qui rappelaient ceux de sa fille Juliet. Anne n'allait pas tarder à s'apercevoir qu'il avait beaucoup plus d'humour et de vitalité que son épouse.

— Chère Anne, vous permettez que je vous appelle Anne, n'est-ce pas, puisque nous sommes en famille ? Je suis ravi de vous accueillir chez nous ! Comment s'est passé votre voyage ? Vous avez fait la connaissance des petits monstres, je suppose ?

Avant même qu'Anne ait pu répondre, il ouvrit la porte et s'écria :

— Thomas ! Juliet ! Venez saluer notre cousine !

— David, voyons ! protesta sa femme. Anne a rencontré nos enfants tout à l'heure.

Mais déjà les petits déboulaient dans la pièce et se jetaient dans les bras de leur père en riant.

— Vous saurez vous en charger, n'est-ce pas, Anne ? demanda David. Parce que ma chère Jenny en a encore pour six ou sept mois avant de retrouver suffisamment d'énergie pour agiter son éventail.

— Oh ! protesta Jenny tandis que ses beaux yeux s'emplissaient de larmes.

David lui prit la main et l'embrassa.

— Voyons, très chère, vous savez bien que je vous taquine !

Il adressa à Anne un clin d'œil complice.

— Cela marche à chaque fois, vous verrez.

Anne, bien qu'elle trouvât la plaisanterie d'un goût douteux, ne put s'empêcher de rire.

— Vraiment, David, vous exagérez, murmura Jenny.

Durant le souper, ce fut un feu d'artifice. Tandis que Jenny chipotait dans son assiette, David Burnett épuisait Anne de questions et lui contait des anecdotes sur le village et ses habitants.

— Vous trouverez ici la meilleure société, ma chère Anne. Des fermiers consciencieux, des commerçants capables de vous vendre une chèvre quand vous venez acheter de la laine à tricoter, un vieux magistrat anobli qui ne sort jamais, une lady bavarde passionnée par ses jardins, une multitude de demoiselles célibataires avec bonnets à bavolets et une ombre de moustache…

— Anne a déjà fait la connaissance de Mr Nicolls et de son épouse, le coupa Jenny.

— Ce cher révérend ! persifla David. Il est encore venu vous embêter, Jenny ? Que pensez-vous de lui, Anne ? Soyez franche !

Anne, très gênée, posa sa fourchette et bredouilla.

— Je… je ne saurais avoir une opinion si vite, monsieur.

— Quelle admirable prudence pour une si jeune personne ! Je suis impressionné par votre parfaite éducation.

— David, voyons, vous l'embarrassez…

— Je vois ça, dit David en notant la rougeur apparue sur les joues d'Anne. Ma cousine, vous vous apercevrez très vite que Mr Nicolls est terriblement pontifiant et ennuyeux.

— Il est sérieux, protesta Jenny, comme le veut sa charge. Un clergyman ne peut pas plaisanter librement comme vous.

— Vraiment ? Anne, qu'en pensez-vous ? Un homme d'Église a-t-il le droit d'être souriant, aimable, et de rire ? Voici votre copie, je vous laisse deux heures !

— Il se trouve, monsieur, qu'un de mes frères, Edmund, a fait des études de théologie. Il a été ordonné l'an dernier. Il est très souriant et rit souvent. Du moins, il riait beaucoup quand il habitait à la maison.

Pendant quelques horribles secondes, Anne imagina son cher Edmund guindé et pontifiant à l'instar de Mr Nicolls. Non, il n'aurait pas pu changer à ce point, c'était impossible.

— Ah, vous voyez, Jenny ! poursuivit David. Quant à la femme de notre révérend, je ne crois pas lui avoir jamais entendu dire plus de trois mots. Anne va avoir besoin d'une meilleure compagnie. Ma chère, que diriez-vous d'inviter notre jeune ami William Leroy pour le thé, demain ? Et cette bonne vieille miss Cavendish ?

Il se tourna vers Anne.

— William est un charmant garçon, très méritant, et quand vous aurez parlé avec miss Cavendish pendant une heure, vous saurez tout sur Guildford, Anne ! Son père était un ami du mien. Miss Cavendish, qui était sa seule enfant, a hérité d'une rente confortable. Elle est très divertissante. À propos de divertissement, j'ai quelque chose pour vous, ma chère Jenny…

Il se leva précipitamment, sortit sous le regard étonné des deux femmes et revint bientôt avec un paquet à la main.

— Voilà, dit-il en le posant devant Jenny. Je sais que vous n'avez guère le temps de lire, mais on m'en a dit le plus grand bien.

Le cœur d'Anne se mit à battre plus vite. Un livre ! Mais Jenny, loin de déchirer le papier avec empressement comme l'aurait fait Anne, déballa son cadeau sans montrer beaucoup d'enthousiasme.

— C'est un roman en trois volumes, expliqua David. Il s'appelle *Orgueil et Préjugés*, il paraît qu'il est très drôle. Différent de tout ce qu'on a pu lire jusqu'ici !

— Écrit par… une dame ? s'étonna Jenny en découvrant la couverture qui n'en disait pas plus sur l'auteur. Eh bien, merci, mon cher, merci beaucoup !

Anne était au supplice. L'attitude de sa cousine la navrait. Si c'était à elle qu'on avait offert un tel roman, comme elle aurait été excitée, impatiente ! Ce n'était pas le cas de Jenny, qui posa délicatement les livres sur une desserte en quittant le salon.

3

— Ma chère Jenny vous a-t-elle expliqué ce que nous attendions de vous, Anne ? demanda David Burnett pendant le breakfast, tout en beurrant généreusement un toast.

Jenny n'était pas encore descendue. Anne reposa sa tasse de thé.

— Pas encore. Je suis tout à fait disposée à m'occuper des enfants, j'en ai l'habitude. Mes parents ont en pension de jeunes garçons…

— Tant mieux, la coupa David. J'espère que vous maîtrisez un tant soit peu le français ? Ou l'italien ?

Anne le dévisagea, sidérée, mais David Burnett la fixait avec le plus grand sérieux.

— Je… je connais quelques mots de français, mais je ne le parle pas, je suis désolée !

— Ah, soupira David, visiblement contrarié. Comme c'est fâcheux. Voyez-vous, il est essentiel que Thomas et Juliet puissent baigner dès leur plus jeune âge dans un environnement stimulant. Connaîtriez-vous le grec, par hasard ?

Anne examina David. Son maintien raide était peu naturel et, bien qu'il fronçât les sourcils, une lueur espiègle pétillait dans ses yeux gris.

— Vous me taquinez ! s'écria Anne, partagée entre colère et envie de rire.

— Mais bien sûr, ma cousine ! Ma chère Jenny a surtout besoin de compagnie. Vous pourrez lui rendre de petits services, lui donner son châle, son panier à ouvrage, ce genre de chose. Ne vous souciez pas trop de sa santé, elle est excellente, quoi qu'elle en dise. Il est bien normal qu'elle soit encore un peu fatiguée, mais d'ici deux ou trois semaines, elle sera sur pied. Quant aux enfants, vous n'en aurez pas la charge, nous employons une jeune fille qui loge ici. Elle s'appelle Rose, vous l'avez vue hier, je crois.

Anne se rappelait vaguement une jeune personne rondelette et rousse aux joues écarlates, portant fièrement le bébé.

— Rose vient d'une famille nombreuse et sait fort bien s'y prendre avec les enfants. De toute manière, ils sont très calmes. De vrais petits anges. Quand Thomas aura sept ans, je tâcherai de lui trouver un précepteur digne de ce nom. Avez-vous eu une gouvernante ? demanda-t-il, curieux.

— Non, ce sont mes parents qui se sont chargés de mon éducation. Surtout ma mère, en réalité. Elle a aussi appris à lire, écrire et compter à mes frères. Mon père leur a enseigné l'histoire, la géographie et un peu de latin. Mais dès qu'ils en ont eu l'âge, ils sont allés en pension au *college*.

— Dites-moi, jeune Anne, combien avez-vous de frères ? Car je crois me souvenir que vous n'avez pas de sœur…

— J'ai cinq frères. James est médecin, John est parti très jeune étudier à l'école navale de Portsmouth et il est à présent dans la Navy, Edmund est clergyman, Oliver termine ses études de droit. Quant à Robert, il est encore au pensionnat.

— Fichtre ! Vos parents ont fait du beau travail. Je n'imagine pas que Jenny puisse éduquer Thomas ou Juliet, et moi encore moins. Ce sera donc un précepteur. À présent, comme on dit, le devoir m'appelle ! Je vous souhaite une bonne journée, ma chère cousine !

Cette organisation convenait très bien à Anne. Elle passa la matinée assise dans le salon avec Jenny. Tout en l'écoutant vanter les talents de ses enfants, Anne ne pouvait s'empêcher de lorgner discrètement la console : les trois volumes, intouchés, n'avaient pas bougé d'un pouce et semblaient la narguer. *Orgueil et Préjugés* ! Quel excellent titre pour un roman, tellement intrigant.

Anne se familiarisa avec le personnel de maison, qui était à vrai dire fort réduit. La domestique qui l'avait accueillie, Mrs Landry, faisait tout à la fois office de gouvernante et de cuisinière. Elle avait été la nourrice de Jenny, qui l'appelait d'ailleurs par son prénom, Imogen. Son époux, un homme discret, s'occupait du jardin, des chevaux et des inévitables travaux d'entretien que nécessite toute maison : gouttière qui fuit, serrure qui grippe, évier bouché. Mrs Landry avait sous ses ordres une bonne à tout faire, une terne jeune femme prénommée Polly, qui venait chaque matin aider à la cuisine et se chargeait de la vaisselle et du ménage. Ajoutons à cette courte liste la jeune Rose Grant, qui logeait sur place et se chargeait des enfants, et nous en aurons fini avec ce bref inventaire.

Quand l'heure du thé arriva, Anne fit la connaissance de William Leroy et de Miss Cavendish. William Leroy était un jeune homme aimable et discret, mais Anne s'avoua malgré tout un peu déçue. Elle avait espéré, suite aux éloges de son cousin, découvrir un garçon spirituel et même, soyons clairs, séduisant. Ce n'était pas qu'il fût laid, non, ses traits étaient fins et il avait la chance d'avoir de beaux cheveux bouclés blond foncé. Mais il était fade, voilà. Et la fadeur, aux yeux impitoyables d'Anne, était le pire défaut que puisse avoir un jeune homme. Pour couronner le tout, après avoir jeté un coup d'œil – certes admiratif – à Anne, il se lança dans une longue conversation ennuyeuse avec David à propos des maladies des agneaux, du rendement de l'orge et autres questions agricoles totalement inintéressantes.

Miss Cavendish, au contraire, se révéla aussi bavarde et distrayante que l'avait promis David. C'était une grande femme robuste d'une quarantaine d'années, dotée d'un long visage que l'on pourrait qualifier d'ingrat. Toutefois, son aimable caractère, sa vivacité et ses yeux rieurs lui conféraient beaucoup de charme. Elle se réjouit de voir que la maison Burnett comptait désormais une nouvelle pensionnaire et comme elle était de nature curieuse, elle questionna longuement Anne.

— Quelle joie de voir une jeune fille ! Vous allez vous plaire ici, j'en suis certaine. Mrs Burnett vous a-t-elle parlé de lady Caroline Mitford, miss Anne ?

— Je crains que non…

— Oh, il faut absolument que vous lui soyez présentée. C'est une dame extrêmement intéressante et affable, qui possède la plus belle propriété de la région, à Oak Lodge. Elle a la bonté de nous y convier parfois. Son neveu, Mr Clarke, vit à Londres mais il séjourne très souvent chez elle. C'est un gentleman fort élégant, qui a de belles espérances[1].

Elle se baissa vers Jenny et Anne, faisant dangereusement tanguer la tasse de thé de Chine qu'elle tenait dans sa main droite, et ajouta sur le ton de la confidence :

— Je me suis laissé dire qu'il possède, près de Reading, un domaine qui lui rapporte 3 000 livres par an ! Sans parler de ce que sa tante lui laissera, le moment venu. Mais j'imagine qu'il épousera miss Bolton…

Cette éventualité arracha un gros soupir à Miss Cavendish.

— Qui est miss Bolton ? demanda Anne, qui se piquait au jeu.

— La filleule de lady Caroline. Une jeune lady qui rend visite à sa marraine à peine trois fois par an.

— Miss Bolton est une jolie jeune fille, précisa David Burnett. Qu'en pensez-vous, William ? Ne trouvez-vous pas Grace Bolton tout à fait délicieuse ?

— Oui, monsieur, elle est fort gracieuse. Mais, à vrai dire, je ne la connais guère.

— Il n'est pas nécessaire de la connaître pour admirer ses magnifiques cheveux et sa belle allure ! renchérit David.

— Et elle joue merveilleusement du piano, ajouta Jenny.

— Si miss Cavendish ne l'apprécie guère, poursuivit malicieusement David, c'est qu'elle redoute que miss

1. Au XIXe siècle, cette expression signifie qu'il y a un héritage à venir.

Bolton ne prive Guildford de son plus intéressant célibataire en épousant Mr Clarke.

Miss Cavendish gloussa.

— J'en conviens ! Quel gâchis ce serait, alors que Mr Clarke pourrait épouser une charmante jeune fille d'ici. Tenez, je suis persuadée que Miss Holland et lui, par exemple…

— Miss Holland ! s'écria David en jouant l'offusqué. Vous n'y songez pas ! Elle doit avoir cinq ans de plus que lui…

— Est-ce vraiment un obstacle ? Ma cousine Margaret a huit ans de plus que son époux et le couple qu'ils forment est des plus heureux !

Tandis que Miss Cavendish et David continuaient leurs commérages, Anne observait William Leroy à la dérobée. Le jeune homme semblait gêné par toutes ces spéculations matrimoniales. Il détournait la tête et regardait le jardin. On entendit soudain le bruit caractéristique d'une voiture qui roulait sur les graviers. Avec une rapidité inattendue pour quelqu'un de son âge et de sa corpulence, Miss Cavendish s'approcha de la fenêtre.

— Mais c'est Mr Nicolls ! s'écria-t-elle. Et que je sois pendue si cette calèche n'est pas celle de lady Caroline !

Une nouvelle aussi extraordinaire justifiait que tout le monde se levât pour aller vérifier. Quand, quelques minutes plus tard, Mr Nicolls entra dans le salon, il eut la satisfaction de découvrir cinq paires d'yeux fixés sur lui. Il prit le temps de s'asseoir, comme on l'en priait, et d'épousseter son pantalon avant de s'expliquer.

— Ma chère Mrs Burnett, vous vous doutez bien en me voyant arriver en un tel équipage que j'ai à vous annoncer une nouvelle qui ne peut souffrir aucun retard. Lady Caroline va donner un bal…

Mr Nicolls savait ménager ses effets. Il laissa les membres de l'assemblée s'exclamer que c'était incroyable et merveilleux, avant d'ajouter, avec emphase :

— Et ce bal est prévu pour le dimanche 29 mai !

Après s'être délecté des cris d'effroi poussés par les dames, qui jamais n'auraient le temps de préparer leur tenue en douze jours seulement, Mr Nicolls expliqua la raison de cette précipitation. Miss Bolton, la filleule chérie de lady Caroline, chez qui elle séjournait actuellement, avait reçu un courrier lui demandant de se rendre à Londres à la fin du mois pour ses affaires. Lady Caroline, qui caressait depuis quelque temps le projet de donner un bal en l'honneur de sa protégée, avait aussitôt décidé que cet événement, auquel tous ici étaient conviés, aurait lieu en fin de semaine prochaine.

— Vous viendrez avec nous, Anne, bien entendu, dit David.

Anne rosit de plaisir.

— J'en serais ravie, mon cousin. Mais… lady Mitford ignore jusqu'à mon existence, comment pourrait-elle m'inviter ?

— Ta ta ta, protesta David. Une personne de plus ou de moins lui importera peu, j'en suis sûr ! Elle apprécie la jeunesse…

— D'ailleurs, mon cher William, demanda miss Cavendish en se tournant vers le jeune homme, y conduirez-vous votre sœur Charlotte ? Elle est en âge de faire son entrée dans le monde, me semble-t-il.

— En effet, répondit le jeune homme avec un sourire qui le rendit presque séduisant. Charlotte vient d'avoir seize ans et je ne suis pas de taille à lutter contre une jeune fille décidée à aller danser ! Si cela convient à lady Caroline, elle viendra avec moi au bal. Sa sœur Alice sera verte de jalousie.

— Vous avez plusieurs sœurs ? s'enquit poliment Anne.

— J'ai deux sœurs et deux frères, miss Spencer, tous plus jeunes que moi.

La jeune fille imagina sans peine une maison semblable à la sienne. Des gamins bruyants qui courent partout, de monstrueuses quantités de linge à entretenir, des montagnes de nourriture englouties sitôt préparées. Une sorte de cauchemar.

— Charlotte est une jeune fille charmante et tout à fait ravissante ! dit miss Cavendish. A-t-elle fait des progrès au piano-forte ?

La conversation se poursuivit avec la source inépuisable de sujets que fournissait le bal. On put ainsi discuter robes, coiffures, danses, musique, échanger des spéculations sur le choix des tourtes, des gâteaux et du punch qu'on offrirait aux invités. Bien sûr, on échafauda de multiples projets de rencontres et de mariages. Jenny s'animait, oubliant sa fatigue, et Anne n'eut aucun mal à se passionner pour ces questions pourtant bien frivoles. Elle n'avait assisté à un bal qu'à deux reprises, à New Alresford, avec ses frères aînés. Elle en gardait un souvenir ébloui. Et quelle jeune fille pourvue de deux jambes et d'un minimum de santé ne rêverait de passer une nuit à danser ?

Elle en avait totalement oublié le roman posé sur le guéridon, et fut donc aussi surprise que comblée lorsque, après le départ de ses invités, sa cousine Jenny lui proposa de le prendre.

— Je n'ai guère le temps de lire ce roman, Anne, et je n'ose pas dire à mon cher David que la lecture aggrave considérablement mes migraines. Comme j'ai cru comprendre que vous étiez une lectrice passionnée, si cela vous fait plaisir, je vous en prie, prenez-le !

Guildford, le mardi 17 mai 1814

Chère maman,

Je vous écris depuis ma chambre, avant de me coucher. Je suis arrivée hier sans encombre à Guildford après un voyage assez agréable. J'ai fait la connaissance de ma cousine Jenny qui est très gentille mais encore un peu fatiguée. Je ne lui trouve aucun air de famille avec vous, mis à part sa couleur de cheveux. Son mari David est extrêmement bavard et drôle. Quant aux enfants, le bébé se prénomme Frederick. Jenny le nourrit elle-même (je crois avoir compris qu'elle le confiera à une nourrice quand il aura cinq ou six mois). Juliet a cinq ans, Thomas bientôt sept, et mes cousins emploient une jeune fille juste pour s'occuper d'eux. Mes tâches, vous l'aurez deviné, consisteront surtout à tenir compagnie à Jenny.

Leur maison est fort agréable, et l'on m'a donné une chambre qui me convient tout à fait. Outre la jeune fille chargée des enfants, nos cousins ont une gouvernante qui fait également office de cuisinière, Mrs Landry, que Jenny appelle Imogen parce qu'elle la connaît depuis toujours. Son mari, Mr Landry, leur sert d'homme à tout faire, il jardine et conduit leur voiture. Ils ont aussi une bonne, prénommée Polly, pour aider aux travaux ménagers.

La grande affaire du moment est le bal que va donner lady Mitford,

une dame fortunée du voisinage qui est, paraît-il, très gentille. Je ne pourrai pas y aller, bien sûr, cette dame ne me connaît pas… Mais Jenny et David m'ont déjà présentée à certains de leurs amis, ainsi qu'au curé de la paroisse et à sa femme.
Voilà, je n'ai pour l'instant pas grand-chose d'autre à ajouter, je voulais surtout vous faire savoir que j'étais bien arrivée.
Je vous embrasse, ainsi que papa et les garçons.

Anne

P.-S. J'oubliais : j'ai remis vos cadeaux à Jenny, qui en a été très touchée. Les petits bavoirs brodés lui ont beaucoup plu. Je pense qu'elle vous écrira dès qu'elle sera rétablie, pour vous remercier.

4

Anne passa une bonne partie de la nuit à dévorer *Orgueil et Préjugés*. Quand elle eut brûlé toute sa chandelle, elle fut bien obligée d'arrêter, mais avec tant de regrets ! Elle n'avait jamais lu un roman si drôle, si subtil, si envoûtant. Elle n'en était qu'au tiers et elle avait l'impression d'avoir toujours connu la fière Elizabeth Bennett et sa sœur Jane. Elle adorait Mrs Bennett, qui la faisait rire aux éclats, et trouvait à Mr Bennett quelques points communs avec son propre père. Quant au hautain Mr Darcy, il la conquit dès qu'il apparut, même si ce fut pour rabrouer la belle Elizabeth.

— Vous avez les yeux battus, ma chère, s'inquiéta Jenny quand Anne, bien plus tard que la veille, fit son entrée dans la salle à manger. Auriez-vous mal dormi ?

— J'ai lu très tard, confessa la jeune fille. Oh, Jenny, vous devez absolument lire *Orgueil et Préjugés* ! C'est une merveille!

— Vraiment ? De quoi parle-t-il ? s'enquit Jenny en tartinant de la confiture de mûres sur un toast trop cuit.

— D'une jeune fille peu fortunée, prénommée Elizabeth. Elle s'entend très bien avec sa sœur Jane, qui est belle et aimable, parfaite, en quelque sorte, mais ses trois autres sœurs sont insupportables. Sa mère ne songe qu'à marier toute la troupe, elle est plutôt sotte et très amusante. Lors d'un bal, Elizabeth est traitée avec mépris par un beau jeune homme fort prétentieux... Oh, raconté comme cela, ça semble tout bête, mais les dialogues sont des bijoux. On croirait entendre des personnes réelles !

— Eh bien, quel enthousiasme ! Peut-être pourriez-vous m'en lire quelques pages ?

— Quelle bonne idée ! Avec joie !

— Mais oui ! Ma chère Jenny, dit David en posant sa tasse de thé, je n'y aurais jamais pensé, mais écouter *Orgueil et Préjugés* confortablement installée sur votre canapé me paraît une solution parfaite, cela ménagera tout à la fois vos yeux et votre migraine.

Anne jeta un rapide coup d'œil à Jenny, mais la taquinerie de David lui avait visiblement échappé.

— Comme vous avez raison ! dit Jenny. Pourquoi ne pas commencer ce soir, après le dîner ?

Anne accepta, elle ne demandait pas mieux.

— J'aimerais bien savoir qui est « la dame » qui a écrit ce roman, lança Anne, songeuse. Ce doit être une personne remarquable. Son sens du détail est exceptionnel, elle traduit parfaitement la délicatesse des sentiments, et quel humour redoutable ! J'imagine qu'il s'agit d'une lady de la meilleure société, très cultivée, belle et très impressionnante.

David regarda la jeune fille avec malice.

— Vous vous trompez du tout au tout, ma chère Anne. Cette dame est une personne d'allure très ordinaire. Mais elle a beaucoup d'esprit, je l'admets.

— Mais comment le savez-vous ? s'étonna son épouse.

— C'est très simple, je l'ai rencontrée.

Jenny et David ne purent s'empêcher de sursauter en entendant le cri d'enthousiasme que poussa Anne. À peine remis de leur frayeur, ils firent face à une avalanche de questions. Comment s'appelait cette merveilleuse romancière ? Où habitait-elle ? Où David avait-il eu la chance de la rencontrer ? Quelle était la couleur de ses yeux, celle de ses cheveux, de sa robe ? Était-elle vieille ou jeune ? Mariée ou pas encore ? Non ? Oh, elle allait sûrement se marier, il n'était pas concevable qu'elle restât célibataire, avec autant d'esprit ! Avait-elle écrit d'autres romans ? David les avait-il lus ?

David répondit du mieux qu'il put. Une fois que Anne eut épuisé sa liste de questions, une idée folle lui vint. Et si elle écrivait à cette miss Austen pour lui dire tout le bien qu'elle pensait de son roman ? Elle bondit de sa chaise, plaqua un baiser sonore sur la joue de son cousin éberlué en le gratifiant d'un « merci » et fila dans l'escalier. Nous devons excuser cette totale absence de retenue dans le comportement de notre héroïne, due à sa jeunesse et à son enthousiasme – que certains jugeront excessif – pour la lecture. Mais les lecteurs, et plus encore les lectrices, d'*Orgueil et Préjugés* sauront se montrer indulgents : n'auraient-ils pas agi de même s'ils avaient eu l'occasion d'écrire à leur romancière préférée ? C'est ce à quoi Anne s'attela, sitôt arrivée dans sa chambre.

Et voici le résultat :

Guildford, le 18 mai 1814

Chère Miss Austen,

Vous ne me connaissez pas, et j'espère que vous me pardonnerez la liberté que je prends de vous écrire, mais il faut vraiment que vous sachiez à quel point j'aime votre roman *Orgueil et Préjugés* ! Je lis depuis que je sais marcher, ou presque, j'adore Shakespeare, bien sûr, je suis une grande admiratrice des romans de Mrs Burney, mais jamais je n'ai éprouvé autant de plaisir à lire un roman, il est merveilleux ! Aussi, lorsque mon cousin m'a dit qu'il vous avait rencontrée lors d'un souper à Londres, l'ai-je supplié de me communiquer votre adresse afin de pouvoir vous écrire. J'espère que vous ne serez pas fâchée. Mais je ne me suis pas présentée, pardonnez-moi. Je m'appelle Anne Spencer, j'ai dix-sept ans (presque dix-huit), ma famille habite une petite ville du Hampshire appelée New Alresford, que vous ne connaissez sûrement pas. Je suis la seule fille de la famille. J'ai cinq frères aînés, qui ne vivent plus à la maison mais depuis leur départ, mes parents ont pris de jeunes garçons en pension pour tâcher de leur donner une bonne éducation. Mon père ressemble beaucoup à Mr Bennet, je l'avoue. Par chance, ma mère est bien plus active que Mrs Bennett et, pour ce que j'en sais, ne songe pas du tout à me marier, elle a bien trop à faire.

Je suis arrivée à Guildford avant-hier. Je vais rester ici quelques semaines pour aider ma cousine qui vient d'avoir un troisième enfant. J'espère lui être utile.

Il n'y a rien de bien passionnant à dire sur moi. Comme j'aurais aimé être la petite sœur d'Elizabeth et Jane Bennett ! Comme il me tarde de connaître la suite ! J'ai dû m'arrêter de lire la nuit dernière, faute de chandelle. J'en étais au délicieux chapitre où Mr Collins demande Elizabeth en mariage et ne s'aperçoit pas de sa répulsion. J'ai ri à en pleurer ! Je suis sûre que vous n'avez pas de lectrice plus émerveillée que moi. Mon cousin David m'a dit que vous aviez écrit un autre roman, *Raison et Sentiments*, que je vais m'empresser de me procurer.

Je suis consciente que cette lettre est un peu déplacée et n'en attends bien sûr aucune réponse.

Je suis, madame, votre humble et sincère admiratrice.

Anne Spencer

P.-S. Mon cousin est Mr David Burnett, peut-être vous souvenez-vous de lui ?

Quand Anne eut terminé sa lettre, elle la plia avec soin, la scella à la cire, et écrivit de sa plus belle plume « Miss Jane Austen, Chawton, Hampshire ». C'était maigre, mais si David se rappelait – quelle chance ! – le nom du bourg où habitait miss Austen, il ignorait son adresse précise. Anne fut saisie d'angoisse : avec si peu d'informations, ce pli parviendrait-il à sa destinataire ?

5

Une visite chez lady Mitford s'imposait, pour faire les présentations. Anne, après des essayages fébriles dans sa soupente, avait mis une jolie robe de toile bleue, ornée de petits volants en bas des manches. Elle avait relevé ses cheveux en chignon et accroché à son cou sa croix de baptême, retenue par un ruban de velours. Un fichu de batiste brodé, masquant pudiquement le décolleté, donnait la touche finale à sa tenue. Jenny, dès qu'elle fut prête, fit préparer la voiture. Oak Lodge se trouvait à l'extérieur de Guildford, à un quart d'heure seulement de route.

— J'y suis parfois allée à pied, avec David, expliqua Jenny. Mais il faut presque une heure de marche, et en ce moment je ne suis pas en état…

— Non, bien sûr.

Anne grimpa aux côtés de Jenny dans la voiture conduite par Mr Landry, l'époux d'Imogen. Depuis trois jours qu'elle était chez les Burnett, elle ne l'avait aperçu qu'une fois, alors qu'il ratissait l'allée. Petit et rond, le visage souriant plissé comme une vieille pomme, il se montrait aussi affable que son épouse était sévère.

Il passait le plus clair de son temps à travailler dans le jardin ou dans l'écurie, à bouchonner les chevaux. Dès qu'il avait le malheur de s'aventurer à l'intérieur de la maison, il se faisait houspiller par Imogen qui lui reprochait de salir le sol avec ses souliers crottés – ou poussiéreux, selon le temps.

La voiture sortit de la ville, quitta la route pour s'engager sur un chemin ombragé, puis elle bifurqua dans une allée bordée de chênes majestueux. Apparut enfin une grande pelouse ornée de topiaires, au bout de laquelle Anne découvrit la plus belle demeure qu'elle ait jamais vue. C'était une bâtisse de pierres blondes au toit d'ardoises, avec deux ailes en avancée. Au centre du bâtiment, une volée de marches menait à l'élégante porte d'entrée et, sur toute sa largeur, de hautes fenêtres reflétaient, en ce début d'après-midi, les rayons du soleil. On devinait à l'arrière un paysage vallonné et boisé. Anne, qui adorait la lumière, se voyait très bien vivre dans une maison pareille – mais était-ce vraiment une maison ? Un manoir, plutôt ! La jeune fille se prit à imaginer la personne qui évoluait dans un tel décor. Une grande dame, aussi belle que distinguée, au caractère affable mais quelque peu mélancolique. Elle aurait eu des malheurs, prendrait Anne en affection et – qui sait ? – ferait d'elle sa favorite, peut-être même son héritière. Ah non, il y avait son beau neveu, Mr Clarke, et la redoutable miss Bolton, sa filleule ! Une aventurière sans scrupule, Anne en était persuadée après le portrait qu'en avait fait Miss Cavendish. Peut-être que lady Mitford pourrait juste léguer à Anne quelques livres rares de sa bibliothèque ?

— Anne, vous rêvez ? Nous arrivons ! s'étonna Jenny.

— Pardon !

Ramenée à la réalité, Anne descendit si vite de la voiture qu'elle se tordit la cheville et c'est en boitillant qu'elle monta le bel escalier qui menait à l'entrée. Un imposant majordome portant perruque les accueillit dans un hall encombré de plantes vertes et les introduisit dans un salon. Une toute petite dame, assise bien droite sur un fauteuil, les invita à entrer d'un geste aimable. Lady Caroline Mitford était entourée d'une sorte de jungle qui la faisait paraître minuscule. Des ficus géants dans des pots de porcelaine entouraient les fenêtres, des azalées en fleurs et des fougères transformaient la pièce en jardin d'hiver. Au milieu de cet éden verdoyant, la lady avait un bon visage aimable et rond, de petits yeux bleus pétillants et des mains aussi menues que celles d'une enfant, gainées de mitaines de dentelle blanche. Jenny et Anne firent une brève révérence avant de s'avancer.

— Asseyez-vous, asseyez-vous ! Ainsi, ma chère Jenny, voilà votre cousine. Soyez la bienvenue à Oak Lodge, miss Spencer !

— Merci, milady, bredouilla Anne, intimidée.

— Comment se porte votre petit dernier, Jenny ?

— Frederick va bien, je vous remercie, il commence à se retourner dans son berceau. Il a encore un peu de mal à s'endormir le soir et…

— Très bien, très bien ! coupa lady Caroline qui n'avait en réalité aucune envie d'en savoir plus sur le bébé. Alors, j'imagine que mon annonce vous a tous surpris ?

— Ce fut une surprise très agréable, répondit Jenny.

— J'ai cru que notre bon Mr Nicolls allait faire une attaque quand je le lui ai annoncé.

Lady Caroline gloussa et, l'espace d'un instant, Anne entrevit la petite fille qu'elle avait été il y a fort longtemps, espiègle et facétieuse.

— Je lui ai prêté ma voiture de peur qu'il ne parte en courant l'annoncer à tout le village !

Anne ne put se retenir et éclata de rire. Lady Caroline la regarda avec bienveillance.

— Vous avez déjà fait la connaissance de Mr Nicolls, j'imagine, miss Spencer ? Je ne sais comment sa malheureuse épouse arrive à le supporter. Figurez-vous qu'il vient me présenter ses respects un jour sur deux, et je n'arrive à m'en débarrasser qu'en l'expédiant dans ma bibliothèque !

— Je ne pensais pas qu'il aimait les livres, lança Anne fort imprudemment.

Consciente de son impertinence, elle baissa la tête et se mit à rougir, sans pouvoir toutefois empêcher ses yeux de pétiller.

— Voyons, Anne, dit Jenny avec un regard lourd de reproches.

— Jenny, ma chère, cette jeune fille fait preuve d'une franchise de bon aloi. En réalité, jeune Anne, je soupçonne notre Mr Nicolls de ne pas lire du tout et de traîner dans la bibliothèque en admirant le paysage par la fenêtre. Mais cela lui permet de dire partout qu'il a passé l'après-midi chez lady Caroline !

Jenny était au supplice : elle détestait ce genre de persiflage – contrairement à Anne, qui savourait l'esprit et la drôlerie de leur hôtesse.

— Vous devez avoir fort à faire pour préparer un bal en si peu de temps ? lança Jenny.

— Oh, ce sera une soirée très simple ! L'essentiel est de divertir ma chère filleule. Justement, la voici !

Grace Bolton fit son entrée, un grand sourire aux lèvres. Mince et vive, elle marchait avec assurance. Une cascade de boucles brunes entourait son visage en forme de cœur, aux sourcils épais. Après un bref salut aux deux invitées, elle alla droit vers sa marraine, s'assit à ses pieds sur un tabouret et lui prit la main.

— Ma chère marraine, il est très tôt mais désirez-vous une tasse de thé ?

— Volontiers, ma chérie.

— Je suis contente de vous faire plaisir !

Grace se leva vivement en faisant tourbillonner sa jupe et agita énergiquement une sonnette. Anne l'observait. Tout en elle sonnait faux : son sourire de commande, ses manières affectées. *Elle est bien telle que je l'imaginais*, se dit-elle, *une hypocrite. Si j'avais espéré me faire une amie ici, c'est raté.*

— Miss Spencer, dit lady Caroline, il va de soi que vous êtes conviée au bal ! Je serai contente de voir de la jeunesse, et ma chère Grace aura une compagne de son âge, ou peu s'en faut !

Avant même qu'Anne ait pu répondre, Grace Bolton fronça les sourcils, contrariée, et lança :

— Miss Spencer ne risque-t-elle pas de s'ennuyer ? Elle connaîtra peu de monde, à part ses cousins…

Elle fixa Anne avec un regard si intense que cette dernière en fut troublée. Grace semblait lui adresser une prière muette, comme s'il était vraiment important qu'Anne ne fût pas présente au bal. Cela ne dura que quelques secondes, si bien qu'Anne, interloquée, se demanda si elle n'avait pas rêvé.

— Voyons, Grace, s'étonna lady Caroline, une jeune demoiselle ne peut pas s'ennuyer lors d'un bal. Aimez-vous danser, miss Spencer ?

— J'adore ça, souffla Anne.

— Alors c'est décidé, vous viendrez !

— J'en serai très heureuse, je vous remercie infiniment, milady !

— Très bien ! Dites-moi, jeune fille, quels sont vos talents ? J'imagine que vous jouez du piano à merveille et que votre famille s'extasie devant vos aquarelles ? Ah, voici le thé ! Merci, Trilling.

L'arrivée du majordome portant un plateau d'argent chargé de tasses et d'une volumineuse théière tira Anne de l'embarras. Nous devons en effet confesser que notre héroïne était une très médiocre musicienne ; quant à l'aquarelle, cet art nécessitait une minutie et une patience qu'elle n'avait pas reçues au berceau. Après quelques essais désastreux, elle avait considéré d'un œil navré les paysages bourbeux et les fleurs cotonneuses qu'elle avait péniblement réussi à terminer, et avait tout jeté en considérant qu'elle était une cause perdue pour l'art.

Trilling déposa le plateau, s'éclipsa en conciliant tout à la fois discrétion et dignité, un exercice délicat dans lequel tout bon majordome doit exceller. Anne le regarda sortir avec admiration, car elle n'avait jamais eu l'occasion d'être reçue dans une grande maison. Il était âgé et fort ridé, mais il se tenait très droit, et son expression était impénétrable. *Ce doit être bien agréable d'avoir une domesticité aussi stylée*, se dit-elle, tandis que Grace servait le thé. Pendant quelques instants, seuls le tintement des cuillères et le froissement des étoffes meublèrent le silence. Puis lady Caroline reposa énergiquement sa tasse de porcelaine sur sa soucoupe.

— Miss Spencer, je suis sûre que vous brûlez de visiter mes jardins avec Grace, tandis que Jenny et moi parlerons de l'organisation du bal.

C'était bien évidemment un ordre, et les deux jeunes filles n'eurent plus qu'à se lever gracieusement et se diriger vers les jardins. Grace marchait devant, en silence. Anne, derrière, ne savait que dire. Elles avaient toutes deux conscience que cette promenade n'était qu'un prétexte maladroit pour susciter leur amitié ; or, elles avaient suffisamment de caractère pour réagir exactement à l'inverse de ce que l'on attendait d'elles. De plus, l'attitude singulière de miss Bolton pendant le thé – sa réflexion si impolie, puis cet étrange coup d'œil qu'Anne, ne la connaissant pas, n'avait su décrypter – laissait notre héroïne perplexe. Toutefois, elle avait très envie aller au bal, et craignait qu'une opinion défavorable de miss Bolton ne fasse changer d'avis sa marraine. Aussi fit-elle un effort et lança-t-elle platement :

— Lady Caroline semble beaucoup aimer les plantes…

— C'est sa passion ! Elle passe beaucoup de temps dans ses jardins à s'occuper de ses rosiers et de ses rhododendrons. Elle a aussi une orangeraie, ce qui fait que nous ne manquons jamais de citrons. Quant à sa maison, vous l'avez vue : elle est envahie de végétaux en tout genre. D'ici deux semaines, toutes les roses seront en fleur ; demandez à visiter sa roseraie, rien ne lui plaira davantage.

— Je n'y manquerai pas. Vous ne serez plus là, je crois ? Vous partirez juste après le bal ?

— En effet, j'ai d'autres projets.

Elles s'engageaient dans une allée bordée d'ifs quand le bruit familier d'un cheval au trot fit tourner la tête d'Anne. Un cavalier venait à leur rencontre ; il avait belle allure sur son alezan et sa silhouette à contre-jour, nimbée par le soleil qui commençait à décliner, laissait deviner un homme jeune. Anne ralentit le pas et sentit son cœur s'accélérer : c'était probablement le beau Mr Clarke, le fameux neveu de lady Caroline. Quand il arriva à leur hauteur, et ralentit sa monture, Anne découvrit un gentleman aux cheveux d'un noir profond, mince et élégamment vêtu. Son visage aux traits bien dessinés témoignait d'une nature énergique. Hélas, il salua à peine les deux demoiselles d'un bref signe de tête avant de poursuivre sa route vers le château. Anne, fort désappointée, ne put réfréner sa curiosité et demanda :

— Ce gentleman est-il le neveu de lady Caroline ?

Grace Bolton eut un petit rictus ironique.

— En effet, c'est Mr Clarke. Le cher neveu de ma marraine !

Si Anne attendait d'autres commentaires, elle en fut pour ses frais. Jusqu'à la fin de leur promenade, la mystérieuse Grace Bolton ne cessa de parler roses, tulipes, camélias et autres sujets totalement dépourvus d'intérêt.

6

Anne respira un grand coup en sortant de l'église Saint-Nicholas. Le sermon de Mr Nicolls s'était révélé aussi bavard qu'assommant, et elle avait besoin d'air frais. Jenny, avec sa placidité habituelle, s'était contentée de réprimer discrètement quelques bâillements de sa main gantée, tandis que David, bras croisés, agitait nerveusement le pied. Pour Anne, ça avait été un supplice. David remarqua son air agacé.

— Je compatis, ma chère Anne, notre curé était en grande forme aujourd'hui…

Anne fit un effort surhumain pour ne pas répondre, faisant appel à tout ce que son cœur contenait de charité chrétienne.

— J'aime particulièrement ses nombreuses citations de l'Ancien Testament, poursuivit David, bien décidé à la provoquer. On ne lit pas assez le Livre des rois à mon avis.

C'en était trop pour la pauvre Anne.

— Franchement, mon cousin, c'était interminable ! De plus, je n'ai pas du tout compris comment il passait de Nabuchodonosor aux brebis égarées. Il s'est si longtemps attardé sur ces pauvres bêtes que je croyais les entendre bêler.

— Anne ! la reprit Jenny, choquée, tandis que David éclatait de rire. Vous ne pouvez pas dire ça devant les enfants !

— Je vous demande pardon, dit Anne en rougissant.

De fait, le petit Thomas n'en perdait pas une miette et semblait très intéressé. Juliet, qui tenait la main de sa mère, demanda :

— Qui c'est Nabugrodinosaure[1] ?

— Un roi très méchant, qui a démoli le temple de Salomon, expliqua son père.

— Vous parlez de mon sermon ? J'espère qu'il vous a édifiés !

Ils sursautèrent. Personne n'avait entendu approcher Mr Nicolls. Il les avait rejoints en marchant à grands pas, comme en témoignait son essoufflement. Les joues rouges et l'œil brillant, très content de lui-même et du monde, il attendait visiblement des compliments. Trois pas derrière lui trottinait sa femme, dont Anne remarqua la pâleur. Harriett Nicolls semblait épuisée.

— Édifiés ? Bien sûr, cher monsieur ! D'ailleurs, miss Spencer me confiait à l'instant que votre sermon lui avait appris beaucoup de choses sur Nabuchodonosor, dit David avec le plus grand sérieux. Hélas, Thomas et Juliet sont encore trop jeunes pour en avoir saisi toutes les subtilités.

1. L'autrice avoue avoir pris une liberté : le mot dinosaure ne sera employé qu'à partir de 1841, et notre roman se déroule en 1814. Mais la tentation était trop forte !

— C'est bien normal, roucoula Mr Nicolls tandis que Juliet se cachait en grimaçant derrière les jupes de sa mère. Ces chers enfants !

— Je vous souhaite un bon dimanche, Mr Nicolls, ainsi qu'à vous, madame ! ajouta David en inclinant la tête vers Harriett.

Après cela, il ne restait plus à Mr et Mrs Nicolls qu'à s'en aller. Quand ils furent assez loin, Jenny murmura :

— Harriett Nicolls me fait de la peine. Elle semble tellement triste ! Si elle avait des enfants, elle serait sans doute plus joyeuse.

David marqua un temps de silence avant de répondre.

— Elle n'ouvre presque jamais la bouche. Je suis persuadé qu'elle est très malheureuse, mais contrairement à vous, ma chère, je ne suis pas sûr que devenir mère résoudrait ses problèmes.

Il avait parlé avec une gravité inaccoutumée. Anne était intriguée. Pensait-il que c'était le fait de vivre avec le révérend qui rendait Harriett Nicolls si déprimée, ou bien y avait-il autre chose, un problème dont David aurait été informé ?

— Avoir des enfants est un grand bonheur, persista Jenny. Je me demande comment je pourrais me passer des miens.

— Ce serait terrible, car vous devriez vous contenter de moi, lui répondit David.

Il avait repris son ton habituel de plaisanterie.

— Mais assez parlé, voyons qui arrivera le premier à la maison ?

Il n'en fallait pas plus pour que les enfants se mettent à courir, suivis par leur père qui prit bien soin d'arriver le dernier.

— David est un père merveilleux, murmura Jenny en souriant.

***

— Voilà qui est tout à fait extraordinaire ! Cassandra !

Jane Austen se leva, la lettre encore à la main. Sa sœur Cassandra, qui n'était jamais bien loin, la rejoignit dans la salle à manger, où Jane lisait son courrier.

— Qu'y a-t-il ?

— Une jeune fille que je ne connais pas m'écrit une lettre enflammée, persifla Jane. Elle est en train de lire *Orgueil et Préjugés* et ne peut attendre de l'avoir terminé pour me témoigner son admiration. Je l'imagine sans peine se précipiter dans sa chambre, poussée par son enthousiasme juvénile, s'asseoir, prendre sa plume, pour se demander finalement ce qu'elle pourrait bien avoir à me dire, à part qu'elle… Attends…

Jane remonta ses lunettes sur son nez et se pencha sur la feuille.

— … Qu'elle n'a « jamais éprouvé autant de plaisir à lire un roman, il est merveilleux ». Voilà ! Cette jeune personne se nomme Anne Spencer et elle a dix-sept ans. Détail touchant : elle m'écrit qu'elle n'espère pas de réponse, mais prend soin de bien noter son adresse.

Jane ôta ses lunettes et sourit à sa sœur. Les deux femmes s'entendaient à merveille. Jane savait que Cassandra se réjouissait autant qu'elle du succès tout récent de ses livres. Elles partageaient la même chambre depuis l'enfance et n'avaient pas de secret l'une pour l'autre. Plus discrète, la sérieuse Cassandra, qui avait eu la malchance de perdre son amour de jeunesse, s'était vouée à un éternel célibat. Quant à Jane, sa cadette de deux ans, après avoir vécu une brève histoire d'amour avec un jeune homme aussi désargenté qu'elle, elle avait refusé une proposition de mariage avec un gentleman qu'elle n'aimait pas. À présent qu'elle avait trente-neuf ans – même si la lueur espiègle qui dansait dans ses yeux marron la faisait paraître plus jeune – le mariage n'était plus qu'un sujet récurrent de ses romans. Elle avait décidé que le célibat, et l'indépendance qu'il offrait convenaient plutôt bien à sa nature. Surtout maintenant que ses livres commençaient à lui rapporter un peu d'argent !

Les deux sœurs vivaient depuis cinq ans à Chawton, un petit village du Hampshire. Elles logeaient dans un grand cottage de briques rouges, que leur prêtait leur frère Edward, en compagnie de leur mère et d'une amie, Martha Lloyd, qui quelques années plus tard, épouserait un de leurs frères. La parution *d'Orgueil et Préjugés*, après celle de *Raison et Sentiments*, avait été un grand succès. Jane, protégée par son anonymat, continuait cependant à mener une vie tranquille et retirée, égayée toutefois par les visites et événements liés à sa très nombreuse famille – Cassandra et elle avaient six frères, et toute une tripotée de neveux et nièces.

— Vas-tu lui répondre ? demanda Cassandra.

— Ma foi, je trouverai bien quelque chose d'aimable à lui écrire. Recevoir cette missive fera son bonheur pendant deux ou trois jours…

Cassandra éclata de rire.

— Ma chérie, méfie-toi, la réussite te monte à la tête ! Mais comment cette jeune fille a-t-elle trouvé ton adresse ? J'espère que cela ne vient pas de ton éditeur ? Il sait que tu veux garder ton incognito…

— Pas du tout ! Il semble que son cousin, un certain David Burnett, m'ait rencontrée lors d'une soirée.

Jane reposa la lettre sur ses genoux et réfléchit.

— Je pense que c'était lors d'un souper donné par Henry l'hiver dernier, lorsque je logeais chez lui à Londres. Il y avait parmi les convives un jeune homme de loi assez drôle qui, je crois bien, se prénommait David, mais j'avais totalement oublié son nom. Quelqu'un dans l'assemblée avait vanté les mérites *d'Orgueil et Préjugés* et Henry n'avait pu résister au plaisir de révéler que j'en étais l'auteur.

— Tu as dû être fort embarrassée, compatit Cassandra.

— Figure-toi que non ! Henry nous avait servi un excellent bordeaux qui m'était monté à la tête, et je me sentais tout à fait prête à étouffer ma modestie naturelle.

La porte de la salle à manger s'ouvrit et Mrs Austen apparut, revêtue d'un grand tablier vert tout crotté, un panier de légumes terreux à la main. Elle était plus petite que ses filles et ses yeux gris s'arrêtèrent avec curiosité sur la feuille que tenait Jane.

— Est-ce un courrier de la famille ? demanda-t-elle.

— Non, répondit Jane, une lettre d'une jeune lectrice.

Mrs Austen hocha la tête, satisfaite. Elle aussi se réjouissait du succès littéraire de sa cadette, mais cela ne l'empêchait pas de se montrer parfois autoritaire et intrusive – malgré son talent, Jane restait une célibataire et, à ce titre, Mrs Austen considérait qu'elle devait écouter sa mère.

— Cassandra, pourrais-tu m'aider à peler les pommes de terre ? demanda la dame.

Cassandra se leva, laissant sa sœur assise devant la minuscule table à pans coupés sur laquelle elle avait l'habitude d'écrire. Jane aimait s'installer là, dans la salle à manger, tout près d'une fenêtre qui donnait sur la rue. Cela lui permettait de profiter d'une belle lumière lorsqu'elle écrivait, et de regarder les passants et l'agitation du dehors, ce qui est toujours distrayant, le reste du temps.

— Je te laisse travailler, souffla Cassandra à Jane, je vais aider maman.

Jane hocha la tête. Depuis que ses livres se vendaient bien, il était convenu entre les trois femmes que Mrs Austen, Martha Lloyd et Cassandra assureraient l'intendance de la maisonnée pour que Jane puisse se consacrer à l'écriture. Jane avait toutefois une tâche réservée : elle se levait tôt et s'exerçait au piano dans la maison silencieuse, avant de préparer le petit-déjeuner. Sachant que celui-ci ne consistait qu'en toasts grillés dans la cheminée avec du thé, on pourra juger du côté scandaleusement inégalitaire de cet arrangement.

Après le départ des deux femmes, Jane hésita un moment. Allait-elle répondre à cette jeune impertinente, ou continuer à avancer sur le manuscrit qu'elle avait commencé il y a quelques mois ? Ma foi, son *Emma* attendrait un peu, elle allait d'abord rédiger une courte lettre à cette miss Spencer. Elle prit une feuille de papier, trempa sa plume dans l'encrier et commença à écrire.

***

Le lendemain, alors que les enfants faisaient la sieste et que Jenny et Anne étaient installées au salon – Anne lisant, Jenny cousant – David surgit et demanda tout à trac :

— Anne, savez-vous monter à cheval ?

Inquiète, notre héroïne déglutit. Ses talents en la matière étaient très limités, mais peut-être s'agissait-il d'une nouvelle plaisanterie de son cousin ?

— Je monte un peu, monsieur, mais je suis loin d'être une cavalière accomplie.

— Appelez-moi David, je vous en prie. La question est : risquez-vous de tomber de selle en piaillant dès la première minute, si je vous hisse sur le dos d'un cheval ? Pourriez-vous faire avec moi une promenade d'une demi-heure, en marchant au pas si nécessaire ? Je peux demander à Landry de vous attacher sur la selle, si ça doit vous rassurer !

Anne éclata de rire.

— Je n'en suis pas là ! Oui, je peux vous accompagner, cousin David, avec joie.

David se frotta les mains.

— Parfait !

— Ai-je bien entendu, David ? s'étonna Jenny. Vous voulez qu'Anne vous accompagne en promenade ?

— Ce n'est pas à proprement parler une promenade, rectifia son époux. Sir Lawrence Burgess désire me consulter à propos de son testament. Il m'a fait porter un pli ce matin.

Jenny laissa tomber son ouvrage sur ses genoux et dévisagea son époux avec des yeux ébahis.

— Encore ? Ne l'a-t-il pas déjà refait par deux fois ?

— En effet, mais que voulez-vous, il est perfectionniste.

— Mais pourquoi demander à Anne de vous accompagner ? Ah, je crois comprendre ! Vous voulez probablement lui montrer…

— Tut tut tut, la coupa David, ne lui dites rien, cela lui fera une surprise. Vous aimez les surprises, Anne ?

La jeune fille hésita quelques secondes. Certes, elle aimait les surprises, mais se méfiait de celles que pouvait lui réserver son original de cousin.

— Oui, dit-elle, bien sûr !

— Parfait, je vais faire préparer nos chevaux.

— Sir Lawrence est un vieux magistrat, voisin de lady Caroline, expliqua Jenny quand son mari fut sorti. Il sort très peu de chez lui, à part pour les devoirs de sa charge. Venez avec moi dans ma chambre, je vais vous prêter ma tenue d'amazone, sans quoi vous allez gâcher votre robe.

Quelques instants plus tard, Anne, vêtue d'un costume fort seyant couleur aubergine, se hissait, avec l'aide de Landry, sur la selle d'un vieux cheval bai.

— Il est très doux et il va l'amble, lui expliqua le bonhomme, c'est bien confortable pour les dames. Mrs Burnett ne le monte plus très souvent, ça lui fera du bien de sortir un peu.

Anne hocha la tête et prit les rênes, tandis que Landry flattait l'arrière-train du cheval. David monta avec facilité sur sa jument. Une fois de plus, la jeune fille envia l'aisance avec laquelle les messieurs pouvaient se déplacer. Il serait tellement plus simple de monter comme eux à califourchon, plutôt que de se caler la jambe autour de la fourche d'une selle pour dames ! Toutefois, elle devait reconnaître que la posture cambrée des amazones était gracieuse, et mettait en valeur la silhouette.

Les deux cavaliers sortirent au pas de Guildford. Quand le bourg fut derrière eux, ils passèrent au trot. Anne fut heureuse – et rassurée – de constater que ses réflexes étaient intacts. Ils empruntèrent la route qui menait à Oak Lodge, puis bifurquèrent sur un chemin étroit, bordé de feuillus. Anne passa derrière David, pour éviter d'être giflée par des branches. Après quelques minutes, le chemin descendit, puis il entama un grand virage au bout duquel David s'arrêta.

— C'est là, dit-il. Regardez !

Au-delà d'une prairie en pente douce, Anne découvrit la construction la plus étonnante qu'elle ait jamais vue. Imaginez un long mur d'enceinte, surmonté de dizaines de statues représentant des cerfs, des chevreuils, des chiens et des renards. À l'aplomb de chacune d'elles, une ouverture en plein cintre laissait entrevoir le parc. Ce mur fantastique, couronné par sa ménagerie de pierre noircie par le temps, marquait l'entrée du domaine.

— Alors ? s'enquit David. Qu'en pensez-vous ?

— C'est extraordinaire !

— Les ancêtres de sir William aimaient furieusement la chasse. Vous verrez d'autres statues dans les jardins.

Ils passèrent sous le porche aménagé au milieu du mur, et se retrouvèrent dans une allée bordée de grands buis, qui n'avaient pas été taillés depuis longtemps. Au bout de celle-ci, Anne aperçut un petit manoir de pierres et de briques percé de fenêtres en ogive. Les communs, un peu à l'écart, avaient un toit de chaume. David se dirigea droit sur les écuries, où un palefrenier était occupé à pelleter du crottin. Le bâtiment, lézardé, avait connu des jours meilleurs. David mit pied à terre, aida Anne à descendre de cheval, puis ils confièrent leurs montures au garçon et se dirigèrent vers l'entrée du logis. Ils n'eurent pas le temps de l'atteindre qu'un vieil homme en robe d'intérieur damassée s'avança vers eux, tête baissée. Des mèches de longs cheveux gris dépassaient de sa calotte à gland.

—Sir William, fit David en s'inclinant devant l'étrange personnage.

Le magistrat pointa un doigt en direction d'Anne, qui lui fit une petite révérence.

— Bonjour, Burnett ! Qui est-ce ? Ce n'est pas votre femme, si ?

— Non, sir ! Permettez-moi de vous présenter miss Anne Spencer, une cousine de mon épouse, qui loge chez nous pour quelques semaines.

— Ah, bien, bien ! dit sir Lawrence avec un sourire qui ressemblait fort à une grimace. Vous avez voulu lui montrer le mur aux statues, hé ? Bon, allons parler affaires !

Il prit David par le bras et l'entraîna à l'intérieur, sans plus de considération pour Anne que si elle n'était pas là. La jeune fille était sidérée par tant de grossièreté. Que devait-elle faire à présent ? Entrer à leur suite, ou rester dans le parc ? Elle demeura sur le seuil, hésitante. Heureusement, une femme vêtue de noir et très souriante sous son impeccable bonnet blanc vint à sa rencontre et lui dit :

— Entrez, miss, je vous en prie ! Je suis Mrs Wheel, la gouvernante de sir Lawrence. Je vais vous installer dans le salon et vous apporter un bon thé. À moins que vous ne préfériez vous promener dans les jardins ?

Anne jeta un rapide coup d'œil au parc. Il aurait pu être beau s'il avait été mieux entretenu, mais ses arbres énormes, dont certaines branches, brisées, pendaient jusqu'à terre, ses statues moussues de dieux grecs et ses plates-bandes à l'abandon le rendaient lugubre. Elle frissonna malgré le soleil de mai.

— Merci, dit-elle, je vais vous suivre à l'intérieur.

Mrs Wheel la conduisit dans une pièce immense, dont les murs étaient recouverts de grandes tapisseries défraîchies représentant des scènes mythologiques. Sur l'une, Pâris n'avait plus de pieds – Anne le reconnut à sa pomme. Sur une autre, la tête de Vénus était mitée. Quand la gouvernante revint avec un plateau, elle trouva Anne en contemplation devant une œuvre qu'elle ne parvenait pas à identifier. Deux personnages – hélas sans tête – flottaient sur un nuage dodu surmonté par un aigle.

— Je crois qu'il s'agit de Zeus et Héra, dit Mrs Wheel.

Elle posa le plateau sur une table.

— Nos tapisseries sont en piteux état, mais sir Lawrence les adore, dit-elle. Je vous laisse prendre votre thé, miss, n'hésitez pas à sonner la clochette si vous avez besoin de quelque chose.

Anne s'assit sur un fauteuil et but son thé, puis elle se demanda ce qu'elle pourrait bien faire pour tuer le temps jusqu'à ce que son cousin ait terminé. Elle se leva pour regarder par l'une des quatre grandes fenêtres. On apercevait Oak Lodge de loin, au-delà de la futaie. Il était difficile d'imaginer deux demeures plus différentes. Comme elle aurait préféré attendre dans le petit salon chaleureux de lady Caroline ! Elle soupira.

Quand David réapparut, une demi-heure plus tard, Anne avait épuisé ses réserves de patience.

— Nous avons terminé, sir Lawrence me charge de vous transmettre ses salutations, dit-il. Vous avez vu les tapisseries ? Elles sont assez extraordinaires, n'est-ce pas ? Eh bien, allons-y !

La jeune fille ne demandait qu'à fuir et à retrouver le confort douillet de la maison de ses cousins. David et elle traversèrent à nouveau l'étonnant porche aux statues, mais Anne ne voyait plus les animaux de pierre du même œil. Ils lui semblèrent menaçants, hostiles, sombres gardiens d'un lieu confit dans le passé. Durant le trajet du retour, elle était plongée dans ses pensées. Quelle sorte d'homme était sir Lawrence pour se comporter ainsi ? Ne lui avait-on jamais appris la politesse ? Et ce manoir, si mal entretenu, quel gâchis ! Il pourrait retrouver sa beauté, si on lui consacrait un peu de soins et d'argent.

Ils étaient arrivés à Guildford et mirent bientôt pied à terre devant l'écurie, où les attendait Landry. Le brave homme, qui adorait les chevaux, les prit par les brides et les conduisit dans leurs stalles. Anne et David rejoignirent Jenny dans le salon.

— Nous voici de retour, dit David. Anne s'est fort bien comportée à cheval et elle a admiré comme il se doit le mur aux statues. Je ne suis pas sûr, par contre, qu'elle ait été séduite par sir Lawrence.

— Il est assez original, admit Jenny.

— En effet ! dit platement Anne.

—Sir Lawrence est un magistrat très consciencieux, dit David, et assez sévère. Mais je reconnais que son abord peut sembler déconcertant.

— Il a demandé à David si j'étais son épouse, dit Anne à Jenny.

Celle-ci éclata de rire.

— Vraiment, David ? demanda-t-elle. Il m'a pourtant rencontrée à plusieurs reprises.

— Il n'a aucune mémoire pour ce genre de chose, dit David, mais il se souvient parfaitement de toutes les affaires qui lui ont été soumises.

Anne n'ajouta rien, mais elle priait le ciel de ne plus jamais revoir cet affreux personnage.

7

Le jour du bal, tant attendu, arriva enfin. Un vent d'excitation avait soufflé toute la journée sur la maison des Burnett et les enfants l'avaient senti : ils s'étaient montrés insupportables. Jenny, d'habitude si patiente, rabroua le petit Thomas qui se mit à pleurnicher, tandis que Juliet exigeait des rubans dans ses cheveux pour ressembler à sa maman. Polly, la servante qui aidait Mrs Landry à tenir la maison, s'était brûlée au poignet en repassant la robe de miss Spencer et lançait à Anne, qu'elle tenait pour responsable, des regards furibonds chaque fois qu'elle la croisait dans l'escalier. En fin d'après-midi, un William Leroy désemparé était venu implorer de l'aide : sa sœur Charlotte, qui était invitée à un bal pour la première fois, était en larmes, car elle n'arrivait pas à se coiffer. Jenny, de bonne grâce, vola à son secours, tandis qu'Anne tentait de consoler Juliet, qui venait de comprendre que malgré ses rubans, elle n'irait pas à son premier bal avant une bonne douzaine d'années. Mais quand l'heure fut venue de monter en voiture, tous ces contretemps étaient oubliés. Jenny et Anne avaient fière allure : Jenny dans une belle robe de soie couleur saumon, qui ravivait l'éclat de ses yeux bleus, et Anne dans une adorable tenue de mousseline vert pâle prêtée par sa cousine. Landry avait astiqué la calèche pour lui redonner l'éclat du neuf, et bouchonné les chevaux. Il avait revêtu sa tenue du dimanche et s'était bien peigné pour faire honneur à Mr Burnett et à ces dames.

— Landry, vous êtes superbe, affirma David. Et notre voiture est si rutilante que j'ose à peine y monter !

Le bal réunissait la bonne société de Guildford dans un immense salon tout en longueur, réchauffé par deux cheminées qui se faisaient face. Un orchestre, à demi dissimulé par une forêt de plantes vertes, s'apprêtait à réjouir l'assemblée. Lady Caroline, radieuse, toute vêtue de mauve et froufroutante de dentelles, accueillait ses invités, Grace Bolton à ses côtés. La jeune fille, habillée d'une robe blanche très simple, arborait un superbe collier de grenats, perles et diamants. Elle sourit poliment à Anne, sans davantage s'attarder. Anne balaya du regard l'assistance, en quête de visages connus. Elle repéra miss Cavendish, dans une imposante robe de faille grise aussi raide qu'une armure, William Leroy et sa sœur, sans doute la fameuse Charlotte, une jolie brune, dont les joues avaient encore la rondeur de l'enfance. Trois officiers dans leurs beaux uniformes rouges discutaient avec lady Caroline. À sa grande surprise, Mr Nicolls et son épouse étaient aussi présents – un clergyman était-il censé aller au bal ? Mais Anne ne leur accorda qu'un regard distrait, car toute son attention fut vite accaparée par Mr Clarke. Le jeune homme se tenait debout, près d'une fenêtre, et son visage, à la douce lueur des bougies, était d'une beauté saisissante. Il se remarquait d'autant plus qu'autour de lui de petits groupes discutaient, des jeunes filles riaient, mais lui restait seul, comme perdu dans ses pensées.

— C'est Darcy, murmura Anne. C'est incroyable, c'est vraiment lui !

Tout y était : la minceur aristocratique, l'élégance, les cheveux noirs légèrement bouclés – car c'est ainsi qu'Anne s'imaginait Darcy – l'air fier et ombrageux, légèrement méprisant... Oui, c'était le beau Darcy, dans toute sa splendeur, et le petit cœur d'Anne se mit à battre plus vite. Soudain, on la prit par le bras.

— Miss Anne, dit lady Caroline, vous ne connaissez pas encore mon neveu ! Venez, je vais vous présenter...

Pour une personne si petite, lady Caroline se déplaçait étonnamment vite. Anne, guidée avec autorité par la dame, se prit les pieds dans un tapis et n'évita une chute humiliante que grâce à la poigne de fer de lady Mitford, qui la retint fermement par le bras.

— Eh bien, ma chère, vous l'avez échappé belle !

— Je suis confuse, milady, bredouilla Anne qui se sentit rougir.

Le visage en feu, toujours au bras de la minuscule lady, elle s'avança vers Mr Clarke en tâchant de faire bonne figure. Bien évidemment, le jeune gentleman n'avait rien manqué de la scène ridicule.

— Francis, voici miss Spencer, la jeune cousine de notre chère Jenny Burnett. Miss Spencer est venue l'aider à s'occuper des enfants, elle sera des nôtres durant quelques semaines.

Anne esquissa une révérence tandis que Mr Clarke s'inclinait avec raideur. Quand il se redressa, leurs regards se croisèrent et Anne, qui aurait adoré lire dans les yeux du jeune homme une lueur de curiosité, voire d'admiration, n'y vit qu'un ennui poli.

Lady Caroline s'éclipsa, laissant Anne, bien embarrassée, seule avec le mutique Mr Clarke. Anne réfléchissait désespérément à ce qu'elle pourrait lui dire, et ne trouvait rien d'assez brillant, d'assez fin, d'assez original, quand tout à coup l'orchestre attaqua une danse. Un quadrille ! Anne se prit à espérer que le jeune homme allait l'inviter, mais elle fut cruellement déçue.

— Veuillez m'excuser, dit-il en s'inclinant.

Il tourna les talons et se perdit parmi les danseurs. La situation rappelait tellement à Anne la scène de bal d'*Orgueil et Préjugés*, lorsque Darcy refuse ostensiblement de danser avec Elizabeth, qu'elle était partagée entre l'humiliation et l'envie de rire. Hélas, elle n'avait ni amie ni gentille sœur à qui se confier. Comme il aurait été agréable de pouvoir papoter en observant les danseurs, bien cachée derrière son éventail ! Au lieu de ça, elle était seule, sa cousine Jenny dansait avec David et le plus bel homme de la soirée ne lui avait accordé que quelques secondes de son précieux temps. Personne ne se souciait d'elle. Oh, qu'il est difficile à une jeune fille esseulée de garder bonne contenance pendant un bal ! Qu'il est délicat de prendre une expression naturelle, indifférente, lorsqu'on ne rêve que de danser mais que les conventions exigent qu'un homme fasse le premier pas et vous invite ! Anne piaffait. Elle s'assit, agitant furieusement son éventail. Elle faisait de son mieux pour cacher son ennui et prendre un air détaché, mais il lui paraissait évident que personne n'était dupe. Elle se sentait tout à fait misérable.

Comme pour venir à son secours, une femme d'âge respectable et ses deux filles vinrent s'asseoir à deux pas de sa chaise. Après avoir salué Anne d'un signe de tête, elles poursuivirent leur conversation et la jeune fille ne put éviter de les entendre. Il était question de Mr Clarke et de ses trois mille livres de rente. La dame vantait ce beau parti à ses deux filles et les encourageait à ne pas se montrer trop timides si elles croisaient le regard de ce jeune gentleman. Écœurée par ces manigances et très gênée d'en être le témoin, Anne se leva et décida de rejoindre Miss Cavendish qui, assise près d'une fenêtre, potinait avec sa voisine.

— Miss Anne ! s'écria la brave demoiselle en la voyant arriver. Comme vous êtes jolie ! Venez donc vous asseoir près de moi. N'avez-vous pas trop chaud ? Pour ma part, je trouve que c'est folie d'allumer ces deux cheminées en mai. Je vous conseille de goûter le poulet en gelée, il est excellent. Oh, mais je crois que vous ne connaissez pas encore Mrs Pearson, l'épouse de notre bon docteur…

Anne salua avec courtoisie la dame en question, une personne douce et effacée dont la peau pâle semblait aussi fine et fragile que du papier de soie. Elle avait déjà été présentée à son époux, qui venait régulièrement prendre des nouvelles de Jenny. Un homme assez peu aimable, aux longs favoris grisonnants. Il se trouvait d'ailleurs près du buffet et fixait d'un œil réprobateur les saladiers de punch, comme s'il évaluait leur potentiel de nuisance.

— Voyez comme Charlotte est heureuse, dit Miss Cavendish en désignant un couple de danseurs.

En effet, la jeune fille dansait avec son frère William et elle était radieuse. Jenny avait fait des merveilles.

Elle était joliment coiffée, même si sa robe, très simple, n'était pas à la dernière mode.

— William est un bon garçon, poursuivit Miss Cavendish, pas fier pour deux sous, contrairement à certains. Avez-vous remarqué que Mr Clarke ne danse pas ?

— J'ai vu cela, répondit sobrement Anne.

— Il ne danse même pas avec Miss Bolton, poursuivit la demoiselle avec une lueur de malice dans les yeux. Je crois que mes craintes de le voir l'épouser étaient infondées. Regardez, Miss Bolton danse à présent avec votre cousin, Anne !

À la fin de la danse, William et sa sœur vinrent les rejoindre ; on présenta Charlotte à Anne. La jeune fille, dont les yeux bleus brillaient d'excitation, était si enthousiaste qu'Anne la trouva tout de suite sympathique.

— Oh, miss Spencer, je suis si contente d'être ici, c'est merveilleux ! Tout est si beau, fit-elle en parcourant du regard la pièce magnifique, éclairée par des dizaines de chandelles de cire.

— En effet, sourit Anne, lady Caroline a bien fait les choses ! Elle nous avait pourtant annoncé que la réception serait toute simple…

— Vraiment ? pouffa Charlotte. Je n'imagine pas fête plus fastueuse ! C'est mon premier bal, savez-vous ? Et tout est exactement comme je l'avais rêvé.

— Profitez bien de ces moments, vous vous en souviendrez toute votre vie, affirma miss Cavendish.

— J'en suis sûre ! Et vous, miss Spencer, vous rappelez-vous votre premier bal ?

— Oh oui, c'était dans la salle des fêtes de New Alresford, la ville où vivent mes parents. J'étais furieuse contre mon frère James, qui n'avait pas voulu me faire danser alors qu'il me l'avait promis. Heureusement qu'il me restait quatre autres frères pour m'initier au quadrille ! En fin de soirée, j'avais si mal aux pieds que je pouvais à peine marcher.

Charlotte se mit à rire.

— Je constate que vous aussi, vous vous disputez parfois avec vos frères. Vous avez toute ma sympathie !

— J'étais leur petite sœur, aussi, comme vous l'imaginez, ils m'asticotaient beaucoup quand ils habitaient chez mes parents, expliqua Anne. Mais ils sont tous partis, à présent, et ont été remplacés par d'horribles garnements que mes parents tâchent d'éduquer.

— Vous devez être heureuse de leur échapper pour quelques semaines ! J'ai très soif, confia Charlotte. Voudriez-vous m'accompagner jusqu'au buffet ? Je n'ose y aller toute seule, il faut traverser toute la salle…

Comme c'était touchant ! Anne la prit par le coude et toutes deux se dirigèrent vers le fond de la pièce où officiaient Trilling, aussi grave qu'à l'ordinaire, ainsi que deux valets en livrée. Anne prit soin d'éviter Mr Nicolls, qui regardait les danseurs, un verre à la main, avec un air de réprobation distinguée. On leur servit du punch et du sirop d'orgeat. Les tables recouvertes de nappes immaculées offraient aux invités un choix fastueux. Jambon glacé décoré, tourtes chaudes, soupe blanche, volailles froides et écrevisses en gelée voisinaient avec des biscuits aux épices, du gâteau de Savoie, des pyramides de fruits, des blancs-mangers moulés en forme de camées et autres délices. C'était un enchantement, tant pour les yeux que pour les papilles. Charlotte ouvrait de grands yeux et balbutia quand Trilling lui demanda ce qu'elle désirait. Anne, quant à elle, se fit servir un assortiment généreux, puis toutes deux regagnèrent leur place et entreprirent de vider joyeusement leur assiette en bavardant. Elles terminaient leur verre quand William Leroy s'approcha.

— Miss Spencer, m'accorderez-vous cette danse ?

Il était fort bien vêtu et Anne ne put s'empêcher de lui trouver de la prestance. Elle accepta volontiers. À son agréable surprise, le jeune homme se révéla être assez bon danseur. Il réussit même à surmonter sa timidité pour lui dire toutes les banalités que l'on peut attendre d'un cavalier lors d'un bal. Comme si la première invitation en entraînait d'autres, ce fut ensuite son cousin David qui l'invita, puis le triste docteur Pearson, et Anne se laissa aller au plaisir de danser. À la fin d'un quadrille, alors que la jeune fille, épuisée, n'aspirait qu'à s'asseoir quelques minutes, elle s'aperçut que lady Caroline, debout aux côtés d'un officier, lui faisait un geste de la main, l'invitant à s'approcher.

— Capitaine Glover, dit lady Caroline, j'aimerais vous présenter miss Anne Spencer, la charmante cousine de Mr et Mrs Burnett.

Le capitaine Glover s'inclina devant Anne en souriant. De taille moyenne, très droit, il avait belle allure. Notre héroïne pensa évidemment au capitaine Wickham, le vil séducteur d'*Orgueil et Préjugés,* mais il n'était pas possible de rencontrer deux personnages du même roman dans la même soirée… Si ?

— Anne, poursuivit la lady, le capitaine Glover fait partie de la deuxième milice royale du Surrey.

Anne, à qui les choses militaires avaient toujours paru aussi complexes qu'incompréhensibles, répondit par un gracieux sourire sans oser poser une question qui aurait été, à coup sûr, maladroite.

— La milice sera bientôt de retour à Guildford, poursuivit lady Caroline. Le capitaine Glover a été dépêché ici avec deux autres officiers pour préparer son installation.

— Est-ce lié à la défaite des Français ?

— En effet !

— Vous êtes-vous battu contre les troupes de Napoléon, capitaine ? demanda Anne, curieuse.

Le capitaine Glover retint un sourire.

— Non, miss, la milice n'avait pas vocation à affronter les troupes de l'Ogre[1].

Et voilà, une nouvelle bourde ! Anne se mordit la lèvre mais le capitaine ne la laissa pas dans l'embarras.

— Miss Spencer, dit-il, je suis persuadé que vous n'avez aucune envie de parler de nos batailles ni de cet affreux Napoléon.

— Je ne saurais qu'en dire ! avoua Anne.

— Nous l'avons vaincu, oublions donc la guerre et ses désagréments. Accepteriez-vous de m'accorder la prochaine danse ?

— Avec grand plaisir !

Anne ne fut pas peu fière d'entrer sur la piste au bras d'un officier. Tout en évoluant – fort gracieusement – aux côtés de son cavalier, elle cherchait des yeux Mr Clarke, espérant qu'il assisterait à ce qu'elle considérait comme une revanche. En vain, le jeune gentleman était invisible. Le capitaine Glover finit par s'apercevoir des étranges coups d'œil de sa cavalière et lui demanda :

1. Surnom péjoratif que les Anglais donnaient à Napoléon.

— Chercheriez-vous quelqu'un, miss Spencer ?

Anne rougit et protesta faiblement.

— Je serais fort déçu de vous ennuyer, poursuivit le capitaine, moi qui ai la bonne fortune de danser avec la plus charmante jeune fille de cette assemblée !

Il n'en fallait pas plus pour qu'Anne le trouvât aimable, et elle lui consacra pleinement son attention jusqu'à la fin du cotillon. Le capitaine Glover n'avait certes pas la beauté de Mr Clarke, mais il était gai, avait de bonnes manières et dansait fort bien. Ils bavardèrent agréablement et, lorsqu'il prit congé d'Anne, le capitaine lui glissa qu'il espérait avoir d'autres occasions de la revoir.

Quand elle revint à sa place, Anne retrouva Mrs Pearson et Miss Cavendish en grande conversation, lorgnant Mr Nicolls du coin de l'œil.

— Regardez le révérend, s'alarma Mrs Pearson, il n'arrête pas de boire !

Mr Nicolls, un verre à la main, ne pouvait en effet s'empêcher de tituber légèrement. Son épouse, à ses côtés, lui parlait d'un air affolé. Sans doute, se dit Anne, pour le presser de rentrer chez lui.

— C'est très déplaisant, murmura Mrs Pearson. Cette pauvre Harriett ! Je n'aimerais pas être à sa place. Savez-vous, miss Spencer, qu'elle était ravissante à vingt ans ?

Anne observa Harriett Nicolls qui tentait de faire entendre raison à son époux. Si elle portait quelque chose de plus lumineux que cette robe grise, si elle était moins pâle et souriait un peu, alors oui, *on pourrait imaginer qu'elle ait eu du charme quinze ou vingt ans plus tôt*, se dit Anne avec l'implacable cruauté de la jeunesse.

— Elle n'est pas si vieille que cela, précisa miss Cavendish. Je crois que nous n'avons que six ou sept ans de différence. Mais elle semble si éteinte qu'elle paraît plus âgée.

— Ma cousine Jenny pense qu'elle souffre de ne pas avoir d'enfant, lança Anne.

Miss Cavendish et Mrs Pearson ne répondirent pas, mais elles échangèrent un regard lourd de sous-entendus avant de détourner les yeux. Anne eut la désagréable impression qu'elle venait – encore ! – de commettre un impair… Mais pourquoi donc ? Quel était ce mystère qui entourait Harriett Nicolls ?

8

Les lendemains de bals sont toujours délicats. Si, chez les plus jeunes, en particulier les jeunes filles, l'excitation n'est généralement pas encore retombée, les autres, ceux qui, dirons-nous, ont atteint ou dépassé la trentaine, se réveillent avec une affreuse migraine – la musique –, la bouche pâteuse – le punch –, voire des ampoules aux pieds – la danse. Jenny Burnett n'échappa pas à la règle et c'est une cousine quelque peu défaite, les traits tirés et les yeux gonflés, qu'Anne découvrit lorsqu'elle descendit, fraîche comme une rose, pour prendre son thé matinal.

— Anne, ma chère, murmura Jenny dès qu'elle eut vidé sa première tasse, cet après-midi nous irons présenter nos respects à lady Caroline. Si vous êtes d'accord, nous irons à pied. Je crois que l'air pur me fera du bien.

— Avec grand plaisir !

Rien de mieux qu'une longue promenade pour se dégourdir les jambes et passer en revue les menus événements de la soirée. C'est alors que Polly entra, et exécuta une petite révérence.

— Excusez-moi de vous déranger, madame, mais on vient d'apporter une lettre pour miss Spencer.

Anne sentit son cœur s'emballer. Se pourrait-il que miss Austen lui ait répondu ? Quand la servante lui tendit le pli et qu'elle découvrit une écriture inconnue, elle ne put se tenir. Elle s'excusa auprès de sa cousine et, délaissant son thé, elle fila à l'étage pour découvrir la précieuse missive que voici :

Chawton, le 23 mai 1814

Chère Miss Spencer,
J'ai reçu votre charmante lettre. Ainsi, je ne puis vivre cachée, moi qui espérais pouvoir continuer à écrire dans l'anonymat le plus complet ! Je vous rassure, je ne suis pas du tout fâchée, je suis même très heureuse que mon roman ait suscité autant d'enthousiasme. Toutefois, si comme vous en avez l'intention, vous lisez aussi *Raison et Sentiments* et que vous l'appréciez tout autant, s'il vous plaît, modérez vos compliments sous peine de me rendre vaniteuse.
Je vous demanderai de ne pas diffuser mon nom ni mon adresse, je ne tiens pas à recevoir chaque semaine une liasse de lettres me reprochant d'écrire des livres frivoles. Je compte sur vous !
Vous m'écrivez que vous avez cinq frères, j'en ai six, mais j'ai sur vous l'avantage d'avoir également une sœur, ma chère Cassandra, qui m'est plus proche que quiconque au monde. Je suis enchantée d'apprendre que votre père présente quelques points communs avec Mister Bennet, c'est un personnage que j'affectionne particulièrement. Mais je ne peux que vous contredire avec beaucoup de fermeté quand vous prétendez n'avoir rien

de passionnant à dire sur vous. Comment ? Une jeune lectrice avec autant de ferveur que vous en montrez n'aurait-elle pas de rêves ? Je refuse de le croire.
Sincèrement vôtre,
Jane Austen

Anne ne put s'empêcher de crier de joie. Miss Austen avait reçu sa lettre, miss Austen lui avait répondu ! Et… oh, mieux encore, elle terminait son billet en lui offrant une possibilité de réponse : ne souhaitait-elle pas connaître ses rêves ? Anne relut la fin de la merveilleuse lettre en fronçant les sourcils. « *Une jeune lectrice avec autant de ferveur que vous en montrez n'aurait-elle pas de rêves* »… Oui, c'était assurément une main tendue, une porte ouverte. Alors qu'elle se levait pour prendre son écritoire, elle hésita. Non, ce n'était sans doute qu'une formule de politesse, un de ces délicieux traits d'humour dont la romancière était coutumière. Anne, en proie à un dilemme déchirant, s'affala sur son lit en laissant échapper un gros soupir. Que devait-elle faire ? Serait-ce terriblement impoli d'écrire à nouveau à miss Austen ? Et si la romancière lui répondait par une missive fort sèche pour lui reprocher son impertinence ? Elle ne s'en remettrait jamais ! Mais non, miss Austen ne ferait pas cela, ce n'était pas possible ! Anne, soudain tout à fait résolue, se leva d'un bond, faisant grincer son lit. Elle sortit d'un tiroir sa plume, du papier et une bouteille d'encre. Ah, il lui faudrait aussi de la cire et un sceau, où diable les avait-elle fourrés depuis qu'elle avait écrit à sa mère ?

Dans sa malle, bien sûr ! Elle la fouilla avec fébrilité, les trouva sous une paire de bas et lâcha le couvercle qui retomba avec un bruit sourd. Elle s'assit à son bureau, réfléchit, recula sa chaise… lorsque quelqu'un toqua doucement à sa porte.

— Anne ? Tout va bien ? s'inquiéta Jenny. Je vous entends d'en bas marcher et soupirer, j'espère que vous n'avez pas reçu de mauvaises nouvelles de votre famille ?

Anne étouffa un rire.

— Tout va bien, ma chère cousine, ne vous inquiétez pas, tout va très bien.

Et elle prit sa plume.

L'après-midi, les deux cousines se mirent en route. Elles sortirent rapidement de Guildford et, tout en papotant, empruntèrent le chemin ombragé qui menait à Oak Lodge. En ce mois de mai, le temps était doux, les oiseaux chantaient et c'était un plaisir d'admirer la campagne verdoyante. Grâce à la marche et au grand air, Jenny reprenait de l'énergie et des couleurs. Elle se fit une joie de commenter les menus événements de la veille.

— Charlotte Leroy est charmante, ne trouvez-vous pas ? Vous pourriez vous lier d'amitié…

— Tout à fait ! Elle m'est plus sympathique que miss Bolton, je l'avoue. Charlotte est vive et naturelle, alors que je trouve miss Bolton très affectée.

— Charlotte est adorable, et elle s'occupe très bien de ses jeunes frères et sœurs.

— Leurs parents sont morts, je crois ? Que s'est-il passé ?

Jenny soupira.

— C'est une bien triste histoire. Ils sont morts dans un accident, ils se trouvaient dans une calèche qui s'est renversée. William, l'aîné de leurs enfants, avait à peine douze ans.

Anne frissonna.

— Quelle horreur ! Comment les enfants se sont-ils débrouillés ? J'imagine qu'ils ont été pris en charge par de la famille ?

— Je suppose, oui. Mais, à vrai dire, je ne sais pas grand-chose. À l'époque, je ne vivais pas ici. David et moi venions tout juste de nous marier et nous habitions Londres.

Elles firent quelques pas en silence, chacune plongée dans ses pensées.

— Dites-moi, lança Anne tout à trac, Mr Clarke est-il toujours aussi hautain ?

Jenny parut surprise.

— Vous le trouvez hautain ?

— Il n'a quasiment parlé à personne et je ne l'ai pas vu danser une seule fois.

— Peut-être n'aime-t-il pas cela, tout simplement. Toutefois, vous avez raison, ce n'était pas très poli envers les jeunes filles présentes hier. Il ne vous a donc pas invitée ?

— Non, grinça Anne, qui coupa court à la discussion.

Elles arrivèrent enfin au château et se firent annoncer. Lady Caroline les reçut dans le grand salon, théâtre de la fête de la veille. Les longues tables qui, hier encore, croulaient sous les pâtés, les corbeilles de fruits et les carafes, avaient été enlevées, les beaux planchers à chevrons balayés et cirés, les coulées de cire grattées. Deux femmes de ménage en sueur, perchées sur des escabeaux, frottaient les vitres des hautes fenêtres sous l'œil d'une dame vêtue de noir – sans doute une gouvernante. Lady Caroline, protégée par un grand tablier, s'affairait, ciseaux en main, devant un impressionnant mur de plantes vertes.

— Ah, voici ma chère Jenny et Anne, s'écria-t-elle. Entrez, entrez et asseyez-vous. Les musiciens hier ont quelque peu abîmé mes philodendrons, je m'efforce de réparer les dégâts.

Jenny et Anne prirent place sur deux tabourets et exprimèrent toute leur gratitude à leur hôtesse, tandis qu'elle continuait à inspecter ses plantes bien-aimées et à commenter les dommages qu'elles avaient subis.

— Oui, oui, ce bal était une réussite, se réjouit la lady. Imaginez-vous que quelqu'un a renversé un verre de punch dans ma plus belle fougère ? Mais regardez, c'est extraordinaire, il semble que ça lui ait plutôt réussi ! Cette fois, aucun gentleman n'a cru bon de se débarrasser de ses cendres de cigare dans mes azalées.

— Votre filleule semblait ravie du bal que vous donniez pour elle, milady, et votre neveu est décidément un superbe jeune homme, dit Jenny avec un tact qu'Anne n'avait jusque-là jamais soupçonné.

— Oh oui, ma chère Grace était heureuse, et Francis aussi. Anne, j'espère que vous avez dansé autant que vous l'espériez. Oh, Jenny, aviez-vous remarqué que notre Anne s'était pris les pieds dans un tapis ? C'était fort drôle !

Elle se mit à glousser tandis qu'Anne piquait un fard, très gênée. Pour la dix-millième fois – au moins – depuis sa naissance, elle regretta cette déplorable propension qu'elle avait à rougir pour un rien, mais qu'y pouvait-elle ? Chacun devait porter sa croix.

— J'ai demandé à Trilling de s'occuper de cela, affirma lady Caroline. Il va clouer le tapis, pour éviter que cela ne se reproduise. Ma chère Anne, ne rougissez pas, je vous en prie ! Ah, voici Grace, je vais demander le thé.

En effet, Grace Bolton fit son entrée, vêtue d'une élégante tenue de voyage, tandis que sa marraine agitait vigoureusement une clochette.

— Comment allez-vous, Mrs Spencer ? demanda nonchalamment miss Bolton. Et vous, Miss Burnett ? J'espère que vous vous êtes amusées hier ?

— Nous avons passé une merveilleuse soirée, répondit Jenny.

— Et vous, miss ? insista Grace en fixant Anne. Je crains que Mr Clarke, selon son habitude, ne se soit pas donné la peine de vous faire danser.

— C'était une merveilleuse soirée et j'ai beaucoup dansé, affirma Anne, mais, en effet, Mr Clarke ne m'a pas invitée.

Grace Bolton fronça le nez avec dédain.

— Vous n'avez rien manqué, dit-elle, c'est un piètre cavalier. Alors que votre époux, Mrs Burnett, danse comme un dieu !

— Je lui ferai part du compliment, dit Jenny, rose de fierté.

— Grace, tu exagères en dénigrant ce pauvre Francis, protesta lady Caroline.

— Ce pauvre Francis est de taille à supporter quelques critiques, rétorqua Grace.

— Mr Clarke se joindra-t-il à nous pour le thé ? s'enquit Anne.

— Hélas non, il est parti pour Londres ce matin, expliqua la lady. Il a reçu hier un pli lui demandant de s'y rendre de toute urgence. Nous avons même de la chance qu'il ait accepté de rester pour le bal !

Anne, intriguée, se demandait bien ce qui l'avait poussé à rester si c'était pour profiter aussi peu de la soirée. Pour faire plaisir à sa tante, probablement.

— Je crois que nous avons assez parlé de lui, coupa Grace. Je vais prendre le thé avec vous et partir, votre cocher m'attend. Ah, comme je vais regretter votre compagnie ! C'est toujours une joie de venir à Oak Lodge, mais cette fois, ma chère marraine, vous m'avez gâtée plus que de coutume avec ce superbe bal !

Tandis que lady Caroline, une larme à l'œil, pressait la main de Grace, Trilling entra, chargé d'un plateau supportant tasses de porcelaine fleurie et théière fumante. Grace fit le service avec aisance. Anne ne put s'empêcher de penser qu'elle semblait joyeuse, comme soulagée de partir malgré ses démonstrations d'affection et de gratitude envers sa marraine.

— Me voilà privée de mes deux jeunes gens, murmura lady Caroline lorsque son élégante filleule eut quitté la pièce. Ma maison va me paraître bien vide…

Elle fit de la peine à Anne qui, sous le coup d'une impulsion, s'écria :

— Milady, je serais heureuse de vous tenir compagnie si cela vous est agréable !

Jenny la regarda avec stupeur tandis que le visage de la lady s'éclairait. Anne, consciente qu'elle avait commis une indélicatesse envers Jenny, bredouilla :

— Si toutefois j'en ai le temps, car je dois aider ma cousine…

— Mais qu'elle est charmante ! s'écria lady Caroline. J'apprécie la spontanéité chez la jeunesse. Ma chère Jenny, si vous pouvez vous passer de votre cousine, je serai enchantée de la recevoir ici autant qu'elle le désire.

Déjà Jenny s'était ressaisie et, avec son bon cœur habituel, elle assura Anne qu'elle pourrait se rendre à Oak Lodge aussi souvent qu'il plairait à lady Caroline.

***

Guildford, le lundi 30 mai

Chère maman,

J'espère que vous avez bien reçu ma lettre du 17. Je vous écris celle-ci pour vous raconter le bal d'hier, car finalement lady Caroline Mitford m'a invitée à y participer ! J'étais aux anges, vous savez combien j'aime danser !

Je n'avais pas vraiment de tenue appropriée, aussi Jenny m'avait-elle prêté une très belle robe en mousseline vert pâle, avec de petites manches bouffantes à la mode. Elle m'allait à la perfection, je n'ai même pas eu besoin de la retoucher. Jenny m'avait aidée à me coiffer, je m'étais couchée la veille avec des papillotes et mes boucles étaient encore assez jolies pour le bal. Mon cousin David m'avait cueilli des boutons de roses jaunes pour agrémenter mon chignon, n'est-ce pas adorable de sa part ?

J'ai passé un excellent moment. David ainsi que quelques autres gentlemen m'ont fait danser. Deux boulangères[1], un cotillon et un quadrille, jugez si votre fille a eu du succès !

1. La boulangère était une contredanse très populaire d'origine française.

Nous avons mangé debout[1]. Le buffet était extrêmement élégant, avec une quantité extraordinaire de mets sophistiqués. Les valets qui le servaient portaient perruque et livrée. J'ai goûté pour la première fois de la soupe blanche, une sorte de velouté au bouillon de viande et aux amandes, c'était très bon. La maison de lady Caroline est la plus belle que j'aie jamais vue, le grand salon est immense et possède deux cheminées. Lady Caroline s'occupe beaucoup de son jardin, elle a une roseraie, une orangerie, et beaucoup de plantes et d'arbres magnifiques. Cette dame très aimable apprécie ma compagnie, j'ai beaucoup de chance. Nous sommes retournées la voir cet après-midi pour la remercier, Jenny et moi, et nous avons pris le thé avec elle. Elle raffole des plantes, sa maison en est remplie. Elle m'a dit que je pouvais passer la voir autant que je le désirais pour lui tenir compagnie ! (Bien sûr, je n'irai que si ma cousine n'a pas besoin de moi). Vous ai-je déjà écrit que son domaine s'appelait Oak Lodge ? Je trouve ce nom très chic.

J'ai été présentée au neveu de lady Mitford, qui est un jeune gentleman élégant mais extrêmement hautain, il ne vous plairait pas du tout.

J'espère recevoir bientôt de vos nouvelles, et savoir comment vous vous portez. Transmettez mon bon souvenir à papa.

Votre fille affectionnée,

Anne

1. C'était une nouvelle mode ; auparavant un souper assis était servi tard dans la nuit.

9

Le bal était passé depuis plusieurs jours et la vie avait repris son cours paisible et monotone. David, du fait de son travail, se rendait souvent à Londres, et Jenny passait une grande partie de son temps sur le sofa, à feuilleter les pages mode du *Ackermann Repository*[1]. Anne voyait très peu Thomas et Juliet, que Rose prenait en charge toute la journée. Pour soulager la jeune fille, elle leur lisait parfois une histoire. Elle s'était aperçue que Juliet avait la vivacité de son père et se montrait curieuse de tout, alors que Thomas, pourtant son aîné, comprenait moins vite. Il avait hérité de la placidité de sa mère et de son manque d'humour. Pour Anne, les meilleurs moments de la journée étaient ceux qu'elle passait à lire dans sa chambre ou dans le jardin, et bien sûr la lecture à voix haute *d'Orgueil et Préjugés* qu'elle faisait à l'intention de David et Jenny.

Jenny et Anne venaient de terminer leur petit-déjeuner. Jenny était en proie à l'une de ses migraines et les

1. Revue chic de l'époque, qui traitait des arts, de décoration, de mode, autant que de politique et de littérature.

enfants réclamaient des tartines, lorsque Mrs Landry vint annoncer que « quelqu'un » demandait à être reçu.

— Comme cela tombe mal, murmura Jenny en portant la main à son front, tandis que la petite Juliet en profitait pour escalader un fauteuil. Il est si tôt ! De qui s'agit-il ?

Tout dans le long visage de la gouvernante exprimait la supériorité et le mépris.

— Il s'agit de la petite bonne du révérend Nicolls, madame. Charity. Je lui ai fait savoir que vous ne receviez pas les domestiques.

— La bonne de Mr Nicolls ? s'étonna Jenny. Et c'est à moi qu'elle veut parler ? Comme c'est étrange, mais j'imagine qu'elle a une raison valable pour cela. Faites-la donc entrer, Imogen, je vous prie.

Mrs Landry tourna les talons en reniflant pour marquer sa désapprobation. Quelques secondes plus tard, une grande fille effrayée, le bonnet de travers, fit son apparition dans le salon. Elle expliqua en bredouillant que le révérend Nicolls était très malade et que madame avait besoin d'aide.

— Mrs Nicolls demande si vous auriez quelque chose comme du bouillon, madame, car Mr Nicolls ne peut plus rien avaler. Depuis hier soir il vomit, il a mal au ventre, c'est terrible. Madame est dans tous ses états…

— J'imagine que Mrs Nicolls a fait venir le docteur Pearson ? s'enquit Jenny, fort perplexe. Je ne peux pas venir tout de suite, ma migraine me l'interdit, et je ne suis d'ailleurs pas sûre de me montrer utile. Anne, pourriez-vous vous charger de leur porter du bouillon, s'il y en a ?

— Bien entendu, dit Anne. Je vais voir s'il y a ce qu'il faut en cuisine.

— Nous avons ça ! déclara fermement Imogen Landry, tel un colonel assurant à son général qu'il avait suffisamment de munitions pour partir à l'assaut.

La jeune Charity repartit à toutes jambes. Peu après, Anne entrait dans le presbytère munie d'un panier contenant une cruche de bouillon de poule. À peine eut-elle le temps de remarquer que le vestibule, très sombre, sentait le moisi, qu'elle entendit quelque chose ressemblant à des sanglots.

— Mrs Nicolls ? C'est moi, Anne Spencer. Ma cousine Jenny n'a pas pu venir, elle est désolée et vous présente ses excuses… Je vous apporte du bouillon.

Une porte grinça et Harriett, échevelée, les yeux rougis, fit irruption en gémissant :

— C'est trop tard… Oh mon Dieu… Il est mort ! Mon mari est mort !

Anne se figea, stupéfaite, tandis qu'Harriett se laissait tomber dans un fauteuil, enfouissant son visage dans un mouchoir. Mr Nicolls ne pouvait pas mourir si vite, si ?

— Mort ? bredouilla-t-elle. En êtes-vous sûre ? Mais comment est-ce possible ? Le docteur est-il venu ?

— Je suis là, miss Spencer, dit le docteur. Je n'ai rien pu faire, hélas…

Mr Pearson s'avança, tête basse, en s'essuyant les mains à une serviette. En le voyant, Harriett redoubla de sanglots. Anne sentit tout à coup ses jambes se dérober sous elle et prit une chaise. Elle était sous le choc. Qu'était-elle censée dire ou faire ? Le docteur s'installa auprès de la malheureuse veuve et lui prit la main avec une douceur dans le regard qui surprit Anne.

— Harriett, ma chère, dit-il, vous êtes bouleversée, c'est bien naturel. Miss Spencer, serait-il possible de lui apporter un verre d'eau ? J'aimerais lui administrer un calmant...

Soulagée d'avoir une tâche simple à accomplir, Anne se précipita dans le couloir, avant de réaliser qu'elle ignorait où se trouvait la cuisine. Après avoir ouvert d'une main tremblante une porte qui donnait sur un débarras, elle y parvint enfin et découvrit la jeune bonne qui était venue les chercher. Elle discutait du décès avec une gamine maigrichonne, qui semblait se délecter des détails.

— Tout jaune qu'il était, je te dis, avec des yeux qui faisaient peur, et madame qui criait...

— J'aurais jamais pensé qu'on pouvait passer si vite, murmura la petite, les yeux écarquillés.

Anne toussota pour signaler sa présence.

— S'il vous plaît, pourrais-je avoir un verre d'eau ?

Les deux filles sursautèrent en la voyant et se levèrent d'un bond, faisant tomber un tabouret.

— On vous donne ça tout de suite, miss ! Hetty, passe-moi la cruche !

Une fois munie du verre d'eau, Anne hésita à retourner dans le salon. Elle n'avait jamais vu de défunt et la tentation, aussi morbide qu'elle fût, était grande de voir à quoi ressemblait à présent Mr Nicolls. Était-il aussi jaune que le prétendait la servante ? Anne ouvrit doucement une porte donnant sur le couloir. C'était là, c'était la chambre du révérend ! Les volets étaient fermés, il faisait une chaleur étouffante dans la pièce qui sentait un affreux mélange de vomi, de sueur et de lavande. Dans la demi-pénombre, Anne discerna un grand lit d'acajou, sur lequel on devinait la silhouette bedonnante de l'infortuné Mr Nicolls. Elle s'approcha sur la pointe des pieds, maintenant à deux mains son verre d'eau avant de le poser sur un guéridon. Le visage de Mr Nicolls était effectivement d'un jaune délicat rappelant celui d'une primevère ; quant à ses yeux, fort heureusement, ils étaient fermés. Notre cerveau réagit parfois de manière étrange et totalement inappropriée aux circonstances, ainsi celui de Anne enregistra-t-il quelques détails insignifiants. Les mains boudinées de Mr Nicolls crispées sur le drap. Sa bouche grimaçante aux lèvres blêmes. Un beau pastel au mur, représentant un paysage. Un châle de femme jeté sur une chaise. Un verre contenant un reste de mixture brune sur la table de nuit. Une serviette. Et enfin une cuvette malodorante posée par terre, près du lit. Une grosse mouche vrombit en tournoyant et se posa sur le nez du révérend.

C'en était trop, Anne avait besoin d'air. Elle reprit le verre, inspira un grand coup en se retrouvant dans le couloir, et attendit que les battements de son petit cœur, qui s'était emballé à la vue du cadavre, se calment avant de regagner le salon.

Le docteur était toujours assis près d'Harriett et lui parlait à voix basse. Anne la vit secouer violemment la tête et répliquer :

— Non, je me connais, je n'y parviendrai pas. C'est trop dur !

— Vous y parviendrez, ma chère, affirma le docteur, vous êtes plus forte que vous ne le croyez. Vous devez vous ressaisir ! Ah, voici miss Spencer qui nous apporte de l'eau…

Il fouilla dans son sac, en sortit une fiole dont il versa quelques gouttes dans le verre, qu'il tendit à Harriett. Celle-ci but docilement le mélange.

— Voilà, dit Mr Pearson, ceci devrait vous détendre. Miss Spencer, pourriez-vous conduire Mrs Nicolls dans une chambre à l'étage pour qu'elle prenne un peu de repos ?

— Bien entendu !

— Harriett, voulez-vous bien la suivre ? S'il vous plaît !

— J'ai des choses à faire, protesta la pauvre femme, il faut tout préparer pour l'enterrement. Je ne trouverai jamais la force… Oh, docteur, je crois que je suis maudite ! Ned, mon pauvre Ned !

— Arrêtez ça, Harriett, voyons ! la coupa avec autorité le docteur. Maintenant, il faut dormir !

Anne prit Mrs Nicolls par le bras, l'accompagna jusqu'à l'étage et l'installa sur le lit étroit de ce qui devait être une chambre de domestique. Quand elle retourna au salon, le docteur était en train de faire les cent pas devant la cheminée. Toute douceur avait disparu de son visage, il semblait épuisé et… oui, bizarrement, *furieux*.

— Ce malheureux a creusé sa tombe, s'emporta-t-il. Quel gâchis ! Je lui avais pourtant dit mille fois qu'il mangeait comme un glouton et qu'il buvait trop.

— Oh ! Vous pensez que c'est cela qui aura causé son décès ? s'étonna Anne.

Le docteur leva les bras.

— Si vous saviez combien de fois il m'a fait appeler pour des indigestions ! J'avais beau lui prescrire un régime, il était incapable de s'y tenir, et sa pauvre épouse ne pouvait rien lui refuser. Viandes en sauce, crème, pâtés, sucreries… Pouah ! Quant au reste, je préfère ne rien dire, ajouta-t-il d'une voix plus basse en se rapprochant d'Anne. Vous voyez à quoi je fais allusion, j'imagine ?

Non, Anne ne le voyait pas.

— L'alcool, voyons ! explosa le docteur, tout rouge d'indignation. Il en buvait beaucoup trop ! Rappelez-vous le bal, il tenait à peine sur ses jambes. Aujourd'hui même, alors qu'il avait si mal, il réclamait du rhum.

Anne étouffa un rire nerveux. Le docteur la fixa avec sévérité.

— Ce n'est vraiment pas drôle, miss !

— Pardonnez-moi, bredouilla Anne. Ce sont les nerfs.

— Ah, dit-il en s'adoucissant, je comprends.

Il se leva et s'approcha d'Anne pour l'examiner d'une manière embarrassante.

— Vous êtes pâle, en effet. Une jeune personne comme vous a les nerfs délicats, mais j'imagine que ce n'est pas la première fois que vous vous trouvez dans la même maison qu'un défunt ? À votre âge, je présume que vous avez déjà perdu des grands-parents.

— Je n'ai pas eu la chance de les connaître, répondit sèchement Anne.

Le docteur commençait à l'agacer sérieusement.

— Si vos nerfs sont fragiles…

— Je vous assure que je n'ai pas les nerfs fragiles ! répliqua Anne, indignée.

— Si vous avez une tendance excessive à pouffer, poursuivit Mr Pearson sans tenir compte des protestations de son interlocutrice, c'est probablement que votre alimentation est trop riche en sucre. Je vous conseille de faire une cure de gruau d'avoine pendant trois jours, pour vous purifier le sang, et de boire beaucoup d'eau, ou éventuellement une bonne infusion de camomille…

— Merci, cher monsieur, coupa Anne. Je vous assure que je mange très peu de sucre. Je dois rentrer, à présent, pour prévenir ma cousine de ce…

Anne chercha ses mots. « Drame » lui semblait tout de même excessif.

— … de ce triste événement.

— Vous faites bien ! J'espère que Mrs Burnett viendra rapidement assister Mrs Nicolls. Elle va avoir besoin de soutien, car elle n'a guère de santé, la pauvre. Mon épouse viendra l'aider pour les… préparatifs.

Voilà qui étonna Anne ; elle n'imaginait guère la frêle Mrs Pearson faire face aux crises de nerfs d'Harriett, mais sans doute avait-elle des talents cachés.

***

Notre héroïne n'avait pu résister à l'envie de discuter un peu des récents événements avec l'aimable lady Caroline, aussi, dès que la décence l'avait permis – c'est-à-dire le jour même, à l'heure du thé –, avait-elle couru à Oak Lodge.

Si le sévère Trilling fut surpris de la voir arriver seule, il n'en montra rien, et la fit patienter dans le vestibule. Anne eut le temps de détailler les tableaux accrochés aux murs. La plupart d'entre eux, assez sinistres, représentaient plusieurs générations d'hommes au regard hautain et au long nez qui semblaient toiser les visiteurs avec mépris. *Probablement des ancêtres de feu lord Mitford,* se dit Anne. *Était-il lord*[1]*, d'ailleurs, ou simplement chevalier ou baronnet ? Je n'en ai aucune idée… Mais y aurait-il un portrait de lady Caroline dans sa jeunesse ?*

1. Seuls les ducs, marquis, comtes, vicomtes et barons sont des lords.

Pas ceux-ci, ils sont vraiment trop anciens... Celui-là peut-être ? Mais oui ! Sur une toile, plus petite que les solennelles peintures d'ancêtres, une jeune femme un peu rondelette en robe de mousseline, les cheveux dénoués tombant en grosses boucles sur ses épaules, cueillait une rose dans un jardin. Le tableau n'était pas de belle facture, mais l'artiste avait su capter la joie de vivre dans le regard de lady Caroline.

— Hem…

Anne poussa un petit cri ; elle était tellement absorbée par sa contemplation du tableau qu'elle n'avait pas entendu arriver Trilling. Il se déplaçait silencieusement, tel un cygne glissant sur l'eau d'une mare.

— Milady vous attend dans le petit salon, miss Spencer.

Penaude, elle suivit le majordome. Avant d'ouvrir la porte, il se pencha et murmura en confidence :

— C'était bien un portrait de lady Caroline, miss Spencer. D'un élève de John Hoppner, hélas moins talentueux que le maître…

Il tourna les talons. Anne eut à peine le temps de se remettre de sa surprise que lady Caroline, toute pimpante dans une robe gris perle brodée de myosotis, l'accueillait à bras ouverts. Elle avait bien entendu été informée du décès soudain du révérend Nicolls, et était avide de connaître des détails de première main.

— Ainsi, vous avez été parmi les premières à voir cette infortunée Harriett Nicolls après le décès ? demanda-t-elle.

— En effet ! dit Anne en reposant sa tasse sur la fine soucoupe de porcelaine.

— J'imagine qu'elle est bouleversée, dit la lady.

— Oh, oui ! Elle faisait peine à voir. Le docteur Pearson était là, fort heureusement. Même s'il n'a rien pu faire pour Mr Nicolls, il s'est montré très préoccupé par l'état de sa femme.

Lady Caroline claqua la langue.

— Cela ne m'étonne guère, il a toujours eu un faible pour elle, bien que je me demande pourquoi…

Anne ne put cacher sa surprise. Harriett Nicolls ne lui semblait pas avoir les atouts nécessaires pour faire tourner les têtes.

— En tout bien, tout honneur, poursuivit la lady, bien évidemment.

— Bien évidemment ! répéta Anne, dont les joues s'empourpraient.

— Harriett était une jolie fille, avant… Ils auraient fait un couple assez assorti, mais le docteur était déjà marié quand il a fait sa connaissance. Tout de même, c'est étrange de mourir aussi soudainement. Si je comprends bien, il ne s'agissait pas d'une attaque d'apoplexie ?

— Je ne pense pas. Sa petite bonne nous a dit qu'il était malade depuis la veille, qu'il avait vomi et souffrait beaucoup du ventre.

— Ah, voilà qui est intéressant ! dit lady Caroline, songeuse. Peut-être a-t-il mangé de la viande avariée au souper ? Mais j'imagine que son épouse aurait aussi été malade. J'espère qu'il n'était pas atteint d'une de ces épouvantables fièvres fort contagieuses…

— Le docteur n'a rien évoqué de tel. Mais peut-être était-il fiévreux. Il devait délirer, car il a réclamé du rhum.

— Du rhum ? s'écria la lady, stupéfaite. Par tous les diables, je n'ai jamais entendu dire qu'on soignait ses boyaux avec du rhum ! Quant à son penchant pour l'alcool, que nous connaissions tous, je vous assure qu'on n'en meurt pas en un jour.

— Le docteur Pearson a vivement critiqué la façon dont Mr Nicolls se nourrissait, expliqua Anne. Il pense qu'il mangeait et buvait beaucoup trop. C'est cela qui aurait causé sa mort. Comme une sorte d'indigestion.

— Pfffff ! s'écria lady Mitford avec mépris. Cela ne m'étonne pas de lui, il est obsédé par la nourriture. Si on l'écoute, nous mangeons tous très mal. Il ne rêve que de nous mettre au régime, de nous nourrir de navets bouillis, de gruau et d'œufs, c'est sa marotte.

Anne hocha la tête d'un air entendu.

— Je vous accorde que de mauvaises habitudes alimentaires nuisent à la santé, poursuivit la lady, mais Mr Nicolls était robuste, il ne souffrait même pas de la goutte et n'était point obèse.

— Je me souviens que la jeune bonne a dit qu'il était tout jaune et que les yeux lui sortaient de la tête, ou quelque chose comme ça…

— J'imagine que vous n'avez pas vu… le corps ? murmura la lady en se penchant vers Anne d'un air complice.

— En fait, si, milady. Je me suis trompée de porte…

— Vraiment ? s'enquit lady Mitford avec une lueur pétillante dans l'œil.

Un ange passa. Anne, sous le regard pénétrant – et amusé – de son hôtesse, sentit qu'elle ne pourrait pas mentir plus longtemps.

— Je vous l'avoue, j'y suis allée, j'étais curieuse. Ce n'était pas très avisé de ma part.

— Mais si, vous avez bien fait, j'aurais agi de même ! Et alors ?

— Il était jaune, j'en conviens. À part ça, je n'ai rien noté de particulier, dit Anne.

Lady Caroline termina sa tasse de thé, la posa sur un guéridon, et fixa Anne d'un air malicieux.

— Il y a une possibilité que notre docteur n'a pas envisagée…

— Vraiment, milady ? Laquelle ?

— Le révérend a pu être assassiné. Empoisonné.

Sidérée, Anne écarquilla les yeux.

— Vous ne le pensez pas sérieusement ?

— Non, bien sûr, mais je me pose la question. Il faut bien reconnaître que ce décès est très soudain.

— Et que son épouse, qui a sans doute mangé comme lui, n'est ni morte ni malade. Je vois…

Anne se sentit soudain légèrement nauséeuse. Lady Caroline pouvait-elle avoir raison ? La dame se pencha vers elle et lui dit sur le ton de la confidence :

— Entre nous, il faut bien reconnaître que Mr Nicolls était un épouvantable raseur ! À part la malheureuse Harriett, qui se retrouve veuve, qui va le regretter ?

— Ma foi, ses sermons étaient terriblement longs, et sans intérêt. Mais, milady, si tous les clergymen ennuyeux se faisaient assassiner, il n'en resterait plus beaucoup.

Lady Caroline éclata de rire.

— Comme j'aime votre franchise ! Tant de jeunes filles ne savent que minauder, ma chère, mais vous, vous ne savez ni feindre ni mentir.

Anne fut un peu vexée, mais fit bonne figure.

— Vous avez raison, dit lady Caroline, ce n'est pas un motif suffisant pour assassiner quelqu'un. Bien, je pense qu'il est de mon devoir d'aller visiter cette pauvre Harriett. Je vais faire atteler ma calèche. Peut-être voudrez-vous m'accompagner ?

Anne repensa à la maison sinistre, à l'odeur de renfermé et aux gémissements d'Harriett Nicolls. Elle hésitait, manquant de courage. Lady Mitford s'en aperçut.

— Non, bien sûr, ce sera tout sauf plaisant. Vous en avez assez fait. Rentrez chez votre cousine, mon petit, dit-elle en tapotant la main d'Anne. Reposez-vous, et revenez me voir quand vous le pourrez !

10

Anne se tournait et se retournait dans son petit lit, incapable de dormir. Pour la première fois de sa jeune vie, les livres ne lui étaient d'aucun secours : elle ne parvenait pas à concentrer son attention sur ce qu'elle lisait. Elle revoyait Mr Nicolls, gisant tout froid et raide dans son lit, dans cette chambre sinistre à l'odeur pestilentielle. La pauvre Harriett, éperdue de chagrin. Le docteur, si prévenant envers elle, et tellement agaçant avec ses préconisations alimentaires ridicules. Anne repensait, avec un malaise croissant, à l'étrange suggestion de lady Caroline. Se pouvait-il que cette dame, si gentille, ait l'esprit dérangé ? Mais elle n'en avait pas l'air, pas du tout. Et si elle avait raison ? Qui d'autre qu'un occupant de la maison aurait pu assassiner Mr Nicolls, l'empoisonner ? Car s'il y avait meurtre, il s'agissait d'un poison, forcément. Anne excluait Mrs Nicolls, qui était tellement bouleversée, et les petites bonnes qui n'avaient pas du tout, à ses yeux, l‘allure d'un meurtrier. Non, un assassin se devait d'être diabolique, intelligent, ténébreux, énigmatique. Comme Mr Clarke, songea soudain la jeune fille. Elle pouffa, étouffant le bruit sous ses couvertures. Il est vrai que le neveu de lady Caroline était énigmatique à souhait. Et quelle allure ! Ces yeux perçants, ces beaux cheveux, ce dédain… Oui, il était vraiment beau, et ténébreux, son Mr Darcy à elle. *Peut-être n'est-il pas aussi hautain que je le pense ? Il est possible qu'il cache un mystérieux secret, quelque chose qui le rend triste et solitaire. Un chagrin d'amour, par exemple ?* Anne se redressa dans son lit. Mais oui, comment n'y avait-elle pas songé auparavant ? *Il a eu le cœur brisé par une belle indifférente ou, pis, il a été trahi et s'est depuis replié sur lui-même. Il se méfie des jeunes filles, il les croit toutes pareilles à la cruelle qui l'a amèrement déçu. Oh, quel dommage qu'il ait quitté Oak Lodge si vite, j'aurais pu apprendre à le connaître et, qui sait, peut-être se serait-il intéressé à moi ? Devrais-je demander à lady Caroline s'il reviendra bientôt ? Il n'y aurait pas de mal à poser la question, si ? Par ailleurs, j'aurai sans doute l'occasion de revoir ce charmant capitaine Glover. Lui au moins n'est pas hautain pour deux sous. Il ne ressemble pas du tout à Darcy. En fait, il ne ressemble pas non plus à Wickham, que j'imagine avec un petit air sournois. Au gentil Bingley, peut-être ?*

Comme on le voit, les pensées de la jeune fille avaient pris tout doucement, imperceptiblement, un autre chemin. Un chemin moins sombre, vers le doux pays des rêves éveillés, bien loin du pauvre Mr Nicolls et de sa veuve éplorée.

Le lendemain, Anne accompagna Jenny au presbytère. Sa cousine avait laissé parler son bon cœur, elle désirait apporter à la malheureuse Harriett un panier de légumes fraîchement cueillis, une tourte aux rognons et la consolation de sa présence.

Mrs Nicolls leur ouvrit la porte elle-même, tout de noir vêtue. Elle s'était visiblement ressaisie depuis la veille, et fit asseoir ses visiteuses dans le salon. Anne eut la surprise d'y trouver William Leroy, qui se leva avec empressement pour les saluer.

— William va m'aider pour toutes les formalités, expliqua Harriett. Je lui suis très reconnaissante.

— Je vous en prie, murmura le jeune homme, c'est le moins que je puisse faire…

Jenny apporta ses paquets à la cuisine en compagnie d'Harriett, et Anne resta seule avec William. Qu'allait-elle pouvoir dire à ce garçon si falot ? Un silence gênant s'installa dans le petit salon. William se racla la gorge.

— J'ai appris que vous étiez arrivée juste après le décès de Mr Nicolls, dit-il. J'imagine que vous avez dû être choquée…

Allez savoir pourquoi, cette remarque assez anodine piqua Anne au vif. Ce jeune fermier timide la prenait-il pour une petite chose fragile ? C'était vexant ! Aussi est-ce fraîchement qu'elle répliqua :

— En effet, j'ai été choquée, je n'imaginais pas que Mr Nicolls était aux portes de la mort. La jeune servante qui est venue nous prévenir nous a juste dit qu'il était très malade.

William Leroy hocha la tête.

— Ça a été si soudain que nous sommes tous stupéfaits. La veille, Mr Nicolls pensait souffrir d'une simple indigestion…

— Oh, vous l'aviez donc vu la veille ? Il était déjà malade ? Je l'ignorais.

— Oui, miss ! Hier soir, j'étais passé récupérer un livre qu'Harriett m'avait emprunté. Mr Nicolls était déjà souffrant, il était assis juste sur le fauteuil où vous êtes, il venait de sortir de table et il se plaignait beaucoup du ventre.

Anne digéra l'information. Ce jeune William connaissait suffisamment Mrs Nicolls pour l'appeler par son prénom, c'était surprenant.

— Il ne voulait pas faire venir le docteur Pearson, malgré l'insistance d'Harriett, soupira le jeune homme. Il pouvait se montrer très entêté. Il a fallu attendre le petit matin pour qu'il accepte qu'on aille le chercher. Hélas, c'était trop tard.

Harriett et Jenny les rejoignirent, accompagnées de Charlotte, la jeune sœur de William.

— Oh, Miss Spencer, bonjour ! s'écria la jeune fille. Je suis heureuse de vous revoir, bien que ce soit dans de tristes circonstances.

— As-tu terminé ? demanda William.

— Oui !

William se tourna vers Anne.

— Ma sœur aidait Harriett à faire du tri…

— C'est très gentil à vous, dit Anne.

Cette jeune fille était décidément sympathique.

— Harriett, ma chère, dit Jenny, y a-t-il autre chose que je puisse faire pour vous aider ? Voulez-vous que nous sortions ensemble faire quelques pas ? Il fait beau, je suis sûre que le grand air vous ferait du bien.

Mrs Nicolls, qui était restée prostrée sur une chaise durant tout l'échange, murmura faiblement :

— Non, merci, Jenny. Mrs Pearson doit venir me tenir compagnie ce soir. Je suis très entourée, je ne m'attendais pas à cela…

Elle éclata en sanglots et tira un mouchoir de sa poche.

— Je ne me rendais pas compte qu'Herbert était tant apprécié ! Charlotte m'a aidée à trier ses livres cet après-midi, je tiens à ce que chacun ait un souvenir de lui… Attendez !

À la grande surprise d'Anne et de Jenny, Charlotte et Harriett allèrent chercher un panier de livres ayant appartenu au révérend et Harriett entreprit de les distribuer. Anne eut une minute d'espoir : peut-être y avait-il dans le lot quelque chose d'intéressant ? Pas des romans, elle n'osait l'espérer, mais du théâtre, ou des récits de voyage ? Elle déchanta très vite : Mrs Nicolls lui remit *Sermons pour les jeunes dames et les jeunes demoiselles,* du prédicateur James Fordyce, tandis que Jenny se voyait offrir un exemplaire usé d'un recueil d'hymnes et de poèmes sacrés – pauvre Jenny, qui n'arrivait même pas à lire *Orgueil et Préjugés* ! Quant à William, il reçut les *Commentaires de la bible* d'Adam Clarke. Ainsi lestées de quelques kilos de saine littérature, Jenny et Anne remercièrent Harriett Nicolls et s'apprêtaient à prendre congé quand Charlotte s'écria :

— Mrs Nicolls, ne vouliez-vous pas offrir à Mr Burnett le livre sur les plantes médicinales ? Celui qui a de si jolies gravures ?

— Ah, celui-là, dit Harriett. Non, il n'appartenait pas à mon époux, il l'avait emprunté à lady Caroline.

— Je peux le lui rendre, si vous voulez, proposa Anne. J'irai demain à Oak Lodge.

Harriett lui tendit l'ouvrage en la remerciant. Sur le chemin du retour, Anne était plongée dans ses pensées. Cette visite lui laissait un sentiment de malaise diffus. Et une question lui trottait dans la tête : la discrète

Mrs Nicolls, habituellement si peu loquace, n'en faisait-elle pas un peu trop dans son rôle de veuve éplorée ?

***

New Alresford, le 28 mai

Ma chère Anne,
Je suis désolée de n'avoir pas répondu plus tôt à ta lettre, je n'ai pas vu passer le temps. Figure-toi que le jeune Morton a attrapé les oreillons et n'est pas sorti de son lit depuis trois jours. J'espère qu'il sera vite sur pied, car j'ai fort à faire avec les autres garçons. Franck Sherborne, comme tu le sais, ne fiche rien si on n'est pas sur son dos. Bertie Stanton s'est quant à lui cassé une dent et prend prétexte de cela pour ne pas travailler ses lettres. Pour couronner le tout, Beth, la fille de notre voisine Augusta, a rompu ses fiançailles sous je ne sais quel prétexte, ce qui fait qu'Augusta passe son temps à se lamenter dans ma cuisine – je soupçonne son mari de me l'envoyer parce qu'il ne supporte plus de l'entendre gémir. Beth, en tout cas, n'a pas l'air triste. Je l'ai croisée hier au marché et elle était tout sourire.
Je suis heureuse de savoir que tu vas bien. J'espère que tu te montres attentive et efficace auprès de Jenny, je crois me rappeler qu'elle n'a pas beaucoup d'énergie. N'oublie pas de faire très attention en portant le bébé (je ne sais plus comment il s'appelle) : leur tête est fragile à cet âge et il ne faut surtout pas les laisser tomber, cela pourrait entraîner des séquelles dramatiques. Il ne faut pas non plus les cogner en passant une porte ! Est-ce que Jenny l'allaite encore ?
Je te transmets le bonjour de ton père. Nous avons reçu hier des nouvelles de John, il va bien et vogue sur le HMS Ville de Paris ; grâce à Dieu, depuis l'abdication de cet affreux Napoléon la Navy

n'a plus à se battre ! Edmund nous a fait savoir qu'il se portait bien, ses ouailles ne l'épuisent pas trop. Nous devrions voir arriver bientôt Oliver et Robert pour les vacances. Quant à James, il est sans doute trop occupé avec ses patients londoniens pour nous donner des nouvelles.
Affectueux baisers de ta
Maman

***

— Chère Anne, comment allez-vous depuis hier ? Asseyez-vous, mon enfant, asseyez-vous ! J'espérais bien que vous viendriez.

La jeune fille, qui s'était empressée de revenir à Oak Lodge dès qu'elle l'avait pu, se laissa tomber plutôt qu'elle ne s'assit sur un des délicats fauteuils Queen Anne[1] de lady Caroline.

— Vous êtes très en beauté aujourd'hui, Anne, poursuivit la lady. Le bleu vous met en valeur, et la marche a ravivé votre teint ! Cela ne vous fatigue pas trop de venir à pied, j'espère ? Je peux vous envoyer une voiture…

— Je vous remercie infiniment, Milady, mais ce n'est pas la peine, j'aime beaucoup marcher !

— Voulez-vous du thé ? À moins que vous ne préfériez une limonade ? Il fait si chaud et vous avez tant marché !

— Le thé sera parfait.

Lady Caroline agita vigoureusement la clochette posée près d'elle sur un guéridon.

1. Datant du XVIIIe siècle, les meubles de style Queen Anne étaient légers et confortables, avec des formes courbes.

— Alors, dit-elle, voulez-vous que nous continuions notre petit jeu ?

— Quel petit jeu, milady ?

— Eh bien, jouer à imaginer que Mr Nicolls ait pu être assassiné ! Car ce n'est qu'un jeu, naturellement ! Un peu comme si nous faisions des charades.

— Bien entendu ! dit Anne, sans cacher son soulagement.

Si lady Mitford ne prenait pas vraiment ses suppositions au sérieux, cela voulait dire qu'elle était saine d'esprit.

— Bien ! Plus j'y réfléchis, et j'y ai réfléchi, vous pouvez me croire, dit la lady, plus je m'interroge. J'ai demandé à Harriett ce qu'ils avaient mangé pour dîner, la veille de la mort du révérend. Ils ont mangé tous les deux *exactement la même chose.* Et elle n'a pas été indisposée *du tout* !

— C'est troublant... admit Anne. De mon côté, j'ai appris que William Leroy était allé au presbytère, la veille de la mort de Mr Nicolls. Le révérend se plaignait déjà du ventre, mais ne voulait pas que son épouse appelle le médecin.

— Ah... mais cela ne nous avance guère, n'est-ce pas ?

— En effet !

Trilling entra en portant un plateau d'argent, sur lequel cliquetait la porcelaine. Le thé. Anne se leva et fit le service, puis elle s'interrompit et reposa la théière plus brutalement qu'elle n'aurait dû.

— Oh, j'allais oublier ! Mrs Nicolls m'a chargée de vous rendre ce livre, que son époux vous avait emprunté.

Elle fouilla le réticule qu'elle avait pris soin d'emporter et en sortit un livre, qu'elle tendit à son hôtesse.

— Mon *Recueil de plantes médicinales* ! s'exclama lady Caroline. J'avais totalement oublié que le révérend me l'avait emprunté… Merci, chère petite, c'est un ouvrage précieux.

— Savez-vous, milady, dit Anne, sur le coup d'une impulsion, s'il y a dans ce traité un chapitre sur les plantes toxiques ?

— Probablement ! On ne peut pas parler d'un végétal sans mentionner les dangers qu'il peut représenter. Pourquoi cette question, Anne ? Vous pensez que Mr Nicolls aurait pu s'empoisonner par mégarde ?

— Il aurait pu se tromper en préparant une tisane, ou quelque chose comme cela…

— Cela se tient. Mais préparait-il des tisanes ? Je serais fort étonnée qu'il ait jamais mis les pieds dans sa cuisine.

Elles burent leur thé en silence, plongées dans leurs pensées. Anne avait une idée en tête qui lui semblait bien un peu ridicule, mais elle se lança :

— Et si c'était le docteur Pearson ? Vous m'aviez dit, je crois, qu'il avait un faible pour Harriett Nicolls…

— C'est bien vu, admit lady Caroline, mais il est marié, voyez-vous, et le décès de Mr Nicolls ne fera pas tomber sa veuve dans ses bras. Entre nous, je n'imagine pas que Pearson aurait le cran nécessaire pour cela. Non, je penche plutôt pour la jeune bonne, c'était elle la mieux placée pour faire le coup.

Anne n'était pas convaincue.

— Vraiment ? Pourtant, elle m'a semblé bouleversée.

— Il y a de quoi l'être, si elle vient d'empoisonner son maître !

— Mais pourquoi aurait-elle fait cela ? Vous pensez qu'il la maltraitait ?

Lady Caroline fit la moue.

— Allez savoir... Peut-être qu'elle le volait et qu'il s'en est aperçu ?

— Ce pourrait être une raison, en effet, mais elle est si jeune !

— Vous savez, ma chère Anne, les maisons de correction sont pleines de jeunes gens malfaisants. Tenez, je me suis laissé dire qu'ici même, dans la maison de correction de Guildford, il y aurait trois assassins âgés de moins de dix-huit ans.

— Vraiment ? C'est effrayant ! Mais pour en revenir à Mrs Nicolls, pensez-vous qu'on a volé quelque chose au presbytère ? Mrs Nicolls vous en a-t-elle parlé ?

— J'ai l'intention de le lui demander, dit lady Caroline. Pas de but en blanc, bien sûr, mais avec subtilité.

— Peut-être faudrait-il attendre que son époux soit enterré ?

— Vous avez raison, ma chère, bien sûr. À ce propos, Harriett m'a donné quelques détails sur le déroulement des obsèques...

Lady Caroline s'apprêtait à parler, lorsque Trilling apparut et toussota pour signaler sa présence.

— Milady, sir Lawrence Burgess est ici et demande à être reçu.

— Sir Lawrence ? s'écria lady Caroline. Ça par exemple ! Cela doit faire dix ans qu'il n'a pas mis les pieds chez moi ! Que peut-il bien vouloir ?

Anne se leva comme mue par un ressort ; il n'était pas question qu'elle rencontrât à nouveau ce déplaisant personnage.

— Je vais vous laisser, milady, je…

Mais lady Caroline l'interrompit en levant la main avec autorité.

— Il n'en est pas question ! Restez, je vous en prie, cela abrégera sans doute sa visite.

Anne ne savait que dire. Comment lady Caroline pouvait-elle envisager qu'elle restât, sans savoir sur quoi porterait la conversation du magistrat ? Lady Caroline s'aperçut de sa gêne et expliqua :

— Je ne suis pas en très bons termes avec sir Lawrence, qui n'est pas le plus agréable de mes voisins. Nous avons eu des différends à propos d'une clôture, il y a quelques années, et je n'ai aucune idée de la raison qui le pousse à venir aujourd'hui. Nous le découvrirons ensemble. Faites-le entrer, Trilling, je vous prie !

Quelques instants plus tard, sir Lawrence, précédé d'un bruit de bottes martelant le parquet, déboulait dans le petit salon. S'il ne portait pas, cette fois, de robe de chambre, sa vêture n'en était pas moins originale. De hautes bottes crottées, un manteau usé qui aurait mieux convenu à un cocher qu'à un gentleman, et un tricorne du siècle précédent dont dépassaient quelques mèches grises lui conféraient une allure pittoresque de vieux pirate. Lady Mitford le salua toutefois aimablement. Anne, qui commençait à la connaître, nota une certaine raideur dans sa brève révérence. Sir Lawrence, quant à lui, aboya un « lady Mitford » avant de s'incliner avec une raideur toute militaire. Puis il aperçut Anne, qui se faisait discrète derrière son fauteuil.

— Je connais cette jeune personne, dit-il en pointant, de manière fort impolie, un doigt vers notre héroïne. Je vous ai vue avec Mr Burnett, hé ? Miss… miss…

— Miss Spencer, dit posément lady Caroline, est la cousine de Mrs Burnett.

En guise de salut, sir Lawrence inclina la tête si vigoureusement qu'Anne craignit que son tricorne ne tombât sur la théière. Lady Caroline le pria de s'asseoir, ce qu'il fit à grand renfort de bruits de bottes et de froissement d'étoffes. Il ôta son couvre-chef et le posa par terre. Il semblait à Anne que le petit salon, si paisible quelques minutes plus tôt, avait été envahi par toute une troupe de soldats sans manières.

— Que me vaut le plaisir de votre visite ? demanda lady Caroline.

— Je suis venu vous prévenir, en tant que bon voisin mais également comme magistrat, qu'une troupe de bohémiens campait dans le voisinage.

Des bohémiens ! Voilà qui était terriblement romanesque. Anne se figura aussitôt un groupe de mystérieux étrangers aux vêtements bigarrés, encadrant quelque noble vieillard aux cheveux blancs. Peut-être y avait-il parmi eux une diseuse de bonne aventure aux yeux de braise… Nous devons toutefois préciser que ce tableau assez consternant sortait tout droit de son imagination nourrie de ses lectures.

— Voilà qui est intéressant ! dit lady Caroline. Je vous remercie de m'en informer, mais en quoi suis-je concernée ?

— Un vol a été commis chez un fermier, sa montre a été dérobée alors qu'il était aux champs. Cela s'est passé en plein jour, ce qui dénote beaucoup d'audace ! Le voleur était un jeune garçon de la troupe, qui a pu être reconnu et arrêté. Je vous recommande donc la plus grande prudence, milady, et prévenez-moi si vous constatez quelque chose de suspect sur votre domaine.

Anne n'y tint plus, il lui fallait savoir si ce vol pouvait avoir un lien avec la mort de Mr Nicolls.

— Sir Lawrence, demanda-t-elle, depuis quand ces bohémiens sont-ils à Guildford ?

Le magistrat se tourna vers elle, surpris.

— Depuis deux jours, miss. Puis-je vous demander la raison de cette question ? Auriez-vous été victime d'un vol ?

Lady Caroline, assise derrière le magistrat, écarquillait les yeux pour intimer à Anne de se taire, mais il était trop tard. Quand notre héroïne était lancée sur ce genre de pente savonneuse, rien ne pouvait l'arrêter.

— Pensez-vous qu'ils soient capables… que ces gens puissent aller jusqu'à tuer quelqu'un ? demanda-t-elle d'une voix tremblante.

Consternée, lady Caroline ferma les yeux, comme pour se protéger d'une catastrophe imminente qu'elle refusait de voir. L'imprévisible sir Lawrence allait-il rembarrer sa jeune amie ? Hurler de rire ? Ou – ce qu'elle redoutait le plus – allait-il lui tirer les vers du nez pour savoir pourquoi Anne posait une telle question ? Si c'était le cas, que Dieu leur vienne en aide ! La jeune fille n'était sûrement pas de taille à résister à un interrogatoire en règle, et si elle révélait les soupçons qu'elles nourrissaient toutes deux à propos de la mort du révérend Nicolls, qui sait comment sir Lawrence réagirait ? Mais c'est avec beaucoup de sérieux qu'il répondit :

—Les bohémiens peuvent se battre pour régler une affaire d'honneur, oui. Cela se règle en général à coups de couteau, j'ai vu cela deux fois dans ma carrière.

Mais vous n'avez rien à craindre d'eux à présent, si c'est cela qui vous inquiète. Le jeune voleur a été arrêté, les autres vont se tenir tranquilles.

— Miss Spencer est très impressionnable, dit lady Caroline, pour venir au secours d'Anne.

— Que va-t-il arriver à ce garçon ? s'enquit Anne.

Sir Lawrence la fixa.

— Il vaut mieux que vous l'ignoriez, miss, croyez-moi. Justice sera rendue !

Il se leva, remit son tricorne, salua ces dames et sortit.

11

Jane Austen travaillait au manuscrit d'*Emma.* Si quelqu'un, par exemple vous, lecteur ou lectrice, était entré sans bruit dans la pièce, sans savoir de qui il s'agissait, il aurait probablement pensé que cette dame respectable était en train d'écrire une lettre sans grand intérêt à une nièce, voire de griffonner une liste de courses. En effet, rien n'était moins spectaculaire que Jane en plein labeur. Installée dans la salle à manger, devant une modeste table octogonale, elle écrivait ses œuvres sur de petites feuilles qu'elle cachait, en les recouvrant d'un buvard, lorsqu'un visiteur s'annonçait. Ce jour-là, elle était particulièrement inspirée et concentrée. Aussi sursauta-t-elle lorsque sa sœur Cassandra surgit, un pli à la main.

— Je suis désolée de t'avoir surprise, dit-elle tandis que Jane posait sa plume, mais j'ai pensé que ceci pourrait t'intéresser.

Elle tendit à Jane le courrier qui venait d'arriver.

— Qu'est-ce donc ? Oh, mais je crois reconnaître l'écriture…

Jane brisa le cachet, déplia la lettre et sourit.

— Mais oui, c'est notre jeune admiratrice de Guildford ! Veux-tu t'asseoir ? Je vais lire sa lettre à voix haute.

Cassandra ne demandait que ça. Repliant sous elle sa longue jupe brune, elle s'installa sur une chaise tout près de sa sœur. Jane se mit à l'œuvre.

Guildford, le 30 mai 1814

Chère Miss Austen,
Quelle joie j'ai ressentie en découvrant votre lettre ! Je vous en suis extrêmement reconnaissante ! Je me permets de vous répondre, j'espère ne pas abuser de votre temps.
Tout d'abord, je tiens à vous tranquilliser : jamais je ne communiquerai votre nom ni votre adresse sans votre permission, vous pouvez me faire confiance.

Jane éclata de rire.

— Cette chère petite ! Me voilà pleinement rassurée, il est vrai que je n'en dormais plus.

… Je voudrais aussi vous raconter le bal auquel j'ai participé il y a deux jours.

— Elle ne va tout de même pas te raconter sa vie, s'inquiéta Cassandra.

— Mais elle a raison de le faire, c'est charmant, et cela m'intéresse, répliqua Jane, toujours penchée sur la lettre. Elle me décrit fort bien le lieu, la lady qui recevait et qui semble être une personne très aimable. Cette fille a une jolie plume. Mais… Holà, ça ne va plus du tout !

— Qu'y a-t-il ?

Jane ne souriait plus et parcourait la lettre, les sourcils froncés.

— Jane ? Qu'y a-t-il ? répéta Cassandra. Tu m'inquiètes !

Jane releva enfin la tête, préoccupée.

— Le croiras-tu ? Cette petite sotte croit avoir rencontré le sosie de Darcy au bal ! Écoute ça :

Figurez-vous que j'y ai fait la connaissance de Mr Darcy, en chair et en os, tout du moins d'un jeune homme qui lui ressemble fort. Il est très beau, aussi solitaire et hautain que votre héros. Comme la malheureuse Elizabeth Bennett, j'ai dû ravaler ma fierté tandis qu'il s'éloignait au lieu de m'inviter à danser, juste après m'avoir été présenté. Mais j'ai fait contre mauvaise figure bon cœur !

— C'est tout ? s'étonna sa sœur. C'est plutôt drôle.

— Elle ne peut s'empêcher de me donner d'autres détails, il s'appelle Mr Clarke, il monte divinement à cheval, il habite Londres et vient souvent chez sa tante…

— Rien que de très naturel, Jane !

— Crois-moi, si elle me raconte tout cela, c'est qu'elle n'est pas loin de tomber amoureuse, même si elle ne le sait pas ! Cela me déplaît fortement. Si toutes mes jeunes lectrices croient voir Darcy chaque fois qu'un beau jeune homme affiche un air sombre et ténébreux, alors qu'il a peut-être cette expression à cause de… je ne sais pas, moi ? Une rage de dents…

— Je ne vois pas où est le mal, murmura Cassandra, perplexe.

— Mais si ! Elles vont tomber amoureuses de garçons malpolis, prétentieux et odieux, espérant qu'un jour ils leur ouvriront leur cœur et se révèleront généreux et follement amoureux d'elles, comme Darcy l'est d'Elizabeth Bennett. Mon Dieu, mais qu'ai-je fait en écrivant ce livre ?

Jane se laissa lourdement tomber sur sa chaise et gémit en se prenant le front entre les mains.

— Jane, dit doctement Cassandra, tu exagères. Tu as trop d'imagination !

— Je vais lui écrire, s'écria Jane.

— À qui ? demanda sa sœur, perdue.

— À la jeune Anne, voyons ! Pour calmer un peu ses ardeurs.

Jane prit son écritoire, en sortit une grande feuille et trempa sa plume dans l'encrier.

— Si tu veux mon avis, ma chère Jane, marmonna Cassandra en quittant la pièce, tu accordes bien trop d'influence à tes romans.

***

Chawton, le 2 juin,

Chère Miss Spencer,

J'ai été très heureuse de recevoir votre lettre et je voudrais dissiper chez vous tout scrupule : vous ne me dérangez pas. J'ai l'habitude d'écrire des lettres chaque jour, cela me distrait de l'écriture de mes romans. Je dois toutefois reconnaître qu'il y a peu de lecteurs qui prennent la peine de m'écrire, ce qui est bien normal puisque très peu connaissent mon identité. Aussi, quand cela m'arrive, ma vanité en est flattée !

Vous me décrivez le bal avec beaucoup d'enthousiasme, ce qui est bien naturel. J'adorais danser lorsque j'avais votre âge et je ne m'en privais pas quand j'en avais l'occasion. Mais, je vous en prie, ne croyez pas trouver en votre Mister Clarke un autre Darcy ! Je peux comprendre que son attitude vous ait rappelé mon héros, mais n'allez pas plus loin, s'il vous plaît, je ne voudrais pas me sentir responsable de votre cœur brisé s'il s'avérait que ce jeune gentleman ne se montrât pas à la hauteur de vos espérances. Et ce serait le cas, car qui pourrait égaler Darcy ? Personne, croyez-moi ! Malgré ses défauts, qu'il est inutile de détailler, je l'ai paré de tant de qualités que si d'aventure il existait je l'aurais épousé moi-même ! Voilà, j'ai soulagé ma conscience en vous donnant ce conseil avisé et j'espère, sans trop y croire, que vous ne le négligerez pas.

Je vais vous faire une confidence : je travaille depuis plusieurs mois à un roman qui met en scène une jeune fille prénommée Emma. Elle est très sûre d'elle et bien trop confiante en son jugement. Elle aime se mêler de la vie des autres et les conseiller – aussi mal que possible. De plus, elle est assez paresseuse pour ne pas cultiver ses talents ni affiner sa réflexion.C'est pourquoi elle se trompe souvent, tout en étant persuadée d'avoir raison. Ses erreurs vont entraîner une série de malentendus, de situations très délicates et, je l'espère, drôles. Je ne voudrais pas agir comme elle en me montrant péremptoire, mais j'insiste : Mister Clarke n'est pas Darcy. Si vous vous sentez quelque inclination vers lui, voyez-le comme il est en réalité et non comme l'incarnation d'un personnage qui n'existe, hélas, que dans *Orgueil et Préjugés.*

Ma chère sœur me fait signe, je crains que le devoir m'appelle. Je vous laisse en compagnie de vos rêves, chère Miss Spencer. Puissiez-vous y trouver de la joie.

Sincèrement vôtre,

Jane Austen.

***

Guildford, le 6 juin

Chère Miss Austen,

Quel bonheur de recevoir à nouveau un courrier de votre main ! Je vous remercie mille fois, du fond du cœur. Je conserve précieusement vos lettres et les garderai toute ma vie !

J'ai beaucoup de choses à vous annoncer, mais commençons par répondre à vos inquiétudes.

Je ne vais pas tomber amoureuse de Mister Clarke, rassurez-vous. J'ai mentionné sa ressemblance avec Darcy au moment du bal parce que la scène était tellement drôle que j'en ai ri, mais cela s'arrête là. Mais en réalité j'ai bien d'autres choses en tête que l'amour : figurez-vous que notre curé si ennuyeux est mort ! Il avait mal au ventre, paraît-il. Sa domestique est venue chercher ma cousine pour lui demander de l'aide, mais Jenny (ma cousine) souffrant d'une de ses terribles migraines, j'y suis allée à sa place. J'ai trouvé son épouse en sanglots, le malheureux venait de décéder. Le médecin pense que c'est parce qu'il mangeait trop, mais c'est étonnant, ne trouvez-vous pas ? Il était encore assez jeune et semblait en bonne santé. Lady Caroline Mitford, la dame qui a donné le bal – la tante de Mister Clarke –, trouve cela bizarre. Elle n'a aucune confiance en ce docteur qui a examiné le révérend, sous prétexte qu'il est obsédé par la nourriture trop riche et conseille à tout le monde de suivre un régime. D'ailleurs, il m'a prescrit du gruau, souverain, selon lui, pour purifier mon sang ! Lady C, donc, trouve cette mort si rapide très suspecte. Elle s'est même demandé s'il ne pouvait pas s'agir d'un empoisonnement. Je veux dire, d'un meurtre par empoisonnement, pardonnez-moi,

puisque l'épouse du révérend, qui a mangé comme lui, n'a pas été malade.
Ma lettre est très confuse, j'en suis consciente, mais j'avoue être troublée tant par cette mort que par ce que lady C s'imagine. Miss Austen, vous est-il déjà arrivé d'avoir affaire à une mort étrange dans votre entourage ? Je n'ose pas vous demander votre avis, mais vous êtes tellement intelligente et perspicace que si vous étiez là, vous sauriez, j'en suis sûre, démêler le vrai du faux dans tout cela. Lady C se laisse sûrement emporter par son imagination. Je peux le comprendre, car j'ai moi-même beaucoup d'imagination. Ma mère me le dit souvent. Il est vrai qu'elle n'en a aucune, c'est sans doute pour cela qu'elle est toujours d'humeur égale.
Notre malheureux curé sera enterré tout à l'heure, je serai présente, bien entendu.
Très respectueusement,
Anne Spencer

***

Guildford, le 6 juin

Chère maman,
J'ai bien reçu votre lettre du 28 mai, que vous m'avez écrite alors que vous n'aviez pas encore reçu celle où je vous racontais le bal de lady Mitford. Nos missives se sont croisées ! J'espère que vous me pardonnerez de ne pas vous avoir répondu plus tôt, mais un événement inattendu a bouleversé notre quotidien et je n'ai guère eu de temps pour moi.

Je vous rassure, cela ne me concerne pas directement. Je me porte bien ainsi que Jenny, David et leurs enfants.
Voici l'événement important : deux jours après le bal, notre curé (saviez-vous que les clergymen pouvaient être invités à des bals ? Je l'ignorais) est mort brutalement. Il s'est plaint la veille au soir d'un mal de ventre et au matin tout était fini ! Je suis arrivée chez lui (pour lui porter du bouillon car Jenny, comme souvent, avait la migraine) juste au moment où il venait de rendre l'âme. Le docteur était là, il n'a rien pu faire et pense que c'était une sorte d'indigestion. N'est-ce pas étrange ? Son épouse avait mangé les mêmes plats que lui, pourtant elle n'a pas été malade.
Sa veuve est très affectée, comme vous pouvez l'imaginer. En fait, elle l'est plus que vous ne pourriez l'imaginer, à tel point que l'on peut se demander si elle a encore toute sa raison. Le révérend était pourtant très peu aimable avec elle, je n'aurais pas pensé qu'elle puisse être si bouleversée par son décès.
Jenny et moi sommes allées la voir plusieurs fois, elle nous a même offert des livres ayant appartenu à son défunt mari. Tout à l'heure, nous irons assister à l'enterrement (Jenny me prêtera une tenue noire).
Avez-vous entendu parler d'une intoxication alimentaire qui ne toucherait qu'une personne, même si d'autres ont mangé la même chose ? N'est-ce pas bizarre ? À moins que ce soit une fièvre qui n'aurait touché que lui ?
Je vous remercie pour les nouvelles de mes frères, ainsi que celles des garçons qui sont à la maison. Transmettez-leur,

ainsi qu'à Papa, mes pensées affectueuses.

Je vous embrasse,

Anne

***

L'enterrement de Mr Nicolls se fit sous une pluie battante. L'office fut expédié. Les quelques paroissiens présents n'étaient venus que par respect pour la fonction exercée par Mr Nicolls et au bout d'une heure et demie tout était terminé.

Anne, Jenny et David rentrèrent trempés et frissonnants. Bien que l'on fût début juin, Mrs Landry avait eu la bonne idée de leur préparer un chocolat chaud.

— Quelle bonne idée, Imogen, s'écria Jenny. Je suis transie.

— N'allez pas prendre froid, s'inquiéta la gouvernante.

Jenny la rassura, avala son chocolat, puis David et elle s'éclipsèrent rapidement pour aller se changer. Anne dut faire face à une avalanche de questions de la part de Thomas et Juliet qui n'avaient jamais eu l'occasion d'assister à un tel événement.

— Est-ce que tout le monde était très triste ? s'enquit Juliet.

— Juliet, voyons ! s'écria Rose, choquée. Il ne faut pas poser ce genre de questions !

— Pourquoi, miss Rose ?

— Parce que. Parce que ce n'est pas…

— Ce n'est pas *convenant* ? hasarda Thomas

— Pas convenable, voilà ! le coupa Rose, vexée que le petit ait – presque – trouvé le mot avant elle. C'est le mot que je cherchais !

— Les gens sont forcément tristes quand ils assistent à un enterrement, tu sais, ajouta Anne, évasive.

En réalité, parmi les paroissiens de Saint-Nicholas venus assister aux obsèques, peu regrettaient sincèrement le révérend.

— À partir de quel âge est-on vraiment *obligé* de venir ? demanda Thomas qui, contrairement à sa sœur, n'avait nulle envie d'assister à un enterrement.

— Je pense qu'on n'y est jamais forcé, Thomas… dit Anne.

— Mais si, quand tu es une grande personne et que ton mari ou ta femme meurt, tu DOIS y aller ! s'écria Juliet.

— Pas du tout, répliqua Anne. Mrs Nicolls, par exemple, n'était pas présente aujourd'hui, et toutes les personnes qui étaient là l'ont fort bien compris.

— Oh ! Je pensais que Mrs Nicolls serait venue avec des voiles noirs sur la tête qui la cacheraient jusqu'aux pieds, dit Juliet, fort déçue.

— Tu es bête ! dit Thomas en haussant les épaules.

— Thomas, cela ne se fait pas d'insulter sa sœur, dit Rose.

— Si elle avait des voiles, personne ne l'aurait reconnue, elle était peut-être là sans qu'on le sache ! insista Juliet, pleine d'espoir.

— Je peux t'assurer qu'elle n'était pas là, affirma Anne.

Juliet ravala sa déception et trouva aussitôt un nouveau centre d'intérêt. Elle fixa d'un œil envieux le bonnet que portait Anne, garni d'un ruban de crêpe noir et prêté par Jenny.

— Anne, je peux essayer ton chapeau avant que maman le range ?

— Tu dois demander l'autorisation à ta maman, ma chérie. Maintenant, les enfants, si vous voulez bien rester avec Rose, je vais me changer, je suis trempée !

12

Mrs Landry ne l'aurait reconnu pour rien au monde, mais elle appréciait les romans de Jane Austen. Tout avait commencé un soir. Elle apportait une tisane de tilleul à Mrs Burnett qui, comme souvent, souffrait de migraine. Cette jeune écervelée de miss Spencer était assise près d'elle et lui lisait un livre à voix haute. Imogen avait posé la tasse et s'apprêtait à repartir, quand elle entendit presque malgré elle une phrase qui la fit glousser. C'était bien vu, et si drôle ! Fort heureusement, Imogen savait se tenir : personne ne s'était aperçu de rien. Elle avait ralenti le pas pour sortir de la pièce, presque à regret. Depuis, le soir, lorsque miss Spencer faisait sa lecture à voix haute, elle s'installait dans le couloir avec son torchon pour essuyer la vaisselle. Elle ne faisait pas de mal et, de toute manière, qui pouvait bien le savoir ? Rose était en haut avec les petits et Polly était repartie chez elle depuis longtemps. Ainsi, elle pouvait entendre certains passages et vibrer aux états d'âme d'Elizabeth Bennett. Ce soir-là, elle avait fini sa tâche depuis longtemps, mais elle s'attardait derrière la porte tandis qu'Anne lisait.

— « ... *Les bals seront absolument interdits, à moins que vous n'y dansiez qu'avec vos sœurs, et vous ne sortirez des limites du parc que lorsque vous aurez prouvé que vous pouvez consacrer dix minutes par jour à une occupation raisonnable* ». *Kitty, qui prenait toutes ces menaces à la lettre, fondit en larmes.* « *Allons, allons, ne pleurez pas, lui dit son père. Si vous êtes sage, d'ici une dizaine d'années, je vous promets de vous mener à une revue.* »

David éclata de rire, tandis que Jenny étouffait un bâillement.

— C'est très drôle, mais je crois que je vais aller me coucher, murmura-t-elle.

Anne referma *Orgueil et Préjugés*. De l'autre côté de la porte, Imogen Landry fila à toutes jambes sans demander son reste.

— Oh, dit la jeune fille, je suis navrée de vous avoir fait veiller trop longtemps !

— Mais non, protesta gentiment Jenny, c'est toujours un plaisir de vous écouter lire, mais la journée a été rude…

Elle s'approcha d'Anne et l'embrassa sur la joue.

— Bonne nuit, ma chère Anne !

Jenny sortit, laissant Anne et David en tête à tête dans le salon. Il faisait doux en ce début du mois de juin, la fenêtre qui donnait sur le jardin était entrouverte et le parfum des roses entrait par bouffées. Après quelques minutes de silence paisible, David inclina la tête et dévisagea Anne avec un petit air narquois.

— Dites donc, ma petite Anne…

— Oui, David ?

— Il me semble que vous recevez pas mal de courrier ces temps-ci… Auriez-vous quelque soupirant ? Non, je ne le crois pas, je suis prêt à parier que vous correspondez avec… voyons…

Anne, partagée entre confusion et fierté, car elle se doutait que son cousin l'avait démasquée, se mordit la lèvre pour ne pas rire.

— … une dame ? Est-ce que j'ai raison ?

— Oui ! J'ai la chance d' échanger avec miss Austen.

David frappa dans ses mains, triomphant.

— Je le savais ! J'avais bien dit à Jenny que notre petite Anne était bien trop sage pour écrire à un amoureux en secret.

— Quoi ? s'étrangla notre héroïne. Ne me dites pas que ma cousine s'imaginait…

— Jenny n'imaginait rien du tout, voyons, vous la connaissez ! Non, bien sûr, je vous taquine. Alors, dites-moi, miss Austen vous a répondu ?

— Oui, elle m'a écrit une lettre. C'est si gentil à elle de répondre à une jeune fille insignifiante comme moi.

— Allons, Anne, vous qui vous flattez d'être sincère, ne vous rabaissez pas ! J'imagine donc qu'elle ne s'est pas fâchée que je vous aie révélé son nom et son adresse.

— Non, et je vous en suis vraiment reconnaissante. Sans vous, je me serais contentée d'être une de ses lectrices, alors qu'à présent, même si elle ne m'a écrit que deux fois, je me sens tellement privilégiée !

— J'en suis heureux ! À présent, ma chère cousine, il est temps que j'aille me coucher. Mais pas avant de vous avoir remis quelque chose. Voyons…

Il se leva et, devant Anne très intriguée, se rendit dans le vestibule où il ouvrit un placard en marmonnant :

— Où ai-je pu le mettre, bon sang ? Ah, voilà…

Il tendit un livre à Anne.

— Voici le premier tome d'un autre roman écrit par miss Austen, *Raison et Sentiments.* J'espère que vous l'aimerez autant que vous aimez *Orgueil et Préjugés.* Je garde les deux tomes suivants sous clé, pour préserver votre temps de sommeil. Je vous les donnerai d'ici trois ou quatre jours si vous êtes sage !

Quelle merveilleuse surprise ! Après avoir remercié David avec effusion, Anne monta l'escalier d'un pied joyeux, serrant le précieux paquet contre son cœur. Son cousin, malgré ses plaisanteries douteuses, était décidément un amour.

Chère Miss Austen,
Mon cher cousin David m'a offert hier *Raison et Sentiments.* J'en ai bien sûr commencé la lecture sitôt couchée, et aussi longtemps que ma chandelle me l'a permis. Marianne est un personnage merveilleux, tellement sensible et enthousiaste ! J'avoue être moins séduite par sa sœur Elinor, mais je n'en suis qu'au quatrième chapitre. Je vais essayer de le lire le plus lentement possible pour faire durer mon plaisir qui, comme chaque fois que je vous lis, chère Miss Austen, est immense.
Fidèlement vôtre, Anne Spencer

***

Anne marchait d'un bon pas. Ses visites quasi quotidiennes à lady Caroline lui procuraient toujours la même étrange impression, une touche d'excitation mêlée d'une pointe de culpabilité, qui donnait à sa vie le zeste de piquant qui lui manquait. Elle était impatiente d'échafauder avec la lady moult hypothèses, plus invraisemblables les unes que les autres, tout en se sentant vaguement coupable de trouver du plaisir à ce jeu qui, il faut bien l'avouer, était assez morbide.

Ce jour-là, une surprise l'attendait à son arrivée à Oak Lodge. Dans le petit salon désormais familier, lady Caroline n'était pas seule.

— Chère Anne, vous ne vous attendiez pas à cela, n'est-ce pas ? Francis est déjà de retour de Londres !

Assis à côté de sa tante, le beau Mr Clarke – incroyable ! – lui sourit. Un petit sourire, certes, mais tout de même, c'était un début. Le cœur d'Anne s'emballa ; elle sentit ses mains devenir moites.

— Comment allez-vous, miss Spencer ?

Il avait une belle voix grave et posée. Anne balbutia quelque amabilité de convenance et s'assit, encore sous le coup de la surprise.

— Francis est arrivé hier, poursuivit la lady. Cette fois, il va rester longtemps. N'est-ce pas ?

Elle interrogeait son neveu du regard.

— Je l'espère, ma tante. J'apprécie Oak Lodge, bien évidemment, mais c'est surtout votre compagnie qui m'est chère.

Lady Caroline roucoula de plaisir et Trilling apporta le thé.

— Notre chère Anne va le servir. Elle en a pris l'habitude car, comme tu le sais, elle vient souvent me tenir compagnie depuis ton départ.

— Avec grand plaisir !

Anne s'était ressaisie et s'exécuta avec grâce, bien qu'elle sentît sur elle, durant toute l'opération, le regard inquisiteur de Mr Clarke. Malgré son trouble – que penserait-il d'elle si elle en versait partout ? Déjà qu'il l'avait vue se prendre les pieds dans un tapis lors d'un épisode qu'elle aurait adoré oublier –, elle réussit à ne pas verser une goutte de thé ailleurs que dans les tasses.

Tandis qu'ils buvaient, lady Caroline interrogea son neveu sur ses activités pendant les quelques jours qu'il avait passés à Londres, quels étaient les concerts ou expositions qui l'avaient intéressé et autres bavardages de ce genre. Le jeune homme lui répondait poliment, sans trop donner de détails, ce qui laissait à Anne le loisir de l'observer. Il semblait plus détendu que lors du bal et la jeune fille, intriguée, se demanda ce qui avait bien pu se passer durant ce bref séjour pour modifier ainsi son comportement. Se serait-il réconcilié avec quelque amoureuse ? Quand il ne resta plus une goutte de thé, lady Caroline se leva et dit :

— À présent, j'ai fort à faire, je vous laisse. Francis, voudrais-tu accompagner Anne dans les jardins ? Elle sera enchantée de profiter du beau temps avant de repartir chez sa cousine…

Anne eut un moment de panique. Mr Clarke allait-il la rabrouer, comme il l'avait fait pendant le bal ? Mais le jeune homme s'inclina devant elle et répondit :

— Avec joie !

Anne, comme dans un rêve, se retrouva au côté de ce séduisant gentleman, parcourant les allées de la superbe roseraie. Grace Bolton ne lui avait pas menti, c'était une merveille. Elle n'eut pas besoin de se creuser la tête pour trouver un sujet de conversation : les roses lui en fournirent un, inépuisable.

— Comme cette rose blanche est belle ! Et celle-ci, est-elle parfumée ? Mon Dieu, oui, sentez-la donc, Mr Clarke, c'est un enchantement ! Elle embaume le citron.

— En effet !

— J'adore les roses, et celles-ci sont sublimes ! Dans notre jardin, hélas, nous n'avons qu'un rosier, qui est loin d'être aussi beau que ceux-ci.

— Ma tante est une experte. Votre jardin, dites-vous, où se trouve-t-il ? J'ignore tout de votre famille.

Anne n'en croyait pas ses oreilles. Se pouvait-il que Mr Clarke s'intéressât à elle ? Ce changement d'attitude était tellement inattendu qu'elle dut se ressaisir pour lui répondre.

— Mes parents habitent New Alresford, dans le Hampshire, au nord-est de Winchester. Notre maison est grande, mais elle n'a rien d'extraordinaire. Le jardin n'est pas entretenu avec beaucoup de soin, je dois le reconnaître.

Elle revit tout à coup sa mère accroupie dans l'herbe, un plantoir à la main, essayant d'installer correctement des bulbes de tulipes pendant une des rares pauses que lui accordaient ses jeunes protégés. Malgré ses efforts, Mrs Spencer n'avait pas la main verte. Ses tentatives pour fleurir son trop grand jardin, perpétrées en général à la mauvaise saison, se soldaient par des échecs cuisants. Anne et ses frères ne se privaient pas d'en plaisanter alors que, elle le réalisait à l'instant avec surprise et confusion, ils auraient mieux fait de l'aider. Une bouffée d'amour filial la submergea.

— Je crois savoir que vous n'êtes à Guildford que pour quelques semaines, reprit Mr Clarke, pour assister Mrs Burnett ?

Anne revint à l'instant présent.

— En effet. Jenny est une cousine de ma mère, je suis venue l'aider à s'occuper des enfants. Mais j'avoue que depuis quelque temps, je ne fais pas grand-chose.

À son grand désespoir, Anne se sentit rougir. Depuis la mort étrange de Mr Nicolls, elle délaissait Jenny pour aller cancaner avec lady Caroline. Elle en était consciente et s'en trouvait un peu honteuse.

— J'imagine que votre cousine s'est rétablie, elle a probablement moins besoin de vos services. Ma tante m'a dit que vous veniez souvent lui rendre visite, je m'en réjouis. Elle apprécie beaucoup votre compagnie et ne tarit pas d'éloges à votre sujet. Je vous suis reconnaissant du temps que vous lui consacrez, je sais à quel point la solitude lui pèse, et je ne peux hélas pas venir aussi souvent que je le voudrais…

— Vraiment ? s'étonna Anne. Je ne pensais pas que lady Caroline souffrait de solitude. Elle semble si gaie, et si passionnée par ses plantes et son jardin…

— C'est pourtant le cas. J'aimerais aborder avec vous un point un peu délicat…

Anne se raidit, craignant de deviner la suite.

— Lady Caroline m'a confié que vous vous interrogiez toutes deux sur le décès soudain de Mr Nicolls. Que vous imaginiez qu'il ait pu être empoisonné par je ne sais qui…

C'était bien ça ! Anne détourna la tête, confuse. Comme cela semblait ridicule, dans la bouche de Mr Clarke !

— Ne soyez pas gênée, dit Francis Clarke, je sais que c'est une suggestion de ma tante. Elle a parfois des idées extravagantes, et celle-ci ne me plaît guère. Elle est enchantée d'avoir trouvé en vous une personne qui a, semble-t-il, autant d'imagination qu'elle.

— Je comprends que cela puisse vous paraître bizarre, et même déplacé, dit Anne d'une voix mal assurée, mais c'est une sorte de jeu. Nous ne le prenons pas réellement au sérieux.

— Un jeu ? répéta le jeune homme, perplexe. Vraiment ?

Anne ne sut que répondre. Ils firent quelques pas. Mr Clarke, sourcils froncés, regardait au loin, tandis qu'Anne, mortifiée, baissait les yeux sur les graviers de l'allée.

— Vous me rassurez. Je ne voudrais pas que les fantaisies de ma tante vous mettent dans l'embarras…

— Cela ne me dérange nullement, monsieur, je vous l'assure !

Mr Clarke ralentit le pas, il semblait hésiter. Enfin, il se tourna face à Anne et dit :

— Pourrais-je vous demander… Qu'est-ce qui a amené ma tante à imaginer que Mr Nicolls n'était pas mort de mort naturelle ?

— Mr Nicolls est mort très rapidement d'un mal de ventre. Cela ressemble à un empoisonnement, qui pourrait venir d'un aliment avarié. Mais ce qui trouble lady Caroline, c'est que ni son épouse ni les domestiques de la maison n'ont été malades.

Mr Clarke soupira en levant les yeux au ciel.

— C'est tout ? Je vois. Je vous remercie pour votre franchise, miss Spencer, et j'espère que ma tante cessera de vous troubler l'esprit avec ces histoires.

— C'est pour moi une joie de distraire lady Caroline, protesta Anne.

— Je crois toutefois comprendre ce qui l'a chagrinée. Mr Nicolls ne devait guère avoir plus de trente-cinq ans et paraissait plutôt en bonne santé, même s'il buvait un peu trop.

— Vous le connaissiez ? s'étonna Anne.

Elle avait du mal à imaginer quels rapports ce jeune gentleman pouvait avoir entretenus avec l'ennuyeux clergyman.

— Comment l'éviter ! s'écria Mr Clarke. Chaque fois que je séjournais ici, je le trouvais installé dans la bibliothèque, et si j'essayais de m'esquiver discrètement, il se faisait un malin plaisir de me courir après.

— Vous aimez donc lire ?

— Plus que tout ! J'affectionne les biographies, ainsi que les auteurs classiques, mais je cède parfois au plaisir de lire un bon roman.

Anne ne put résister. Parler de livres effaçait toute gêne ; la petite part de malaise qui demeurait entre le jeune homme et elle s'envola comme par enchantement. Mr Clarke aimait lire, Mr Clarke était donc une âme sœur.

— Auriez-vous lu *Orgueil et Préjugés* ? De miss… D'une dame qui tient à garder l'anonymat ? C'est mon roman préféré, il est merveilleux et drôle !

— Non, je lis peu de romans, mais j'ai entendu dire le plus grand bien de celui-ci par des amis, à Londres. Vous lisez beaucoup, miss Spencer ?

— C'est mon passe-temps favori ! Mais je reconnais lire surtout des romans, de la poésie et, bien sûr, les pièces de Shakespeare.

— J'espère que ma tante vous a fait visiter sa bibliothèque ? Non ? Eh bien, je me ferai un plaisir de vous la montrer. Mais revenons à Mr Nicolls. Je vais vous faire une confidence : je suis convaincu qu'en réalité, il ne lisait rien du tout. Quand il entendait s'ouvrir la porte de la bibliothèque, il sursautait et se précipitait sur un livre pris au hasard dans les rayons. Il prenait un air pénétré absolument ridicule et faisait semblant de lire, un bras artistiquement replié derrière son dos.

Il se lança dans une courte imitation du révérend, si réussie qu'Anne éclata de rire.

— Nous ne devrions pas nous moquer d'un mort… dit Anne qui n'en pensait pas un mot.

— Je prends la faute sur moi, je n'ai aucun scrupule à le faire ! À propos de Mr Nicolls…

— Oui ?

— Je serais curieux de connaître votre sentiment. Si ce malheureux avait été assassiné, je dis bien « si » car, nous sommes bien d'accord, il ne s'agit que d'une hypothèse, pouvez-vous me dire qui vous soupçonneriez, et pourquoi ?

Anne réfléchit quelques instants.

— Je vais vous donner mon avis. Si Mr Nicolls a été empoisonné, il faut que ce soit par une personne qui avait accès à sa maison, n'est-ce pas ? Puisqu'il a dîné chez lui la veille au soir, qu'il a commencé à se sentir mal et que son état s'est aggravé dans la nuit…

— Excellent raisonnement ! admit Mr Clarke. Poursuivez…

— Cela nous laisse peu de possibilités. Ce pourrait être son épouse, ou l'une des deux bonnes, qui vivent là si j'ai bien compris, à moins qu'il ne s'agisse d'un intrus qui serait entré dans la maison sans que personne ne s'en aperçoive…

— Et qui aurait versé du poison dans un verre ou quelque chose de ce genre ? Comment et pourquoi aurait-il fait cela ? Cela paraît invraisemblable.

— En effet. Reste donc son épouse, qui aurait eu mille raisons de se débarrasser d'un mari aussi pénible à vivre.

— Certes, mais c'est un mobile bien maigre ! Réjouissons-nous que toutes les épouses d'un homme ennuyeux n'en arrivent pas à cette extrémité…

L'apparition dans la roseraie de lady Caroline, venue couper les roses fanées munie d'un panier et d'un sécateur[1], mit fin à ce passionnant échange. Notre héroïne prit congé de ses hôtes, non sans leur promettre de revenir très bientôt.

1. Qui venait tout juste d'être inventé !

13

Anne passa une bonne partie de la soirée à réfléchir. Après tout, comment être sûre que Mr Nicolls avait mangé la même chose que son épouse la veille de sa mort ? C'est Harriett Nicolls qui l'avait affirmé à lady Caroline, elle avait pu se tromper… ou mentir ! Anne élabora donc un plan, qu'elle trouvait parfait, pour connaître le fin mot de l'histoire. Elle prévoyait de questionner l'une des deux jeunes domestiques des Nicolls, loin du presbytère, pour ne pas éveiller les soupçons. Aussi, le lendemain matin, sous prétexte d'aider Mrs Landry, elle l'accompagna au marché. Elle ne regretta pas sa décision : le marché de Guildford valait le coup d'œil. Il présentait au public autant d'oies, veaux, sacs de farine, salades, poireaux, harengs salés, canards, mouchoirs et paniers qu'on en pouvait rêver. Surtout, comme l'espérait Anne, elle y repéra vite la bonne des Nicolls, celle qui était venue, éplorée, demander de l'aide le jour fatidique de la mort du révérend. La jeune fille, qui devait avoir son âge, était grande, mince et un peu voûtée. Son visage au menton pointu et ses yeux verts évoquaient une jeune renarde. Ce jour-là, elle traînassait devant l'éventaire d'un marchand de rubans, un panier à son bras. Anne abandonna Mrs Landry en prétendant qu'elle aimerait choisir un ruban pour Jenny, excuse qui ne trompa aucunement la gouvernante.

— Allez donc, miss, de toute façon, je n'ai pas besoin d'aide pour faire mon travail.

Elle tourna les talons avec la dignité d'une impératrice outragée et Anne se dit en soupirant que sa réputation de sérieux, qui n'était déjà pas solidement établie auprès d'Imogen Landry, prenait un nouveau coup dans l'aile. Tant pis, elle se sacrifiait pour la bonne cause !

— Bonjour ! fit Anne.

La jeune servante, prise en flagrant délit de flânerie, sursauta.

— Miss Spencer, vous m'avez fait peur ! Bonjour, dit-elle en esquissant une maladroite révérence, faisant tanguer son panier qui, par chance, était vide.

Anne nota ce détail. Tant mieux, elle allait pouvoir accompagner la petite pendant qu'elle ferait ses courses.

— Je ne me rappelle pas votre prénom, s'enquit Anne.

— Charity, murmura la servante, pour vous servir, miss.

De nouveau, petite révérence timide. Anne jugea que c'en était assez pour les préliminaires et qu'elle pouvait aborder le vif du sujet.

— Comment allez-vous, Charity ? J'imagine que vous êtes encore très éprouvée par le décès de Mr Nicolls.

Un petit éclat dans l'œil de la servante informa Anne qu'elle n'était pas stupide et qu'elle avait compris une chose : cette miss Spencer avait envie de cancaner.

— Oh oui, miss, même que j'ai du mal à m'endormir en pensant à ce pauvre Mr Nicolls qui était encore si vaillant la semaine dernière.

— Je vous comprends. Puis-je vous accompagner pendant que vous faites vos achats ?

— Avec plaisir !

Charity ralentit le pas devant l'étal d'un charcutier, examina les saucisses et le boudin d'un œil expert, plissa le nez et reprit sa marche.

— Comment va la pauvre Mrs Nicolls ? s'enquit Anne. Elle était tellement bouleversée le jour de la mort de son mari…

— Ne m'en parlez pas, elle trempe son oreiller de ses larmes, comme on dit.

Anne apprécia la poésie évocatrice de l'expression, qu'elle entendait pour la première fois.

— J'espère qu'elle s'en remettra, dit Anne. Elle a eu de la chance, en tout cas, de ne pas attraper la maladie de son époux.

— Ah ça oui… dit la fille. Imaginez qu'ils soient passés tous les deux, on serait à la rue, Hetty et moi.

Elle se retourna vivement vers Anne et mit une main sur sa bouche, confuse.

— Oh pardon, miss, je ne devrais pas dire ça !

— Mais si, c'est bien naturel de s'inquiéter pour son avenir !

— Vous pourriez penser que je ne suis qu'une égoïste, mais ce n'est pas le cas.

— J'en suis persuadée !

— D'un autre côté, même si je ne souhaite pas de mal à Mrs Nicolls, je ne peux pas dire qu'elle soit une personne très chaleureuse, vous voyez…

— Je vois très bien ! dit Anne avec un regard complice. Elle m'a toujours semblé triste et très réservée. Enfin, sauf le jour de la mort de son mari, où elle était vraiment…

Anne cherchait ses mots, mais Charity avait très bien compris ce qu'elle voulait dire.

— Oui, c'était étonnant de la voir toute chamboulée comme ça. Entre nous, miss, je n'aurais jamais cru qu'elle lui était si attachée. Parce que lui n'était pas très aimable avec elle, on peut le dire ! Même si nous ne devons pas dire du mal des morts, qu'on doit respecter les hommes d'Église et tout, j'avais parfois envie que Mrs Harriett se rebiffe un peu. Mais ça n'arrivait jamais ! Elle le laissait tout critiquer sans répliquer. Il n'était jamais content, trouvait toujours quelque chose à redire. Le rôti était trop cuit ou pas assez chaud, il y avait un grain de poussière sur son bureau, Hetty faisait trop de bruit avec son balai… Je vous demande un peu, comment peut-on balayer sans bruit ? Non, il n'était pas drôle du tout !

Charity soupira.

— Je ne sais pas comment Mrs Nicolls faisait pour supporter ça. À sa place, pour sûr que j'y aurais répliqué quelque chose de bien senti. Ce n'est pas parce qu'on est une femme qu'on doit se laisser marcher dessus !

— Je suis bien d'accord avec vous ! dit Anne en réprimant un sourire.

Cette fille avait du caractère.

— Mais bon, ajouta Charity, c'est sans doute parce que je ne suis pas une dame.

Sur cette considération pleine de bon sens, les deux jeunes filles s'arrêtèrent devant l'étal d'un maraîcher. Anne patienta tandis que Charity faisait ses achats.

— Le docteur Pearson pense que Mr Nicolls mangeait trop, lança Anne, et que c'est pour cela qu'il est mort.

Charity haussa les épaules avec dédain.

— Celui-là, c'est sa manie. Si on l'écoute, tout le monde mange trop gras, trop sucré, trop de tout ! C'est assez vexant pour moi, miss, parce que c'est moi qui cuisine dans la maison !

— En effet ! C'est comme s'il critiquait ce que vous cuisinez.

— Exactement ! s'échauffa Charity. Je sais cuisiner, moi, ma mère m'a tout appris, et Mr Nicolls aimait ce que je lui préparais. Si on écoute le docteur, on dirait que je l'ai gavé comme une oie, mais pas du tout ! Mr Nicolls avait bon appétit, c'est sûr, comme beaucoup de messieurs, mais le soir où il a commencé à être malade, il n'avait pas mangé grand-chose.

— Ah bon ? s'étonna Anne.

— Il n'avait pas très faim, ça m'avait étonnée parce que c'était rare. À six heures[1], il a mangé son potage aux petits pois, mais il n'a même pas fini sa deuxième tranche de mouton froid… Je ne vous parle même pas du dessert, il a à peine goûté mes fraises à la crème.

— Il était peut-être déjà malade.

— Allez savoir…

— Mrs Nicolls a-t-elle mangé la même chose que lui ?

— Oh oui, et elle a soupé de bon cœur. Mais elle n'a pas voulu que je lui resserve les restes du mouton, le lendemain. Elle n'avait pas faim, qu'elle a dit, alors c'est nous qui avons tout fini, Hetty et moi. Personne d'autre

1. Du soir.

que Mr Nicolls n'a été malade ! Non, vraiment, miss, je ne pense pas que ma cuisine soit en cause.

— Personne ne croit cela, la rassura Anne.

— Je l'espère bien !

— Peut-être le docteur lui a-t-il donné un médicament trop fort ? Ou inadapté ?

Charity lança à Anne un coup d'œil méfiant. Anne regretta aussitôt de s'être montrée trop directe.

— Comme vous y allez, miss ! C'est vrai que souvent, ses médicaments ne servent pas à grand-chose, mais de là à envoyer quelqu'un au cimetière…

— Non, en effet. Ce n'est pas du tout ce que je voulais dire…

— Bien, je vais vous laisser, miss, coupa Charity, je dois apporter ses légumes à Mrs Nicolls.

Elle planta là Anne, qui se maudissait de n'avoir pas assez réfléchi avant de parler.

Dès que le déjeuner fut terminé, Anne prit congé de Jenny. Sans remords, car sa cousine faisait fréquemment une petite sieste en début d'après-midi – elle « partait s'allonger un instant », comme elle le disait pudiquement. Anne avait l'intention de discuter avec lady Caroline des informations que Charity venait de lui confier. Elle prit donc le chemin, désormais familier, qui conduisait à Oak Lodge. Une fois arrivée, elle se fit annoncer. À sa grande déception, Trilling lui apprit que lady Mitford était sortie. Miss Spencer désirait-elle voir son neveu, Mr Clarke ? Avant qu'Anne ait pu répondre, le jeune gentleman apparut depuis le fond du hall d'entrée.

— Miss Spencer ? Quelle bonne surprise ! s'écria-t-il. Merci, Trillling.

Le majordome s'inclina et s'éclipsa.

— J'imagine que vous veniez tenir compagnie à ma tante ? Je suis désolé de vous dire qu'elle s'est absentée pour quelques heures. Toutefois, nous pourrions profiter de l'occasion pour que je vous fasse visiter la bibliothèque ? Je vous l'avais promis.

Anne accepta avec joie, et son hôte la conduisit dans une petite pièce exposée au sud, éclairée par une grande fenêtre entourée de rideaux épais. Tous les murs étaient recouverts de livres soigneusement rangés dans des bibliothèques de bois clair. Deux fauteuils se trouvaient devant la fenêtre et une petite cheminée de marbre, surmontée d'une jolie gravure, était destinée à réchauffer le lieu durant la saison froide. Un tapis usé témoignait de l'usage intensif qu'avait fait de ce lieu son défunt propriétaire.

— Quel endroit magnifique, soupira Anne. Je pourrais y passer ma vie !

— Comme je vous comprends ! Mais je crains que vous n'y trouviez pas de roman moderne à votre goût, miss Spencer. Mon oncle possédait bien entendu les classiques, Shakespeare, les philosophes grecs et français du siècle dernier, mais aussi un traité d'astronomie, un ouvrage sur les fossiles, ainsi que beaucoup de livres d'histoire. Il avait aussi acquis quelques raretés. Comme les huit volumes d'*Une histoire de la terre et de la nature animée*, d'Oliver Goldsmith. Regardez ça, miss Spencer, les gravures sont étonnantes !

Il saisit un livre, le feuilleta et, ayant trouvé la page qui l'intéressait, s'approcha d'Anne, si près que leurs épaules à présent se touchaient. Anne pouvait sentir son parfum, une délicate senteur mêlant jasmin, citron et lavande.

— Regardez cet oiseau, miss Spencer, c'est une espèce d'autruche appelée « dodo ». N'est-il pas extraordinaire ?

Mais la jeune fille était trop troublée par sa proximité avec Mr Clarke pour apprécier pleinement l'image – pourtant fort remarquable.

— Il y a aussi dans ces livres des gravures de personnages. Ici, un Chinois !

— C'est très beau, souffla Anne.

Mr Clarke remit le livre dans son rayonnage et en chercha un autre.

— Aimeriez-vous voyager ? demanda Anne. Je raffole des récits de voyage. J'adorerais aller jusqu'en Inde, ou en Chine !

Mr Clarke sourit.

— Je crains de n'être qu'un indécrottable Londonien. Je ne me sens vraiment bien que dans la capitale. Ainsi qu'à Oak Lodge, bien sûr ! ajouta-t-il précipitamment.

Il s'aperçut qu'Anne était légèrement déçue, et poursuivit :

— Il va de soi que ma tante sera ravie de vous prêter un récit de voyage si vous en trouvez un qui vous plaise. Oh, il y en a un assez extraordinaire, tenez !

Il lui tendit *Voyage à Constantinople en passant par la Crimée,* de la baronne Elizabeth Craven.

— Cette dame était un phénomène, expliqua-t-il. Elle s'est mariée, a eu sept enfants, a divorcé, s'est remariée… tout en assouvissant sa passion pour les voyages.

— Votre oncle avait des goûts éclectiques. Et lady Caroline ? Aime-t-elle lire ?

— J'oubliais, voici les rayonnages qui lui sont réservés. Vous ne vous étonnerez pas d'y trouver presque exclusivement des ouvrages consacrés aux plantes, aux fleurs et aux jardins.

Anne s'approcha des bibliothèques et inspecta quelques étagères.

— Il y a aussi un ouvrage sur les champignons anglais ! s'écria-t-elle.

— Ah, oui, c'est une autre de ses passions. Vous avez la chance que ce ne soit pas la saison, sinon vous seriez invitée ici un jour sur deux pour goûter ses cueillettes.

— Cela ne me dérangerait pas du tout, dit Anne en souriant. J'aime beaucoup les champignons.

— Et voici plusieurs livres sur les roses, un autre sur la botanique en Angleterre… Le plus simple est que je vous laisse feuilleter tout cela si vous le souhaitez.

Anne était prête à lire un dictionnaire de latin la tête en bas pour prolonger son entretien avec Mr Clarke. Toutefois, il fallait rester polie.

— Je vous remercie, mais cela ne vous dérange pas ? Je ne voudrais pas abuser de votre temps !

Il s'inclina galamment.

— Je vous en prie ! Pour vous mettre à l'aise, je vais moi-même lire quelques instants.

Il prit un livre et s'installa sur l'un des deux fauteuils. Anne flâna devant les rayonnages, feuilleta quelques livres de voyages, des recueils de poèmes, et s'arrêta soudain :

— Oh ! Il y a *La dame du lac,* de Walter Scott, je ne l'ai pas lu. Croyez-vous que je pourrais… ?

— Bien entendu, il vous suffit de noter votre emprunt dans le cahier prévu à cet effet.

Anne passa un délicieux moment à fureter dans la bibliothèque. Elle sentait la présence de Mr Clarke assis à deux pas derrière elle. Sans le voir, elle l'entendait toussoter et tourner des pages. Cette proximité, l'intimité de cette scène était merveilleusement troublante. Elle fit durer le plaisir, prenant soin de feuilleter lentement quelques ouvrages qu'elle parcourait du regard sans parvenir à se concentrer.

Quand il fut temps pour elle de rentrer, et qu'elle l'annonça à Mr Clarke, il insista pour la raccompagner en voiture. Anne eut beau protester qu'elle aimait marcher, rien n'y fit et notre héroïne, son livre de Walter Scott à la main, se retrouva bientôt devant le joli petit carrick[1] de Francis Clarke. Ce véhicule à la mode, tiré par deux chevaux, avait l'inconvénient de n'avoir que deux roues et d'être assez instable. Mr Clarke monta le premier et tendit la main à Anne qui, dans son enthousiasme, grimpa sur le marchepied et s'assit un peu trop rapidement sur la banquette. Le carrick tangua dangereusement vers l'avant, arrachant un cri à la jeune fille qui, par réflexe, s'agrippa au bras de Francis.

— Attendez, miss Spencer, il faut équilibrer la voiture. Mettez-vous plus à gauche. Non, là c'est trop – nouveau cri d'Anne quand la voiture, cette fois, se pencha vers la gauche. Voilà, c'est impeccable ! Vous êtes bien installée ?

— Je crois, mentit Anne, qui voulait paraître téméraire.

— Parfait, allons-y !

1. Cette voiture légère, à deux roues et tirée par deux chevaux, était alors à la mode chez les jeunes aristocrates.

Mr Clarke lança les chevaux, tandis qu'Anne se retenait discrètement à son siège. Une fois le premier sursaut passé, au démarrage, le carrick se stabilisa en roulant et Anne put profiter du voyage sans craindre pour sa vie. Quand ils entrèrent dans Guildford, le beau couple qu'ils formaient dans cette rutilante voiture très en vogue attirait le regard des passants. Anne ne pouvait s'empêcher de ressentir une pointe de fierté d'être admirée en un tel équipage. Ses parents n'avaient jamais eu les moyens d'avoir un attelage, et la grosse calèche familiale de David et Jenny Burnett avait connu des jours meilleurs. Durant quelques instants, Anne imagina la vie qu'elle pourrait avoir si elle devenait la maîtresse d'Oak Lodge. Vivre dans cette propriété magnifique, flâner parmi les roses, passer ses après-midis dans la bibliothèque, avec Trilling qui lui apporterait du thé sur un plateau… Et surtout, être mariée à Mr Clarke. Elle était charmée de constater que le beau gentleman, au fur et à mesure de leurs rencontres, se montrait de plus en plus aimable, cela lui permettait d'espérer. Soudain, la petite voiture s'arrêta, et le rêve aussi.

— Eh bien, miss Spencer, vous voilà arrivée à bon port. Faites bien attention en descendant…

14

Ce soir-là, miss Cavendish avait souhaité réunir quelques amis autour de jeux de cartes. Elle était tout à fait décidée à les accueillir chez elle, cependant, compte tenu de l'exiguïté de son salon ainsi que de sa domesticité fort restreinte, comme il est naturel pour une demoiselle qui vit seule, David Burnett l'avait facilement convaincue que cela causerait moins de désagrément de recevoir chez lui. Il n'avait pu s'empêcher, à cause de son naturel sociable, de doubler le nombre des invités, tout en oubliant d'en aviser miss Cavendish et sa chère Jenny.

— Vous ai-je informée que j'avais croisé ce matin le capitaine Glover ? demanda-t-il à Jenny avec désinvolture une heure avant l'horaire fixé pour la réception. J'en ai profité pour l'inviter ce soir.

— Mais qui est le capitaine Glover, mon cher ? demanda Jenny.

— Cet aimable officier qui faisait danser Anne, au bal de lady Caroline. Elle nous l'a présenté, souvenez-vous !

Jenny pâlit.

— Je ne crois pas lui avoir dit plus de trois mots…

— Rassurez-vous, je ne compte pas sur vous pour lui faire la conversation. Anne fera cela à la perfection ! Ah, j'oubliais, j'ai aussi invité Mr et Mrs Perry…

— Mais nous serons bien trop serrés, s'affola Jenny.

Par chance, le temps était suffisamment beau pour qu'on ouvrît les fenêtres et la porte du salon qui donnait sur le jardin. Anne et Jenny disposèrent des tables pour les joueurs à l'intérieur, et on installa des rafraîchissements dans le jardin. Miss Cavendish arriva la première, puisque c'est elle qui avait lancé toute l'affaire, et admira à grands cris cet arrangement.

— Comme c'est bien pensé, s'exclama-t-elle, quelle bonne idée d'avoir empiété sur le jardin, il fait si beau et nous pourrons profiter des oiseaux ! Et vos roses sentent merveilleusement bon ! Cette table ici sera parfaite pour une partie de whist, cette autre en est suffisamment éloignée pour que les joueurs soient à leur aise. Et là, les dames qui n'ont pas envie de jouer pourront bavarder au calme. Oh, Jenny, ma chère, tout est parfait, c'est splendide ! Je vous suis tellement reconnaissante !

Jenny esquissa un sourire. Toute cette agitation l'épuisait, elle ne rêvait que de s'isoler dans un coin calme. Anne, elle, était ravie. Même si elle n'appréciait pas les jeux de cartes, elle aimait les réceptions et David lui avait promis qu'il y aurait une surprise à la fin de la soirée.

Lady Caroline, qui arriva dans les derniers, comme toute grande dame qui se respecte, était venue en compagnie de son neveu. Après le moment grisant qu'ils avaient partagé dans la bibliothèque d'Oak Lodge quelques heures plus tôt, Anne espérait que Mr Clarke lui marquerait sa préférence, mais elle dut ravaler sa déception : s'il lui adressa un petit signe de tête en entrant, il ne se dirigea pas vers elle comme elle l'escomptait. Au lieu de cela, il resta près de sa tante et entama une discussion avec David et Jenny. Quelle déconvenue ! Anne se sentit délaissée. Durant quelques secondes, elle eut l'impression de revivre la scène du bal. Mr Clarke ne se montrait-il aimable avec elle qu'en privé ? Mais cette contrariété ne dura que quelques minutes. Le capitaine Glover, dès qu'il aperçut notre héroïne, se dirigea vers elle avec une joie si manifeste qu'elle en fut flattée.

— Miss Spencer, quel plaisir de vous revoir ! Allez-vous partager une partie de whist avec ces dames ?

Dans son bel uniforme rouge et blanc, il tranchait sur le reste de l'assemblée. Anne lui avoua qu'elle ne jouait qu'au tric trac, et que les cartes l'ennuyaient. Le capitaine Glover s'en étonna et reconnut être, quant à lui, un joueur acharné.

— Mais comment allez-vous occuper votre soirée ? Je n'imagine rien de plus ennuyeux que de regarder des gens jouer.

— Oh, je ne m'inquiète pas ! Je trouverai forcément quelqu'un avec qui discuter…

Le capitaine balaya l'assemblée du regard.

— Cette charmante demoiselle ? demanda-t-il en fixant miss Cavendish, qui vibrionnait autour des tables du buffet, le bonnet de travers. Elle a plus de deux fois votre âge ! Je crains que vous n'ayez guère de centres d'intérêt communs.

— Détrompez-vous, miss Cavendish est adorable et connaît tous les potins de Guildford.

— Voilà qui la rend précieuse, en effet ! Ah, voici quelques représentants de la jeunesse…

Charlotte et William Leroy firent en effet leur entrée. Charlotte était pâle et semblait épuisée. Très gêné, William vint s'excuser de leur retard auprès de Miss Cavendish et de Jenny. Charlotte et lui avaient eu le plus grand mal à consoler Mrs Nicolls, en proie à une crise de larmes.

— Je n'ai pas voulu quitter la maison avant qu'elle ne soit apaisée, expliqua-t-il. Je l'ai confiée aux bons soins d'Alice.

— Qui donc est cette Mrs Nicolls ? demanda le capitaine Glover en se penchant vers Anne.

La jeune fille le lui expliqua.

— Ce clergyman devait être un homme d'exception pour causer un tel chagrin, railla-t-il. J'en connais peu qui mériteraient qu'on porte leur deuil.

— C'était pourtant loin d'être le cas. Dieu me pardonne, mais Mr Nicolls était mortellement ennuyeux.

— Mortellement est le mot !

— Oh pardon, je ne voulais pas dire cela, s'écria Anne, confuse. Je ne puis m'empêcher de parler à tort et à travers, c'est une de mes spécialités.

— Vraiment ? Quelles sont les autres ? Ces spécialités gênantes que vous voudriez oublier ?

— Je rougis pour un rien, c'est extrêmement agaçant.

— Mais c'est tout à fait charmant, croyez-moi !

— J'ai aussi tendance à rêvasser en marchant, ce qui fait que je trébuche facilement.

Le capitaine Glover avait du mal à garder son sérieux. Cette jeune Anne était vraiment délicieuse.

— Et vous, capitaine ? Quels sont vos menus défauts ? Il n'y a pas de raison que je sois seule à me confesser !

Mr Glover choisit de se montrer aussi honnête qu'Anne. Il prit le temps de réfléchir.

— Je joue bien plus que ce que je puis me permettre, admit-il. J'ai beau savoir que ce n'est pas raisonnable, je cède à la tentation !

— C'est ennuyeux, admit Anne. Vous allez donc vous ruiner ce soir ?

— J'espère bien que non ! Écoutez, miss Spencer, je vais vous faire une promesse ! Je vais m'arrêter avant d'avoir perdu… mettons dix shillings. Cela vous semble raisonnable ?

— Très raisonnable ! Et je serais ravie de vous éviter la ruine. Est-ce là votre unique faiblesse, monsieur ?

— Hélas non. Je ne supporte pas les raseurs, ce qui est très embêtant en société.

— Il ne devrait pas y en avoir beaucoup ce soir, dit Anne en parcourant des yeux l'assemblée. Mon cousin David est très drôle et il sait choisir ses invités ! Ah si, je crains qu'il n'y en ait un…

— Qui donc ? Dites-moi tout, miss Spencer ! Qui est-ce ? Ah, voilà que vous rougissez !

— Ce monsieur près de la fenêtre, avec des favoris grisonnants. C'est le docteur Pearson. Je crois ne l'avoir jamais vu sourire. Il considère que nous mangeons trop et rêve de nous mettre tous au régime.

— Merci, miss Spencer, vous me sauvez la vie ! Je vais tout faire pour ne pas être à sa table.

— Oh, cela m'étonnerait fort qu'il joue aux cartes…

Le capitaine et Anne continuèrent à deviser plaisamment, commentant la tenue démodée de Mrs Pearson, les charmes de Charlotte et l'agrément du jardin. Enfin, miss Cavendish et David appelèrent l'assemblée à constituer les tables de jeu, tandis qu'on servait du café. Le capitaine Glover prit congé d'Anne et rejoignit Mr Clarke, David et William, qui se lançaient dans une partie de commerce[1]. Miss Cavendish, lady Caroline et d'autres dames choisirent le whist.

Anne alla rejoindre Charlotte, sagement assise sur un banc du jardin.

— Bonsoir, Charlotte. Puis-je m'installer près de vous ?

— Bonsoir, miss Spencer ! Avec plaisir !

— Je vous en prie, appelez-moi Anne ! Nous devons avoir le même âge, ou presque, n'est-ce pas ?

— Oh ! J'ai seize ans…

— Et moi dix-sept. J'aurai dix-huit ans le mois prochain.

Charlotte regarda Anne avec admiration, ce qui, il nous faut l'avouer, donna une bouffée d'orgueil à la jeune fille.

— Mais vous êtes une demoiselle, alors que moi…

Anne éclata de rire.

— Qu'êtes-vous d'autre, voyons ?

— Vous n'aimez pas les cartes ? s'étonna Charlotte. Je pensais que vous joueriez au whist.

— Je n'ai jamais eu le courage d'apprendre correctement les règles, confessa Anne. Mes frères ont bien tenté de me les enseigner, mais je détestais perdre et ils ont vite renoncé. Et vous ?

— Je joue, mais très mal. Je préfère rester ici à observer la partie.

1. Le commerce, sorte d'ancêtre du poker, était un jeu de cartes à la mode sous la Régence.

De fait, Charlotte ne quittait pas des yeux Mr Clarke. Anne le remarqua et en fut contrariée.

— J'ai l'impression que vous observez surtout *un* joueur, Charlotte, dit-elle avec une pointe de perfidie.

Elle eut la satisfaction de voir la pauvre Charlotte rougir jusqu'aux oreilles. Dans la seconde qui suivit, elle regretta pourtant cette petite méchanceté. Charlotte était une âme pure et ne méritait pas cela.

— Vous me trouvez ridicule, n'est-ce pas ? murmura la jeune fille. Mais Mr Clarke est tellement élégant !

— Je ne vous trouve pas ridicule du tout. Pardonnez-moi, je n'aurais pas dû vous taquiner. Oui, il est très élégant, mais je ne comprends pas toujours son comportement.

Devant le regard innocent et bienveillant de sa jeune compagne, elle eut tout à coup envie de se livrer.

— Cet après-midi, par exemple, je suis allée à Oak Lodge dans l'espoir d'y voir lady Caroline. Elle s'était absentée et Mr Clarke s'est montré très aimable, il m'a fait visiter la bibliothèque.

— Oh !

— Mais ce soir, c'est à peine s'il m'a saluée, avoua Anne, soulagée de partager ses émotions.

Charlotte lui lança un regard si plein de compassion qu'elle se sentit humiliée.

— Enfin, trancha Anne, tout cela n'a guère d'importance.

Ce qui était faux, bien entendu.

— Je vous ai vue discuter avec le capitaine Glover, dit Charlotte. Il est sympathique !

— Il est très amusant, reconnut Anne. Il m'a confié qu'il était un joueur passionné. D'ailleurs, regardez comme il s'échauffe, alors que Mr Clarke reste impassible !

— Vous avez raison ! J'espère que William saura se montrer raisonnable et s'arrêter à temps. Il n'a pas l'habitude des cartes.

— Votre frère me semble très raisonnable, dit Anne, pour qui cet adjectif n'était pas forcément un compliment. Je suis convaincue qu'il ne prendra aucun risque.

Jenny s'approcha d'elles.

— Charlotte, lady Caroline a terminé sa partie et elle apprécierait que vous lui jouiez au piano quelque chose.

— Oh ! s'écria la jeune fille. Je ne sais pas si mon interprétation sera assez bonne pour milady…

— Je vous en prie, l'encouragea Jenny, allez-y, je suis sûre que vous ferez merveille ! Anne, venez avec moi, nous allons l'écouter.

Elles entrèrent dans le salon de musique, une petite pièce ouverte pour l'occasion car Jenny ne s'y rendait jamais. Lady Caroline y était déjà, installée sur un fauteuil. Charlotte se mit au piano, et feuilleta nerveusement les partitions de Jenny. Soudain, elle s'arrêta sur un feuillet et se tourna vers lady Caroline :

— Pourrais-je aussi chanter, milady ? J'ai trouvé « Sur les rives de l'Ettrick » et j'aime beaucoup ce morceau.

— Avec plaisir, mon petit, approuva lady Caroline.

Charlotte installa la partition sur le pupitre et se mit à jouer avec aisance. Elle possédait une ravissante voix de soprano, qui s'accordait à merveille avec cette belle mélodie écossaise. Anne était sous le charme. Qui aurait cru que la modeste Charlotte possédait tant de talents ? Lady Caroline et Jenny écoutaient, conquises. Quand Charlotte, rose d'émotion, salua, toutes trois la félicitèrent chaleureusement et lady Caroline lui demanda un autre morceau. Charlotte ne se fit pas prier et entama une nouvelle pièce. C'est alors qu'Anne, tournant la tête, aperçut Mr Clarke, debout, appuyé au chambranle de la porte. Les yeux fixés sur Charlotte, il l'écoutait, fasciné, et Anne ressentit un pincement au cœur. Comme elle aurait aimé qu'il la regarde ainsi ! Quand Charlotte eut terminé, il s'apprêta à partir discrètement. Anne ne put se retenir. Elle se leva.

— Mr Clarke, vous ne jouez plus aux cartes ? Restez avec nous !

— Je ne voulais pas me montrer indiscret, dit Francis Clarke, mais j'ai entendu chanter depuis le jardin et je n'ai pas résisté à l'envie de savoir qui avait une si jolie voix. Miss Leroy, je vous félicite, vous avez beaucoup de talent !

— Merci monsieur, dit Charlotte, radieuse.

— À présent, mesdames, mesdemoiselles, je vais rejoindre mes compagnons de jeu.

Il les salua et sortit, laissant Anne profondément désemparée. Elle fut incapable d'apprécier les deux morceaux de piano que Charlotte leur offrit par la suite, tant elle avait la tête ailleurs.

En fin de soirée, à la nuit tombée, arriva la surprise promise par David : Mrs Landry, qui avait revêtu son plus beau tablier amidonné, apporta un grand plat qu'elle posa sur la table dressée dans le jardin. David s'en approcha, craqua une allumette et aussitôt des flammes jaillirent.

— Un snapdragon ! s'étonna miss Cavendish en battant des mains. Quelle bonne idée !

— Par Dieu, Mr Burnett, est-ce vraiment la saison[1] ? s'étonna un des convives.

— Il n'y a pas de saison pour y jouer, répliqua David. Jenny, Anne, Charlotte, venez !

À l'exception de lady Caroline et du docteur, qui déclinèrent l'invitation, les convives se levèrent et se pressèrent autour du plat couvert de flammes dorées.

— Miss Spencer, murmura le capitaine Glover, venez près de moi !

Anne ne connaissait pas ce jeu, mais n'osait pas poser de question. Il s'agissait d'attraper, sans se brûler, des raisins secs qui trempaient dans du brandy en feu. Anne allait se lancer, elle avança le bras, mais le capitaine Glover la retint en posant sa main sur la sienne.

— C'est trop tôt, attendez que le feu se calme un peu…

Il laissa sa main quelques secondes de plus que nécessaire avant de la retirer. Troublée autant par ce contact que par la gêne de s'être montrée maladroite, Anne se sentit rougir, ce qui n'avait aucune importance car personne, dans l'obscurité, ne s'en aperçut. Quand miss Cavendish réussit à prendre un raisin sur le bord du plat, Anne se lança à son tour. C'était drôle, on se brûlait à peine, suffisamment pour pousser de délicieux petits cris de frayeur, mais pas assez pour souffrir vraiment. Les fruits, gorgés de brandy, étaient excellents et collaient aux doigts. Dans la nuit, les flammes éclairaient les invités penchés sur le plat. Il ne resta bientôt plus un seul grain à picorer. La soirée se terminait, il était temps de

1. Le snapdragon se jouait traditionnellement à Noël.

prendre congé. Le capitaine Glover s'approcha d'Anne et lui glissa à l'oreille :

— Je tiens à vous dire que j'ai tenu ma promesse, miss Spencer.

— Je vous félicite, capitaine ! se réjouit Anne.

— C'est grâce à vous ! Je vous souhaite le bonsoir…

Mr Glover s'éclipsa pour saluer Jenny et David.

— Miss Spencer ?

Anne n'avait pas vu arriver Mr Clarke. Le jeune homme se tenait derrière elle, la mine sombre.

— J'espère que vous avez passé une bonne soirée ? J'ai vu que vous ne jouiez pas aux cartes et que vous êtes restée avec miss Leroy.

— Nous avons bavardé, en effet. J'aime beaucoup Charlotte Leroy. D'ailleurs, vous avez admiré ses talents de musicienne.

Dès qu'elle eut prononcé ces mots, elle le regretta.

— En effet, j'avoue qu'elle m'a étonné. J'ignorais qu'elle avait une si belle voix et une telle maîtrise du piano ! Jouez-vous également, miss Spencer ?

— Hélas non. Je crains de n'avoir aucun talent pour la musique.

Le visage de Mr Clarke restait de marbre. Anne essaya désespérément de trouver un sujet de conversation qui donnerait à leur échange un tour plus plaisant.

— Avez-vous été chanceux aux cartes, monsieur ?

— Je ne me plaindrai pas, dit le jeune homme, la fortune était de mon côté ce soir. Avez-vous aimé le snapdragon ? Il me semble que le capitaine Glover a accaparé toute votre attention…

— Il s'est montré très aimable, en effet, répliqua Anne. J'apprécie sa conversation.

— Il a de bonnes manières, mais je ne peux en dire davantage à son sujet. Je constate que vous le connaissez mieux que moi ! Il est vrai qu'on discute assez peu en jouant.

— J'espère qu'il n'a pas trop perdu aux cartes ?

Mr Clarke se figea.

— J'ignorais que vous vous souciiez de lui à ce point ! Non, je vous rassure, il a juste perdu quelques shillings.

— J'en suis soulagée ! Il m'a confié qu'il misait beaucoup trop et m'avait promis de se modérer ce soir.

Mr Clarke, que cette précision n'avait visiblement pas adouci, s'inclina avec raideur.

— Fort bien ! Je vous souhaite une bonne nuit, miss Spencer.

Il tourna les talons, laissant une Anne navrée qu'il la quittât de si méchante humeur. Après avoir fait deux pas, il se ravisa, se retourna, et lui dit avec un petit sourire :

— Mais peut-être allez-vous finir la soirée avec *La dame du lac* ?

Miss Cavendish s'attarda quelques instants pour remercier une fois de plus David et Jenny, et Anne monta dans sa mansarde avec une chandelle. Elle quitta sa robe, enfila sa chemise de nuit, et prit machinalement *La dame du lac* sur sa table de nuit. Elle se glissa dans son lit et s'apprêtait à ouvrir son livre quand elle s'arrêta quelques minutes, songeuse. Quelle étrange soirée elle avait passée ! Certes, elle avait oublié Mr Nicolls pendant quelques heures, mais que devait-elle penser de l'attitude de Mr Clarke et du capitaine Glover ? Qui aurait cru, il y a quelques semaines, qu'elle serait remarquée par deux séduisants gentlemen ? Celui qui faisait battre son cœur était assurément Mr Clarke, mais l'élégant jeune homme demeurait pour elle une énigme. L'après-midi passé avec lui dans la bibliothèque avait été un émerveillement. Anne avait espéré que la glace était rompue, que c'était le début d'une relation plus chaleureuse. Puis il y eut cette soirée, et son attitude qui laissait Anne perplexe. Il s'était montré si froid, si distant ! L'espace d'un instant, Anne se demanda si Mr Clarke n'était pas jaloux. Ces remarques acerbes sur le capitaine Glover… Mais non, c'était impossible.

L'attitude du capitaine Glover était bien plus facile à interpréter. Visiblement, ce charmant officier flirtait avec elle, et ce n'était pas pour lui déplaire. Elle était assez honnête pour reconnaître qu'elle n'avait pour lui aucune inclination particulière, mais c'était flatteur. Qui sait ? Ses sentiments à elle pouvaient évoluer quand elle le connaîtrait mieux. D'ailleurs, n'était-ce pas souvent le cas dans les romans de miss Austen ? Elle pensait bien sûr à Elizabeth Benett et Darcy, car jamais histoire d'amour n'avait si mal débuté. Mais elle songeait aussi à la fougueuse Marianne Dashwood de *Raison et Sentiments*, qui, après avoir trouvé que le colonel Brandon était vieux et ennuyeux, avait fini par reconnaître ses qualités et l'épouser. *Tout de même*, se dit Anne, *cette fin est assez décevante. Bien que volage et malhonnête, le beau Willoughby était tellement plus séduisant !*

15

Anne espérait retourner à Oak Lodge le lendemain, mais le sort en décida autrement. Le petit Thomas tomba malade pendant la nuit. Au matin, il s'avéra que la jeune Rose, qui s'occupait efficacement de Juliet et lui, était atteinte du même mal. En quelques heures, la maisonnée fut bouleversée, d'autant plus que David était reparti tôt pour Londres où l'appelaient ses affaires. Mrs Landry expédia Polly chez le docteur Pearson, qui arriva dans l'heure. Il examina les deux malades, diagnostiqua une mauvaise fièvre, une congestion des poumons, et prescrivit un sirop de sa composition ainsi que des compresses d'avoine chaudes. Personne ne s'étonna qu'il leur impose également un régime léger. Et pas de sucre, surtout pas de sucre !

Jenny se montra exemplaire. Il n'était plus question ni de fatigue ni de migraine. Elle s'installa au chevet de son fils et ne le quitta plus. Quant à notre héroïne, elle ne pourrait pas se rendre à Oak Lodge avant plusieurs jours : elle aidait à la cuisine et s'occupait de Juliet et du petit Frederick, en priant pour qu'ils échappent à la contagion. Toute la journée, dans un silence religieux, des silhouettes empressées glissaient dans les couloirs, portant avec dévotion tasses de tisane, compresses fumantes, linge propre, bols de bouillon. La cuisine des Burnett était devenue une sorte de laboratoire où Imogen Landry officiait avec gravité, préparant des plateaux, cuisinant des soupes claires, de la poule bouillie et des compotes avec les pommes conservées dans le cellier depuis l'automne. Polly se plaignait de ses jambes, elle n'en pouvait plus de monter et descendre l'escalier toute la journée. Elle apportait nourriture et sirop à la pauvre Rose, clouée au lit par la fièvre. Elle montait des bassines d'eau fraîche pour éponger le front du petit Thomas, du thé pour Mrs Burnett, de la viande froide et de la compote pour tous. Elle redescendait avec des pots de chambre à vider, des draps sales, des plateaux de vaisselle à laver.

Anne aussi courait dans tous les sens. Elle répondait aux appels des malades, surveillait Juliet qui jouait dans le jardin, accueillait les visiteurs venus prendre des nouvelles, aidait Polly au repassage, ramassait les salades et les radis du potager.

— Est-ce que Thomas va mourir ? demanda Juliet avec plus de curiosité que d'inquiétude.

— Bien sûr que non, voyons ! répliqua Anne, choquée.

— Tant mieux ! Mr Nicolls disait qu'au paradis il y a des anges qui accueillent les gens en jouant de la harpe. Je ne suis pas sûre que Thomas aimerait ça. Remarquez, je ne suis pas sûre non plus qu'il irait au paradis…

— Juliet, ça suffit ! Arrête de dire des sottises et viens avec moi, j'entends pleurer Frederick.

Anne avait l'habitude des enfants, mais pas des bébés. Depuis qu'elle vivait à Guildford, elle n'avait guère eu l'occasion de s'occuper de Frederick, car la jeune Rose veillait sur lui avec un soin jaloux. Aussi se trouva-t-elle démunie face à Frederick qui hurlait dans son berceau, le visage cramoisi, en agitant convulsivement ses petits poings. Juliet, qui l'avait suivie, lui conseilla de s'asseoir et de le bercer doucement.

— Quand Maman fait ça, il se calme tout de suite. Mais toi tu n'es pas sa maman, dit-elle, alors c'est pas sûr que ça marche aussi bien.

Le conseil s'avéra pourtant efficace. Bientôt les pleurs baissèrent de volume, puis le bébé poussa un gros soupir en tremblotant, comme accablé par toute la misère du monde. Il ferma doucement les yeux, Anne n'osait plus bouger. Miracle ! Il dormait ! Juliet sortit sans mot dire, revint s'installer à ses pieds avec un cahier et des crayons, et se mit à dessiner paisiblement. La scène était si inhabituelle pour Anne, assise avec ce beau bébé assoupi dans les bras, et cette petite fille sagement installée auprès d'elle, qu'elle en fut troublée. *C'est comme si j'étais leur mère,* se dit-elle*, bien que, de toute évidence, je sois beaucoup trop jeune. Mais si je me mariais, par exemple, d'ici une année... Il se passe beaucoup de choses en une année, qui sait quels événements peuvent survenir ? Je pourrais assez vite avoir un bébé comme celui-ci. Il est si mignon quand il dort ! Mais je crois que je préfèrerais avoir une fille, j'ai côtoyé suffisamment de garçons à mon goût chez mes parents. De toute façon, je ne veux pas de bébé avant quelques années, j'ai encore beaucoup de choses à vivre. Et je n'ai pas vraiment envie de me marier, si ? Ah, je dois reconnaître qu'habiter dans une grande demeure comme Oak Lodge me ferait rêver. Vivre comme une lady, lire autant* *que j'en ai envie dans une bibliothèque magnifique, ne plus habiter dans une maison envahie de garçons sales et bruyants. Et me marier avec un gentleman aussi beau que Mr Clarke, ça ne doit pas être désagréable. Mais c'est totalement impossible, bien sûr ! Mr Clarke ne se soucie pas du tout de moi...*

Anne pouvait passer des heures à rêvasser de cette manière, mais un rot du bébé la ramena à la réalité. Elle regarda à nouveau Frederick et un souvenir lui revint à l'esprit : Jenny avait dit qu'Harriett serait plus heureuse si elle avait des enfants, mais David, sans expliquer pourquoi, s'était montré sceptique. Miss Cavendish et Mrs Pearson avaient aussi eu cette réaction bizarre quand Anne leur avait suggéré la même chose, pendant le bal. Savaient-ils quelque secret sur Harriett que Jenny ignorait ? Peut-être n'aimait-elle pas les enfants. À moins qu'elle n'ait eu un bébé mort tout jeune, mais pourquoi ne le lui aurait-on pas dit ? Plus Anne songeait à Harriett Nicolls, plus elle ressentait une forme de malaise. Il planait un mystère autour de cette femme en apparence si terne et insignifiante.

Le lendemain, le docteur Pearson revint examiner les deux malades et se montra inquiet au sujet de Thomas. La fièvre de Rose commençait à baisser, mais celle du petit garçon restait très élevée et il ne mangeait rien. Le docteur redoutait qu'il ait des convulsions. Jenny n'en dormait plus, elle ne quittait le chevet de son fils que pour aller se nourrir à la hâte d'un sandwich, et allaiter Frederick. Mr Pearson se faisait du souci pour elle. De la manière abrupte qui était la sienne, il chargea Anne de trouver une garde-malade pour remplacer sa cousine avant qu'elle ne s'épuise.

— Mrs Burnett doit être aidée ! Je lui ai conseillé de confier son bébé à une nourrice, mais elle refuse, ce qui est totalement déraisonnable. Miss Spencer, ajouta-t-il, vous êtes suffisamment occupée avec Frederick et Juliet. La jeune bonne, même si elle va mieux, n'est pas en état de les prendre en charge avant d'être totalement rétablie. D'ailleurs, elle pourrait les contaminer. Il faut trouver quelqu'un pour soulager Mrs Burnett.

— Mais je ne connais personne, auriez-vous quelqu'un à me conseiller ? demanda Anne, prise de panique.

Mr Pearson se gratta la tête et réfléchit.

— Charlotte Leroy pourrait vous être d'un grand secours. Elle est l'aînée des filles et a l'habitude de soigner ses jeunes frères et sa sœur. Essayez d'aller la voir assez rapidement. Mrs Burnett a vraiment besoin de se reposer, sinon je ne donne pas cher de sa santé. Bien, je vais laisser mes instructions en cuisine, miss, je reviendrai ce soir voir mes malades.

Anne envisageait avec plaisir la venue de Charlotte, qui apporterait un peu de gaîté dans la maison, mais elle n'avait guère le temps d'aller chez les Leroy – sans compter qu'elle ignorait où ils habitaient. Le docteur venait à peine de partir que la cloche de la porte d'entrée retentit. C'était miss Cavendish, vêtue comme toujours avec aussi peu de soin que possible, un chapeau d'hiver perché sur sa grosse tête. Anne était ravie de la voir.

— Miss Cavendish, quelle bonne surprise !

— Je passais prendre des nouvelles, Miss Anne. J'ai appris que le petit Thomas était malade ? J'imagine que notre bonne Jenny est dans tous ses états.

— Elle est très inquiète, en effet. Je vais aller l'informer de votre visite.

— Est-elle avec son fils ? Non, non, ne la dérangez pas, dites-moi juste comment va le petit.

— Le docteur Pearson s'inquiète pour lui, il a beaucoup de fièvre et mange très peu… Mais avant tout, voudriez-vous une tasse de thé ? Je peux faire chauffer de l'eau.

— Avec grand plaisir ! Je vous trouve bien pâlichonne, Anne. J'imagine que vous devez avoir beaucoup à faire, mais je pense qu'une bonne tasse de thé et cinq minutes sur un fauteuil au soleil vous feraient le plus grand bien.

— Je l'avoue…

Anne fila en cuisine pour demander à Mrs Landry de leur porter du thé dans le jardin. Pour une fois, la gouvernante ne se fit pas prier : elle adorait miss Cavendish, qui était toujours prête à échanger avec elle recettes de tourte aux rognons, considérations sur le temps qu'il ferait le lendemain et autres conseils ménagers. Quelques instants plus tard, Anne et miss Cavendish étaient confortablement installées dans le jardin, à l'ombre d'un tilleul, et sirotaient leur thé. Soudain, miss Cavendish se dressa sur son siège et envoya valser le contenu de sa tasse sur la manche d'Anne.

— Regardez, miss Anne, un friquet !

— Un quoi ? demanda Anne, abasourdie.

— Un friquet ! Sur la glycine, en haut à droite !

— Le petit oiseau brun, avec une tache noire sur le cou ? Qui est à demi caché sous les fleurs ?

— Oui ! Ah, il est parti… Oh, il se pose sur un if. Attendez, j'espère qu'il ne va pas picorer ses baies… Ouste, va-t'en !

Miss Cavendish se leva et se dirigea, agitant les mains, vers un gros if piqueté de fruits ovales, semblables à de petites olives. Certains étaient d'un beau vert tendre et d'autres, qui dataient de l'année précédente, étaient bruns et tout fripés. L'oiseau s'enfuit sans demander son reste. Satisfaite, la bonne demoiselle revint s'asseoir auprès d'Anne.

— Les baies d'if sont très toxiques, j'espère que vous le savez ? Non ? Eh bien, je vous aurai appris quelque chose ! À l'automne, elles seront d'un rouge éclatant. D'ailleurs, il faut que j'en parle à Jenny, il n'est pas prudent de garder un tel arbre si près d'une maison avec de jeunes enfants. Il suffit de deux ou trois graines et hop !

— Hop ?

— C'est mortel !

— Je ne savais pas que vous vous intéressiez aux oiseaux.

— C'est une de mes marottes ! Si vous le voulez, je vous montrerai mes livres. J'ai quatre des six volumes de l'*Ornithologie* de Mathurin Brisson. Je les tiens de mon défunt père. Lisez-vous le français, Anne ?

— Pas vraiment. J'ai quelques notions de français, mais de là à le lire…

— Le livre renferme des gravures très détaillées qui aident beaucoup à distinguer les espèces, surtout les petits passereaux, que l'on peut facilement confondre… Mais je m'égare.

Elle se resservit une tasse de thé, ajouta trois morceaux de sucre et touilla le breuvage avec vigueur avant de se tourner vers Anne..

— Alors, donnez-moi des nouvelles du petit Thomas ! Vous me disiez que le docteur Pearson était inquiet ?

— Oui, sa fièvre ne baisse pas et il ne mange rien. Rose aussi est malade. Rose est la jeune fille qui s'occupe habituellement des enfants, ajouta Anne devant l'expression perplexe de miss Cavendish.

— Ah, la petite rousse aux joues rouges qui porte Frederick avec le sérieux d'une nourrice !

— C'est cela ! Elle a eu de la fièvre, mais depuis ce matin elle va mieux.

— Bien ! J'espère que le pauvre enfant se remettra très vite. Pearson est pénible pour tout ce qui concerne la nourriture, ce n'est un secret pour personne, mais c'est un médecin consciencieux. Je lui fais entièrement confiance pour soigner mes petites misères… Pour le reste, je mange à ma guise. Oh, j'allais oublier, je vous ai apporté un gâteau au fromage, ma cuisinière le réussit très bien ! Mais je crois que j'ai laissé mon panier sur le palier.

— Ne bougez pas, je vous en prie ! dit Anne en se levant. Je vais le chercher.

Anne ouvrit la porte d'entrée, et se trouva face à un jeune garçon planté quelques pas devant la porte. Il fit un bond en arrière en l'apercevant.

— Pardon, miss…

Il tourna les talons mais Anne le retint :

— Hé, attends, que fais-tu ici ? Tu voulais quelque chose ?

Le gamin rougit. Il devait avoir douze ans, un visage avenant, ses pantalons et ses souliers, quoique de bonne facture, étaient tachés de boue.

— Non, je pensais que mon frère était peut-être chez vous, je le cherche.

— Ton frère ?

— William.

La lumière se fit dans le cerveau d'Anne. Ces cheveux épais et bouclés, quelque chose dans le regard... Ce garçon était un des fils Leroy !

— Tu es un des frères de William Leroy ?

Le garçon inclina la tête.

— Oui, miss. Pour vous servir.

— Eh bien oui, tu peux me servir ! Comment t'appelles-tu ?

— Ned, miss. Qu'est-ce que je peux faire pour vous ?

— Ton frère n'est pas chez moi, mais j'aimerais bien que ta sœur Charlotte passe me voir. Peux-tu le lui dire ? J'aurais besoin de son aide, nous avons deux malades à la maison et le docteur Pearson m'a dit qu'elle pourrait peut-être m'être utile...

— Vous pouvez compter sur moi. J'espère que vos malades ne sont pas trop malades ?

Anne sourit.

— Non, ils vont vite guérir. Allez, dépêche-toi, s'il te plaît !

— Si William passe vous voir, vous pourriez lui dire que je le cherche ?

— Mais pourquoi passerait-il ? s'étonna Anne.

Ned fit un petit sourire entendu.

— Oh, juste comme ça... Au revoir, miss !

Cette réponse énigmatique ne plaisait guère à Anne. Elle se demanda soudain si le garçon n'était pas en train d'espionner la maison. Sinon, pourquoi n'avait-il pas sonné ? Quelque chose dans cette rencontre la troublait, sans qu'elle puisse deviner quoi. *Décidément*, se dit Anne, *je vois le mal partout*. Toute à ses pensées, elle ne vit pas le panier de miss Cavendish, qu'elle était pourtant venue chercher, buta dessus et manqua tomber quand elle voulut rejoindre son invitée dans le jardin.

***

— Bonjour, Anne !

Charlotte Leroy, souriante comme toujours, arriva une demi-heure après le départ de miss Cavendish.

— Entrez, Charlotte. Je suis désolée de vous déranger, mais nous avons vraiment besoin d'aide.

— Je vous en prie, je serai heureuse de me montrer utile.

— Bien, je vais vous expliquer pourquoi je vous ai priée de venir.

Anne détailla en quelques phrases la situation sanitaire de la maison Burnett, ce qui n'eut pas l'air d'inquiéter Charlotte.

— Mr Pearson a raison, j'ai l'habitude. Mes frères étaient toujours malades quand ils étaient petits, surtout Oliver.

— Pardonnez-moi, mais je suis un peu perdue dans votre famille, rappelez-moi, vous êtes combien ?

— Cinq enfants, miss ! William est l'aîné, il a vingt ans. Ensuite il y a moi, qui ai seize ans, Alice, quatorze ans, Ned, que vous avez vu, treize ans. Et le plus jeune, c'est Oliver. Il n'avait que quatre ans à la mort de nos parents, il vient de fêter ses douze ans.

Le visage d'Anne trahit son émotion et Charlotte baissa les yeux pour masquer la sienne.

— Mon Dieu, mais comment avez-vous fait au décès de vos parents ? Vous étiez tous si jeunes… J'espère ne pas me montrer indiscrète ?

— Non, je vous en prie ! Mes grands-parents, les parents de ma mère, sont venus habiter à Guildford avec nous, puis au décès de ma grand-mère, il y a deux ans, mon grand-père est reparti chez lui, dans le Kent, et Harriett s'est beaucoup occupée de nous tous.

— Harriett ? Mrs Nicolls ?

— Oui, c'est la marraine de William ! Vous l'ignoriez ?

— Complètement !

— C'est une petite-cousine de notre mère. Bon, miss… pardon, Anne, dites-moi ce que je peux faire à présent pour vous aider ?

Anne, encore ébahie par ce qu'elle venait d'apprendre, conduisit la jeune fille jusqu'à la chambre du petit Thomas. L'enfant dormait d'un sommeil agité, mais il était moins pâle que la veille. Jenny, quant à elle, était assise à son chevet sur une chaise paillée. Entortillée dans son châle, elle semblait épuisée.

— Jenny, dit Anne, vous devez vous reposer. Thomas va mieux, et Charlotte va vous remplacer.

Jenny leva des yeux égarés vers la jeune fille qui lui souriait.

— Oh, Charlotte, vous êtes là, que c'est gentil à vous ! Cela ne vous dérange pas, vraiment ?

Elle se leva avec difficulté tandis que Charlotte protestait que non, cela ne la dérangeait pas, vraiment pas du tout. La jeune fille s'approcha de Thomas, et mit sa main sur son front pour évaluer sa fièvre. Elle demanda à voir la potion prescrite par le docteur Pearson, vérifia qu'il y avait un verre d'eau et une cuillère à portée de main, et assura Jenny qu'elle pouvait surveiller le petit malade.

— Merci infiniment, Charlotte. Je crois que je vais m'allonger un moment, dit Jenny.

Anne la prit par le bras et la conduisit jusqu'à sa chambre.

— Ne vous inquiétez pas, dit Anne, je vais m'occuper de Frederick et du repas.

Jenny hocha la tête et Anne, la voyant si faible, fut soudain prise d'inquiétude : sa cousine allait-elle, elle aussi, tomber malade ?

— Quand David va-t-il rentrer de Londres ? demanda la jeune fille.

— D'ici deux jours, je l'espère. Merci, chère Anne, je n'ai pas besoin de couverture, mais si vous vouliez bien me donner ce coussin…

Jenny se laissa glisser sur son lit, ferma les yeux et s'endormit instantanément, tandis qu'Anne quittait la chambre sur la pointe des pieds, soulagée par l'arrivée prochaine de David et la présence de l'efficace Charlotte.

16

Jane Austen était fort contrariée. La dernière lettre d'Anne l'avait consternée et elle hésitait à lui répondre.

— L'imagination est un don précieux, marmonna-t-elle pour elle-même, à condition qu'elle soit assortie d'un minimum de jugeote. Et je crains que cette demoiselle n'en soit singulièrement dépourvue.

— Que dis-tu ? demanda Cassandra, qui reprisait des torchons, assise près de la fenêtre.

— Ma jeune admiratrice m'a de nouveau écrit. Cette fois, ce ne sont pas ses sentiments qui m'inquiètent. Figure-toi que le curé de Guildford est mort, et la jeune Anne s'imagine qu'il a pu être assassiné !

Cassandra reposa son ouvrage sur ses genoux et fixa Jane, stupéfaite.

— Tu plaisantes ?

— Pas du tout, hélas ! Il semble qu'elle soit encouragée dans cette voie par la lady qui l'a prise en affection…

Et Jane lut à sa sœur le passage où Anne expliquait comment lady Caroline et elle en étaient venues à soupçonner un meurtre.

— C'est totalement absurde et très inconvenant ! convint Cassandra. Je n'aurais jamais imaginé qu'une lady pouvait avoir de telles pensées, à moins d'être mentalement dérangée.

— Si elle a de tels soupçons, dit Jane – qui ne raisonnait pas comme sa sœur et était moins choquée par l'inconvenance de la conduite de lady Caroline que par son absurdité –, pourquoi en parler à une jeune fille de dix-sept ans plutôt qu'à un magistrat[1] ?

— Elle passerait pour folle, protesta Cassandra.

— Elle pouvait aussi questionner le médecin qui a examiné le corps ! Mais j'oubliais, ajouta Jane en relisant la lettre, il semble que la lady n'ait aucune confiance dans le docteur. Sans doute se pense-t-elle plus compétente que lui, parce qu'elle a réussi à guérir un de ses domestiques avec une tisane.

— A-t-elle vraiment fait cela ? demanda Cassandra, intéressée.

— Je ne sais, s'agaça Jane, j'ai dit ça à titre d'exemple. Mais quelle folie que ces élucubrations ! Sur quoi reposent ces soupçons ? Sur rien, si j'en crois la lettre. Elle trouve juste la mort du révérend trop rapide et suspecte. Pourquoi suspecte ? Des gens meurent tous les jours !

Elle relut la lettre.

— Tout de même, ma jeune fille me paraît avoir la tête moins folle que sa lady. C'est cette dame qui lui a soufflé cette idée absurde. Mais je sens qu'Anne hésite, et pour

1. À l'époque de Jane, en Angleterre, la police telle que nous la connaissons n'existait pas ; c'étaient les magistrats qui s'occupaient des affaires criminelles, assistés par des gardiens de la paix bénévoles nommés par les paroisses.

un peu elle me demanderait mon avis, à moi ! Peux-tu imaginer cela ? Écoute :

> Miss Austen, vous est-il déjà arrivé d'avoir affaire à une mort étrange dans votre entourage ? Je n'ose pas vous demander votre avis, mais vous êtes tellement intelligente et perspicace que si vous étiez là, vous sauriez, j'en suis sûre, démêler le vrai du faux dans tout cela. Lady C se laisse sûrement emporter par son imagination.

— Oh ! s'écria Cassandra. Mais nous n'avons jamais été confrontées à ce genre de situation, Dieu merci !

— Vraiment ? Tu oublies quelque chose, ma sœur, murmura Jane avec une lueur moqueuse dans l'œil.

— Quoi donc ? demanda Cassandra, troublée.

— J'ai connu une personne qui a bel et bien été assassinée !

Cassandra resta bouche bée quelques secondes, puis elle comprit.

— Ah ! Tu veux parler de ce détestable émigré français ? Le comte d'Antraigues, que tu avais rencontré à Londres, quand tu séjournais chez Henry ?

— Détestable ? Souviens-toi que lorsque notre belle-sœur Eliza me l'avait présenté, je l'avais trouvé charmant ! C'était un très bel homme, calme et cultivé.

— Oui, tu me l'avais écrit. Tu étais même allée prendre le thé chez lui avec Eliza, il vous avait montré de beaux tableaux…

— Et sa femme avait une voix superbe. C'était d'ailleurs, si je me souviens bien, une ancienne chanteuse d'opéra. Je ne pouvais pas imaginer que cet aimable comte était en réalité une sorte d'espion pour le compte des Russes, ni que sa femme et lui seraient assassinés par leur domestique italien un an plus tard…

— Ah, ne m'en parle pas, protesta Cassandra en agitant la main. Quelle horreur ! Rien que d'y penser, j'en ai des frissons.

— Mais tu vois, ma perspicacité a été prise en défaut : je m'étais totalement trompée sur son compte, tout comme Eliza et Henry.

— Quoi de plus normal ? s'écria Cassandra. Nous n'avons pas l'habitude de fréquenter des escrocs ou des espions ! Comment aurais-tu pu imaginer pareille chose ?

— Si je me suis méprise sur le compte d'un homme que j'ai rencontré, poursuivit Jane, qui suivait son idée, en quoi pourrais-je me faire une opinion sur le décès d'un curé glouton que je n'ai jamais vu ? Tout ce que je peux faire, c'est mettre en garde cette jeune Anne contre l'influence de cette fantasque lady.

Les deux sœurs restèrent un moment en silence. Jane regardait au loin, la lettre d'Anne posée sur ses genoux, et Cassandra s'affairait à nouveau sur ses torchons.

— Je me demande si Henry a entendu parler de cette lady Caroline Mitford, murmura Jane.

— Cela ne serait pas étonnant, il connaît le beau monde, et Guildford est sur sa route quand il vient nous voir depuis Londres.

Henry était le quatrième des six frères Austen. Il était alors banquier – le « alors » a son importance car, quelques années après notre récit, il devint clergyman ! Il vivait près de Londres, mais sa banque possédait une succursale à quelques miles de Chawton et il allait souvent voir sa mère et ses deux sœurs. Il était vif et drôle, et Jane appréciait beaucoup sa compagnie.

— Je vais lui poser la question, dit Jane en se levant. Henry ? Mais où est-il donc ? Il est sorti ?

Henry était arrivé trois jours plus tôt, pour fêter son anniversaire avec sa mère, Jane et Cassandra. Jane le chercha partout, enrôla Mrs Austen pour fouiller la maison, puis enfin la porte d'entrée s'ouvrit et Henry Austen apparut, souriant, une fleur des champs à la boutonnière. Il s'étonna de trouver Mrs Austen et ses deux sœurs dans le vestibule.

— Eh bien, mesdames, que se passe-t-il ?

— Nous te cherchions, dit Jane, car j'ai une question à te poser.

— J'étais allé marcher, il fait si beau !

— Henry, dit Jane, connaîtrais-tu une certaine lady Caroline Mitford ?

Henry réfléchit. C'était un bel homme, âgé de quarante-trois ans. Il commençait à perdre ses cheveux, mais son regard malicieux, semblable à celui de Jane, lui donnait un air de gaîté juvénile.

— Mitford ? Ce nom me dit quelque chose. Peux-tu m'en dire plus, ma chère sœur, ou est-ce une de tes devinettes ? Vais-je gagner quelque chose si je trouve ?

— C'est tout à fait sérieux, Henry. Lady Caroline possède une propriété près de Guildford, appelée Oak Lodge.

— Ah, répondit Henry en claquant des doigts, je sais ! Une très petite dame passionnée par ses jardins.

— C'est elle, sans doute.

— Son mari est mort dans des circonstances bizarres, me semble-t-il.

Jane et Cassandra, pétrifiées, le fixèrent.

— C'est-à-dire ? demanda Jane.

— Il me semble qu'on avait parlé d'un empoisonnement, d'une forme d'intoxication, mais je n'en suis pas certain.

Jane et Cassandra échangèrent un regard. Cela pourrait expliquer que la lady voie des empoisonnements partout…

— Il y avait autre chose d'étrange dans cette affaire, poursuivit Henry, j'en suis sûr, mais pour l'instant ça m'échappe. En quoi cette dame vous intéresse-t-elle ?

— Nous allons t'expliquer cela, dit Cassandra, mais d'abord, je vais nous servir un bon thé.

***

Pendant deux jours, Anne et Charlotte prirent en charge la maisonnée. Anne aidait Mrs Landry, s'occupait de Juliet et du bébé. Charlotte ne quittait pas le petit Thomas, elle le divertissait quand il était éveillé et surveillait sa fièvre. Quant à Jenny, soulagée par la présence de la jeune fille, elle se reposait et gardait toute son énergie pour Frederick, qu'elle avait refusé de confier à une nourrice.

— Il n'est pas question que je me sépare de Frederick, avait-elle dit, il a besoin de moi, et moi, je ne peux me passer de lui !

Mr Pearson l'avait grondée, avait argumenté, en vain. Jenny avait versé quelques larmes mais tenu fermement sa position, ce qui avait fait l'admiration d'Anne, qui découvrait un aspect bien caché de la personnalité de sa cousine.

Le soir, quand Juliet et le bébé étaient enfin couchés, Anne rejoignait Jenny dans sa chambre et lui lisait à présent *Raison et Sentiments*. À sa grande joie, sa cousine attendait impatiemment de connaître la suite des aventures de Marianne et Elinor Dashwood, même si, il faut bien l'avouer, elle était moins sensible que notre héroïne à la subtilité du style de Miss Austen, son humour et sa fine analyse des personnages. Qu'importe, Jenny aimait ce moment de lecture. Aussi Anne se faisait-elle un plaisir de relire pour elle ce merveilleux roman, tandis que le soir, seule dans sa chambre, elle poursuivait sa lecture de *La dame du lac*, emprunté à Oak Lodge. C'était un moment agréable, mais nous devons reconnaître que ce long poème de Walter Scott ne suscitait pas en elle la passion que lui inspirait l'œuvre de Jane Austen. Anne ne rêvait que d'une chose : que miss Austen termine et publie enfin cet *Emma* qu'elle avait évoqué dans ses lettres ! Elle avait glissé les lettres de la romancière entre les pages d'*Orgueil et Préjugés*, comme son trésor le plus précieux.

Le troisième jour, Anne se leva tôt. Elle se glissa dans la nursery sur la pointe des pieds et constata que le bébé dormait paisiblement. Elle posa une main sur son front, plutôt frais. Rassurée, elle quitta la chambre et descendit dans la cuisine. Polly était déjà au travail. Penchée sur une cuvette, elle pelait des légumes, une mèche de cheveux filasse sortait de son bonnet de grosse toile. Charlotte et Mrs Landry, assises sur un banc, savouraient leur première tasse de thé. Charlotte annonça à Anne que le petit Thomas allait beaucoup mieux.

— Il n'a pas de fièvre du tout ce matin, dit-elle, et il a faim. C'est bon signe, je vais lui apporter un verre de lait et des toasts. Avez-vous vu Mrs Burnett aujourd'hui, Anne ?

— Pas encore.

On entendit des pas dans l'escalier. C'était Rose, encore un peu pâle mais déterminée.

— Ah, te voilà debout ! s'écria Mrs Landry. Tu te sens mieux ?

— Oui madame, dit la jeune fille, je suis presque guérie. Je vais boire une tasse de thé, et je pourrai m'occuper de Frederick et Juliet, qui ne devraient pas tarder à se réveiller.

Elle se servit de thé tout en glissant vers Anne un regard de défi qui voulait clairement dire : « Je suis de retour, miss, ne vous avisez plus de marcher sur mes plates-bandes. »

— C'est bien, ma fille ! approuva la gouvernante, qui considérait qu'aucune maladie ne justifiait qu'on restât couché, sauf pour mourir. À part, évidemment, pour les dames, qui ne sont pas bâties comme le commun des mortels.

Anne réalisa soudain que le rétablissement de Rose allait lui rendre sa liberté. Joie ! Bonheur ! Elle allait pouvoir se rendre à pied à Oak Lodge, papoter avec lady Caroline et peut-être revoir un certain gentleman. C'était une pensée égoïste, elle en était consciente, mais elle n'avait quasiment pas mis le nez dehors depuis plus de trois jours, et il faisait tellement beau en ce mois de juin que c'était péché de rester enfermée. Sa tasse de thé à la main, elle s'approcha de la fenêtre et regarda le jardin. Le soleil n'était pas encore haut, mais déjà des oiseaux chantaient – miss Cavendish aurait pu dire s'il s'agissait d'accenteurs mouchets, de troglodytes mignons ou de moineaux, mais Anne, pour sa part, l'ignorait et s'en moquait. Les belles roses blanches de Jenny, plantées au pied des murs, ne demandaient qu'à être admirées. Anne eut soudainement envie de faire un bouquet, ce serait une bonne façon de fêter le rétablissement des deux malades. Munie d'un sécateur et d'un panier, elle sortit et commença sa cueillette, quand elle entendit le bruit caractéristique de pas sur le gravier. David serait-il déjà de retour ? Elle se retourna et, à sa grande surprise, ce ne fut pas David qu'elle découvrit, mais William Leroy.

— Miss Spencer, dit le jeune homme, bonjour, je suis conscient qu'il est très tôt pour une visite…

— Je vous en prie, dit Anne, assez fraîchement. J'espère qu'il n'est rien arrivé de grave chez vous ?

— Pas du tout, je venais prendre des nouvelles.

Anne ne pouvait faire autrement que de le faire entrer et lui proposer une tasse de thé. Ils s'installèrent tous deux dans le salon, Imogen apporta le thé et Anne put rassurer William : le petit Thomas et la jeune Rose se portaient mieux. Leur maladie ne serait bientôt qu'un mauvais souvenir.

— Vous m'en voyez ravi, dit William. J'avoue que je m'inquiétais pour eux, et aussi pour Charlotte. J'espérais qu'elle serait à la hauteur de sa tâche.

— Votre sœur s'est montrée extrêmement efficace. De plus, elle est très gentille, je l'apprécie beaucoup.

Le visage du jeune homme s'illumina.

— Charlotte est adorable ! Bien sûr, étant son frère, je ne suis pas objectif, miss Spencer, mais je reconnais qu'elle a un cœur d'or. Elle a beaucoup à faire, comme vous pouvez l'imaginer dans une maison comme la nôtre, mais elle ne rechigne jamais à la tâche, et elle est toujours d'humeur égale.

— À propos de frère… Le jeune Ned est passé l'autre jour, il vous cherchait, m'a-t-il dit…

William se rembrunit.

— Je suis désolé qu'il vous ait importunée, miss, Ned nous donne pas mal de fil à retordre. Il traîne souvent dehors et fait tout ce qu'il peut pour éviter d'étudier comme il le devrait. C'est le plus difficile de toute la fratrie !

Cela piqua la curiosité d'Anne.

— J'espère ne pas me montrer indiscrète, mais qui s'occupe de ses études ? Je vous demande cela car chez moi, depuis le départ de mes frères, mes parents se consacrent à l'éducation de jeunes messieurs qu'ils ont en pension, et ce n'est pas une tâche facile…

Il sembla à Anne – mais était-ce une illusion ? – que l'ombre d'un sourire passa sur le visage de William, mais c'est très sérieusement qu'il répondit :

— Nous avons la chance d'avoir un précepteur très compétent, qui a bien voulu rester chez nous après le décès de mes parents.

— William ! Mais… que fais-tu ici ? Tout va bien à la maison, j'espère ?

Charlotte était entrée et fixait son frère, inquiète.

— Tout va bien, Charlotte, j'étais juste venu prendre quelques nouvelles, et miss Spencer – ici, il s'inclina vers Anne – a eu la bonté de me rassurer. Je ne vais pas vous déranger plus longtemps, miss, j'imagine que vous avez mille choses à faire. Présentez mes respects à Mrs Burnett.

Il embrassa sa sœur et sortit. Charlotte fit la moue.

— J'espère qu'il me faisait confiance et qu'il ne s'inquiétait pas pour moi. Je suis capable de me débrouiller !

— Vous vous débrouillez fort bien, protesta Anne. Et je suis sûre que votre frère vous fait entièrement confiance.

Charlotte la fixa quelques secondes et éclata de rire.

— Oh, Anne, vous mentez très mal !

— Je l'avoue, reconnut Anne, un peu vexée. Et je rougis pour un rien, c'est exaspérant.

— Ne vous froissez pas ! C'est plutôt une qualité de mal mentir, n'est-ce pas ?

— Oui, bien sûr, mais bien mentir est fort utile en société. Imaginez, par exemple, qu'on vous offre un châle que vous trouvez hideux…

Charlotte ne put se retenir de pouffer. Les deux jeunes filles continuèrent à papoter et rire un long et délicieux moment, puis elles retournèrent à leurs tâches respectives. Charlotte aida le petit Thomas à s'habiller et rangea sa chambre, tandis qu'Anne allait rejoindre Jenny dans la nursery.

Peu avant onze heures, on sonna. Anne descendit voir de quoi il s'agissait. Elle fut stupéfaite de trouver Mr Clarke dans l'entrée. Le jeune homme la salua ; Anne bredouilla un bonjour sans pouvoir cacher sa surprise.

— Nous avons appris que le jeune Thomas était malade. Je viens prendre de ses nouvelles, et ma tante vous prie d'accepter ces quelques fruits.

Il désigna un panier, posé à terre, rempli de superbes cerises. Anne, qui s'était ressaisie, lui proposa d'entrer et d'appeler Jenny. Mais Mr Clarke, prétextant qu'il ne souhaitait pas déranger Mrs Burnett, invita Anne à faire quelques pas dans le jardin, ce que la jeune fille accepta avec joie. Ils seraient ainsi à l'abri des oreilles indiscrètes. Mr Clarke lui demanda d'abord comment se portaient Thomas et Rose, puis passa à quelque chose de plus intéressant.

— Miss Spencer, j'avoue avoir réfléchi au décès subit de Mr Nicolls.

Anne le fixa, pleine d'espoir. Le beau Mr Clarke allait-il enfin les prendre au sérieux, lady Caroline et elle ?

— Quelle est votre opinion, monsieur ?

Mr Clarke la dévisagea, l'air grave.

— Je ne pense pas que cette mort présente quoi que ce soit de suspect. Le docteur Pearson a examiné le révérend et n'a rien trouvé d'étrange. Je sais qu'à Guildford beaucoup de personnes critiquent, à raison, son obsession pour les régimes, mais j'espère tout de même qu'il serait capable de s'apercevoir qu'une mort n'est pas naturelle. Ma chère tante n'aurait pas dû vous faire part de ses doutes absurdes. J'en suis désolé.

— Cela ne m'a fait aucun tort !

— J'en suis soulagé. Pour ma part, je trouve ces spéculations très dérangeantes. Je ne voudrais pas que cela vous trouble ou vous inquiète le moins du monde. Imaginer un assassin en liberté, ici, à Guildford, soupçonner je ne sais qui…

Anne allait protester que ce n'était qu'un jeu, mais quelque chose dans le regard de Mr Clarke la désarçonna. Il semblait sincèrement préoccupé et embarrassé.

— Je suis touchée par votre sollicitude, mais je vous assure que je ne suis ni troublée ni effrayée.

— Promettez-moi que, la prochaine fois que vous rendrez visite à lady Caroline, vous ne l'encouragerez pas dans cette folie. Je lui ai parlé, bien sûr, mais je crains que cela n'ait pas produit grand effet.

— Je vous le promets, souffla Anne, si cela est si important pour vous.

Mr Clarke fut instantanément soulagé, tandis qu'Anne regrettait déjà sa promesse.

— Je vous suis très reconnaissant. À présent, parlons d'autre chose ! Miss Spencer, j'ai eu une idée qui, je l'espère, saura vous plaire. Je projette d'organiser un pique-nique mardi, au bord de la rivière. Qu'en dites-vous ?

— Ce serait merveilleux, s'écria Anne, oubliant dans l'instant sa déception.

— Je pense que vous avez grand besoin de vous changer les idées. Après cette maladie qui vous a tenue enfermée, l'air de la campagne vous fera du bien. Je vais de ce pas inviter Mrs Burnett, si elle n'est pas trop occupée…

Mr Clarke entra dans la maison et tomba sur Charlotte, qui descendait l'escalier. La jeune fille balbutia une salutation.

— Miss Spencer m'a appris que vous étiez venue l'aider et que vous étiez une excellente garde-malade, miss. C'est un talent précieux.

— Je fais de mon mieux, monsieur. J'ai été à bonne école avec mes frères.

— Je l'imagine sans peine, répondit Mr Clarke en souriant. Je ne veux pas vous retenir plus longtemps, mais puisque j'ai le bonheur de vous rencontrer, je vous informe que nous organisons un pique-nique mardi et que vous y êtes tous conviés.

Charlotte, ravie, le remercia, le salua, et remonta l'escalier, ayant oublié, sous l'effet de l'émotion, ce qu'elle était venue faire au rez-de-chaussée.

Francis Clarke alla saluer Jenny qui se montra, comme on pouvait s'y attendre, très touchée qu'il se soit déplacé pour prendre de leurs nouvelles, et l'assura que David et elle seraient heureux de participer au pique-nique. Mr Clarke espérait que les soins à donner au jeune Frederick lui permettraient de rester toute la journée, toutefois, il tiendrait à sa disposition une voiture si elle désirait rentrer plus tôt que le restant de la maisonnée. Sensible à une telle attention, Jenny se répandit en remerciements, et tous se quittèrent fort satisfaits. Mr Clarke, parce qu'il trouvait décidément qu'Anne était très jolie et qu'elle avait renoncé à ses idées si dérangeantes, Jenny, parce qu'un pique-nique en compagnie de ses amis et de lady Caroline serait une distraction bienvenue. Quant à Anne, même si elle était un peu déçue que Mr Clarke se refuse à enquêter avec elle sur la mort de Mr Nicolls, elle se réjouissait de passer une journée en plein air en sa compagnie. Mais la plus enthousiaste était Charlotte.

— Anne, comme je suis contente d'être invitée ! Un bal, puis maintenant un pique-nique ! J'ai l'impression que ma vie a totalement changé depuis un mois.

— Il vous en faut peu, la taquina Anne.

— Peu ? D'être invitée par un gentleman aussi distingué que Mr Clarke ? Je ne trouve pas. Il est terriblement élégant, si beau, et si aimable !

Anne se sentit bizarrement agacée.

— Mais sans doute avez-vous plus l'habitude que moi de rencontrer du beau monde, dit timidement Charlotte devant le peu de réaction de notre héroïne.

— Pas vraiment, répliqua Anne, plus sèchement qu'elle ne l'aurait voulu. New Alresford n'est qu'un petit bourg, même si, bien entendu, nous avons régulièrement des bals au Swan Hotel.

— Oh, Anne, dit Charlotte en lui prenant la main dans un élan d'affection, j'espère que vous serez encore à Guildford pour le bal des moissons, j'aimerais tant que nous y allions ensemble !

Il était dur de résister à tant de gentillesse et Anne sentit son cœur fondre, mais hélas Charlotte gâta tout en ajoutant :

— Et j'espère que Mr Clarke, cette fois, me fera danser.

17

Anne brûlait de revoir lady Caroline. Aussi, après le déjeuner, prétexta-t-elle qu'il fallait sans plus tarder remercier la dame pour ses délicieuses cerises. Quand Jenny proposa de l'accompagner, elle la convainquit qu'elle devait rester se reposer – David ne devait-il pas rentrer d'une minute à l'autre ? Et que dirait-il, quelle ne serait pas sa déception s'il ne trouvait pas sa chère femme chez lui ? Non, vraiment, Jenny n'avait pas besoin de prendre cette peine, de faire une demi-heure de marche sous ce grand soleil, Anne s'en chargerait volontiers ! Elle se coiffa donc de son plus grand chapeau et se mit en route. Arrivée au bout de la rue, elle eut la surprise de voir la jeune Charity qui marchait dans sa direction et paraissait hésitante et gênée. Anne se composa un visage souriant. Quand elles se rejoignirent, Charity la salua d'une brève révérence et dit :

— Miss Spencer, j'espérais bien vous voir !

Elle tourna la tête et regarda d'un air suspicieux aux alentours, comme pour vérifier que personne ne les observait.

— En fait, je passe par ici chaque fois que j'ai une course à faire, dans l'espoir de vous croiser…

— Vraiment ? s'étonna Anne. Mais pourquoi ne pas sonner chez Mr et Mrs Burnett, tout simplement ?

— Ah ça, je ne pourrai jamais si je n'ai pas une bonne raison de le faire, Mrs Landry n'apprécierait pas que je demande à parler à une demoiselle.

Anne savait que Mrs Landry était respectée et redoutée dans le voisinage, mais elle n'imaginait pas que ce fût à ce point. Que de dragons insoupçonnés se cachent dans les cuisines et les buanderies !

— Fort bien, dit-elle, voulez-vous m'accompagner quelques instants ? Je me rends à Oak Lodge. Vous pourrez ainsi me dire ce pourquoi vous désiriez me voir ?

La jeune fille lui emboîta le pas, tête baissée. Elle semblait hésiter à parler.

— Charity, dit enfin Anne, dont la patience n'était pas la qualité première, allez-y, parlez ! Si vous me guettez depuis plusieurs jours, c'est que c'est important, j'imagine ?

— C'est que j'ai peur que vous me preniez pour une folle, ou une faiseuse d'embrouilles…

— Mais non, voyons ! Allez, dites-moi ce qui vous tracasse !

La fille prit une grande inspiration, et se lança :

— Mr Nicolls prenait chaque soir une cuillère d'un sirop que le docteur Pearson préparait. Pour sa digestion, qu'il paraît.

— Très bien, l'encouragea Anne.

— Ce que je trouve bizarre, c'est que Mrs Nicolls, le lendemain de la mort du curé, eh bien elle a jeté ce sirop !

Anne prit le temps de digérer l'information et tout ce qu'elle pouvait sous-entendre. Puis, comme il fallait bien rompre le silence avant qu'il ne devienne gênant, elle dit :

— Peut-être a-t-elle estimé qu'elle n'en aurait plus besoin ?

— C'est là que je trouve les choses étranges, miss, s'échauffa Charity. Le sirop, Mrs Nicolls elle-même en prenait parfois, quand elle avait mal au ventre, et même qu'une fois, elle en a donné à Hetty, et Hetty avait dit que ça l'avait bien calmée. C'était la saison des fraises, Hetty adore ça. Chaque fois elle en mange trop et ça la rend malade.

— Attendez que je comprenne. Ce n'était donc pas un sirop spécial pour Mr Nicolls, il servait à tout le monde dans la maison ? Et Mrs Nicolls l'a jeté, c'est ça ?

— Voilà ! Je l'ai vue vider la bouteille dans le jardin le lendemain de la mort de Mr Nicolls, et comme j'étais là à étendre les draps, je n'ai pas pu m'empêcher de lui dire que c'était dommage…

— Oh ! Et qu'a-t-elle répondu ?

— Elle ne m'avait pas vue et elle a sursauté, forcément. Elle a prétendu que le sirop était trop vieux, mais c'était idiot parce qu'elle en avait donné à son mari la veille !

En effet, c'était troublant.

— Je suppose que vous n'en avez pas parlé au docteur ?

Au moment même où elle posait la question, Anne réalisa à quel point elle était stupide.

— Bien sûr que non ! s'écria Charity, effrayée. Vous êtes la seule à qui j'en ai parlé à part Hetty. Jamais je n'irai dire ça à Mr Pearson, il me passerait un savon et il en parlerait à madame, vu comme il est tout le temps fourré chez nous.

— Oui bien sûr, excusez-moi, c'était très bête de ma part…

— Je vous le dis à vous parce que vous m'avez parlé de la mort de Mr Nicolls et de ses médicaments, insista la jeune fille, mais c'est tout. Voilà, je vous souhaite une bonne promenade, miss !

Elles étaient arrivées à la sortie de Guildford, à quelques pas de l'endroit où un chemin s'écartait de la route, conduisant à Oak Lodge. Charity, soulagée d'avoir partagé ses doutes et d'avoir, pour ainsi dire, refilé le problème à quelqu'un d'autre, prit congé d'Anne et repartit à grandes enjambées vers le bourg, tandis qu'Anne, l'esprit troublé par ces révélations, poursuivait sa marche. Elle réfléchissait à ce qu'elle venait d'apprendre. Pourquoi diable Harriett Nicolls avait-elle jeté ce sirop s'il était inoffensif ? Elle aurait pu faire cela au moment du décès, car elle n'était pas dans son état normal tant elle était bouleversée, mais le lendemain… Elle avait repris ses esprits, et avait alors autre chose à faire que de s'occuper d'une bouteille de sirop. De plus, elle avait invoqué comme prétexte que le sirop était trop vieux. Le pensait-elle vraiment ? Croyait-elle que le sirop fût si vieux qu'il avait pu rendre son mari malade ? Dans ce cas, il était logique qu'elle l'ait jeté, mais alors elle devait se sentir coupable de lui en avoir donné la veille…

Le sentier était bordé de hauts taillis touffus qui cachaient aux yeux des promeneurs la vue des champs et des prés, et étouffaient le bruit des pas. Ce n'était pas la première fois qu'Anne se rendait seule à pied à Oak Lodge mais, était-ce à cause de la discussion qu'elle venait d'avoir avec Charity ? De ses réflexions ? Ou parce qu'il faisait chaud et que la chaleur réduisait les oiseaux au silence ? Anne commença à se sentir mal à l'aise, oppressée, avec la désagréable impression que quelqu'un l'observait. Était-ce un simple marcheur ? Ou un vagabond, qui l'épiait à travers les épais fourrés ? À cette idée, elle frissonna. Devait-elle se retourner ? Elle accéléra le pas, en tentant de calmer les folles pensées qui lui faisaient imaginer derrière elle une Harriett Nicolls telle qu'elle était le jour de la mort de son époux : proche de l'hystérie, capable de tout. C'était absurde, et Anne tenta de se raisonner, mais le sentiment d'être espionnée persistait. Elle n'était pas seule, à présent c'était une certitude, elle entendait des pas.

Rassemblant son courage, elle se retourna d'un bloc et eut à peine le temps d'apercevoir une silhouette d'homme que celle-ci lui tourna le dos et disparut dans les fourrés. Était-ce William Leroy ? Il lui semblait avoir reconnu son allure et sa veste. Mais pourquoi aurait-il réagi aussi bizarrement ? À moins qu'il ne l'ait suivie, et qu'il se sente coupable de cette indélicatesse… Anne ne savait pas, elle ne savait plus, elle était perdue, elle voulait juste s'éloigner de ce chemin que, pour la première fois, elle trouvait inquiétant. Elle reprit sa route, elle marchait vite, à présent, essuyant les larmes qui lui brouillaient les yeux. Elle se posait trop de questions, prenant conscience que ce qui avait commencé comme un jeu devenait terriblement angoissant. Heureusement, elle aperçut bientôt l'allée de chênes qui menait à Oak Lodge et se sentit instantanément soulagée. Là-bas, elle serait en sécurité.

Lady Caroline l'accueillit dans le petit salon qui lui était désormais familier, mais elle n'était pas seule. Mr Clarke était assis près d'elle, ainsi que miss Cavendish.

— Chère Anne, asseyez-vous, dit aimablement lady Caroline. Nous sommes en pleine conversation au sujet de la cure et de l'avenir de Mrs Nicolls.

— De la cure ? demanda Anne, qui ne comprenait pas où la lady voulait en venir.

— Oui, nous devons trouver un clergyman de confiance à qui confier ce bénéfice. Notre paroisse ne peut rester sans curé plus longtemps…

Anne rassembla ses idées et comprit. Toute à ses réflexions sur le décès de Mr Nicolls, elle en avait oublié que c'était lady Caroline, en tant que propriétaire du domaine, qui disposait de la cure et en choisissait le titulaire.

— Mon cher neveu n'a pas vocation à devenir un ecclésiastique, poursuivit la lady en posant affectueusement sa main sur le bras de Mr Clarke, qui grimaça un sourire pour confirmer ses dires.

— Je le confesse, et j'en suis désolé, ma tante. Mais je peux peut-être vous suggérer quelques noms ?

— Je vous écoute !

— Que penseriez-vous de Christopher Felton ? Le jeune homme que je vous ai présenté l'an dernier. Il est honnête et de bonne compagnie…

— Si je me souviens bien, le coupa lady Caroline, il a commencé des études au Lincoln College[1], études qu'il a rapidement abandonnées, n'est-ce pas ? Et depuis, il me semble qu'il mène une existence oisive à Londres… Cela ne m'inspire pas confiance, est-ce vraiment la bonne personne ?

Mr Clarke se rembrunit et proposa un autre nom à sa tante, qui le questionna longuement sur les mérites dudit

1. Collège de théologie de l'université d'Oxford.

jeune homme. Anne s'aperçut avec étonnement que lady Caroline, si elle laissait parfois la bride à son imagination, pouvait faire preuve de beaucoup de mémoire et d'esprit pratique.

Après avoir exposé ses réserves sur les personnes proposées par son neveu, lady Caroline se tourna vers miss Cavendish.

— Et vous, ma chère Honoria, auriez-vous dans votre nombreuse famille quelqu'un à me recommander ? À moins que miss Anne n'ait un frère qui ait fait des études de théologie ?

— C'est le cas, milady, dit Anne, amusée. Mon frère Edmund est ordonné, mais il jouit déjà d'un beau bénéfice dans le Kent.

— Nous arrivons donc trop tard, sourit lady Caroline. Et vous, Honoria ?

— J'aurais deux personnes à vous recommander, milady. Tout d'abord, mon petit-neveu Albert…

À cet instant la porte du petit salon s'ouvrit et Trilling annonça Mr Leroy.

— Ah, voici celui que j'attendais ! Entrez, mon cher ! s'écria lady Caroline.

William Leroy salua en s'excusant pour son retard, tandis qu'Anne se figeait sur sa chaise. Cette allure, cette veste… Elle était presque sûre que c'était la silhouette qu'elle avait entrevue sur sa route. De fait, William rougit légèrement en la voyant, tandis qu'elle le fusillait du regard avant de détourner ostensiblement les yeux.

Il prit place à ses côtés. Miss Cavendish poursuivit la discussion en détaillant la vie et les mérites de son petit-neveu, puis en exposant les rares qualités du fils cadet d'une ancienne voisine avec laquelle elle correspondait.

La candidature du neveu sut retenir l'attention de lady Caroline, qui demanda s'il était possible de rencontrer ce jeune homme.

— Je vais dès mon retour lui écrire et lui proposer de passer quelques semaines chez moi, dit Miss Cavendish. Vous pourrez ainsi faire sa connaissance et le questionner tout à loisir.

— C'est parfait, espérons que ce problème sera bientôt réglé à la satisfaction de tous. Il nous reste à discuter du cas de la pauvre Mrs Nicolls…

À ces mots, Anne, assise entre William Leroy et Francis Clarke, dressa l'oreille.

— Elle n'a plus de famille proche, poursuivit la lady, et d'ici quelques semaines elle devra quitter le presbytère pour laisser la place au nouveau venu. Nous devons nous assurer qu'elle ne se retrouvera pas à la rue. William, son filleul, l'a accompagnée chez le notaire pour régler la succession de feu Mr Nicolls. William, j'imagine que Mr Nicolls ne lui a pas laissé grand-chose ?

Tous les regards se tournèrent vers le jeune homme qui toussota, mal à l'aise.

— En fait, si, milady… Mrs Nicolls hérite d'une somme de trois mille livres.

Lady Caroline et miss Cavendish fixèrent William Leroy avec stupéfaction. Lady Caroline fut la première à se ressaisir.

— Pardon, William, dit-elle, en êtes-vous sûr ? C'est une coquette somme pour un clergyman, et il me semble que la cure ne lui rapportait que deux cents livres par an.

— Le notaire a tout vérifié, dit William, et je vous confirme qu'il s'agit bien de trois mille livres. Harriett en était étonnée, elle ignorait que son époux possédait une telle somme.

Sourcils froncés, lady Caroline poursuivait ses réflexions :

— Mais Herbert Nicolls était un cadet ! À ma connaissance, il n'a rien hérité de son père ! Eh bien, il faut croire que nous ne savions pas tout... Sans doute avait-il hérité d'un oncle, ou que sais-je d'autre.

— Il ne s'agit pas non plus d'une fortune, temporisa Mr Clarke. Et Mr Nicolls n'était pas si jeune qu'il n'ait pu faire quelques économies. Cela rapportera quoi à sa veuve ? Quatre-vingts livres par an, autant dire, une misère !

Lady Caroline était maussade. Elle éprouvait la désagréable impression d'avoir été dupée. Quand elle avait confié la cure à Mr Nicolls, six ans plus tôt, on lui avait présenté l'homme comme un cadet sans le sou, et voilà qu'en fait, il n'était pas si démuni qu'elle l'imaginait. Tout cela minimisait en quelque sorte sa bonne action et lui laissait un goût amer.

— Eh bien, nous pouvons nous réjouir pour Harriett ! dit-elle, avec un air renfrogné qui démentait ses paroles. Mais ce pécule ne lui permettra probablement pas de se loger décemment. Je pensais lui donner la jouissance d'un cottage que je possède à la sortie de Guildford, près du moulin, à moins qu'elle ne préfère vivre ailleurs...

William Leroy s'éclaircit la voix.

— Milady, c'est très généreux de votre part, mais c'est inutile. Je lui ai proposé de s'installer chez nous quelque temps, elle a accepté.

Un temps de silence suivit cette étonnante déclaration. Miss Cavendish le rompit :

— William, nous connaissons votre bon cœur, mais est-ce bien raisonnable ? Nous savons tous à quel point Mrs Nicolls est affectée. Vivre avec elle ne sera pas de tout repos, et vous avez tant à faire…

— Harriett Nicolls était une cousine de ma mère, répliqua le jeune homme, c'est ma marraine, je me dois de l'aider autant que je le peux. De plus, je ne pense pas qu'il soit bon pour elle de vivre seule, du moins dans un premier temps. Quand elle sera rétablie, qu'elle aura repris un peu d'empire sur elle-même…

— Et si cela ne se produit pas ? renchérit Mr Clarke. Mon cher, prenez le temps de réfléchir aux inconvénients qui pourrait en découler pour toute votre famille ! Une fois que Mrs Nicolls sera installée chez vous, vous ne pourrez pas facilement la déloger. Pardonnez ma franchise, mais vous avez déjà à charge vos frères et sœurs…

Anne était d'accord avec lui. Elle ne pouvait s'empêcher d'être agacée par cet acte totalement déraisonnable, dicté sans doute par un orgueil mal placé. Qu'allaient devenir la délicieuse Charlotte, le jeune Ned et les autres avec cette demi-folle d'Harriett dans leurs pattes ? Mais William Leroy était bel et bien résolu. Ni les inquiétudes de lady Caroline ni les objections de miss Cavendish et de Mr Clarke ne parvinrent à l'ébranler. C'était décidé, il accueillerait chez lui sa marraine dès que celle-ci devrait quitter le presbytère.

18

Le proche avenir d'Harriett Nicolls étant assuré, Trilling servit le thé, que chacun but dans un silence gênant. Anne ne savait quelle contenance adopter. Toutes ces discussions autour de l'argent l'avaient mise fort mal à l'aise.. La présence de Mr Clarke, assis à sa gauche, et celle de William Leroy, à sa droite, ajoutaient encore à son embarras. Ils la troublaient tous deux, pour des raisons très différentes. Fort opportunément, Mr Clarke aborda le sujet du pique-nique, ce qui allégea tout de suite l'atmosphère.

— Je suis allé en reconnaissance et je pense avoir trouvé l'endroit idéal, dit-il. Au bord de la Wey[1], un peu en aval de Guildford, avec de grands saules pleureurs et de vieux chênes pour nous abriter du soleil.

— Ce sera parfait ! dit Anne.

Notre héroïne s'imaginait déjà mollement allongée sur l'herbe tendre, Mr Clarke assis près d'elle, lui récitant quelque beau poème.

— J'apporterai de la langue froide, dit miss Cavendish, ma cuisinière la réussit à merveille.

1. Cette rivière traverse Guildford.

— Que c'est aimable à vous ! dit lady Caroline. Nous avions bien entendu prévu d'apporter tout ce qu'il faut, mais j'avoue que la langue de votre Mrs Pitmore est un délice.

— J'imagine que Charlotte sera contente de venir ? dit miss Cavendish.

— Elle est aux anges ! répondit William.

— Vos autres frères et sœurs seront-ils aussi de la partie ? demanda Anne.

Elle ne connaissait que Ned et Charlotte, et était curieuse de rencontrer enfin les deux autres.

— Alice et Ned seront là, mais pas Oliver. Mon jeune frère étudie à l'école navale de Portsmouth, expliqua William en se tournant vers elle.

— Il y a longtemps que je n'ai pas vu le jeune Oliver, dit lady Caroline, mais il me semble qu'il est bien moins dissipé que Ned…

— Oliver est bien plus discipliné que Ned, je vous le confirme ! dit William. Il aura besoin de ça pour faire carrière dans la Marine.

— Ned est intelligent et très attachant, dit miss Cavendish, mais je sais qu'il vous donne du fil à retordre…

— Il a bon cœur mais il a du mal à rester en place. Il a besoin de sortir, de prendre de l'exercice, et il déteste les livres. Je pense qu'il s'occupera très bien de nos terres.

Miss Cavendish hocha la tête.

— Tout à fait, et c'est une excellente chose !

Enfin, lady Caroline chargea son neveu de faire atteler sa calèche pour raccompagner Miss Cavendish, qui était venue à pied. Cela sonnait la fin de la réunion, et

Anne s'apprêtait à rentrer, quand lady Caroline la prit par le coude et lui glissa :

— Restez encore un peu, ma chère, nous avons à bavarder…

Quand tout le monde fut parti, et qu'elles se retrouvèrent toutes les deux, lady Caroline ferma la porte et pria Anne de s'asseoir à ses côtés.

— Je dois vous dire que tout ceci m'inquiète, soupira lady Caroline. William ne se rend pas compte des risques qu'il prend. Je ne suis pas sûre que Mrs Nicolls, dans l'état nerveux où elle se trouve, soit une compagne idéale pour Charlotte et sa jeune sœur Alice.

— Votre proposition de la loger dans un de vos cottages était très généreuse… Elle y serait bien mieux que dans la ferme des Leroy.

Lady Caroline la fixa, éberluée.

— La ferme ? Quelle ferme ? William propose de la loger chez lui, pas chez un de ses fermiers !

— Je pensais…

Anne ne sut que dire. Elle avait toujours été persuadée que William Leroy était une sorte de fermier aisé, et elle se maudissait d'autant plus que lady Caroline avait compris sa méprise et éclatait de rire.

— Vous croyiez qu'il était fermier ? Ma chère, que vous êtes amusante !

Anne aurait aimé disparaître de la surface de la terre – ou, du moins, du salon de lady Caroline.

— Je suis tellement confuse ! William a parlé d'une ferme, et quand il discute avec mon cousin, il l'entretient toujours sur les récoltes et les moutons. Et puis Charlotte est tellement… modeste !

— William est un gentleman, expliqua lady Caroline, qui fixait Anne avec gentillesse. Il a hérité de son père un fort joli petit domaine qui lui permettra de vivre tout à fait décemment. Il le loue à des fermiers, et le jeune Ned, qui a toujours été attiré par le travail de la terre, saura l'épauler efficacement. Quant au jeune Olivier, comme vous l'avez entendu, il sera officier de marine.

— Je comprends.

— Charlotte pourra se marier dans la meilleure société, le moment venu. Il est vrai qu'elle est assez discrète, mais songez qu'elle vient à peine de faire son entrée dans le monde ! Jusque-là, elle ne sortait guère, s'occuper de ses petits frères lui prenait tout son temps. Elle est ravissante, très bien éduquée, elle va prendre confiance, peu à peu. J'y veillerai ! Cette famille le mérite, et elle particulièrement.

— En effet…

— Et les Leroy habitent une grande demeure charmante, non loin du presbytère. Quoi qu'il en soit, ma proposition arrive trop tard ! Enfin, nous avons un peu de temps avant que le neveu de notre bonne miss Cavendish ne soit sur place. D'ici là, peut-être que William sera revenu à la raison, ou qu'Harriett aura changé d'avis.

Le sujet était clos. Anne brûlait d'envie de raconter à lady Caroline sa conversation avec Charity. Elle hésita, se rappelant la promesse faite à Mr Clarke. Mais, après tout, elle avait promis de ne pas l'*encourager* dans leur enquête, or il ne s'agissait pas de l'encourager, juste de rapporter des faits. C'est donc avec une conscience à peu près tranquille – et une parfaite mauvaise foi – qu'elle lança :

— Lady Caroline, j'ai pu questionner la petite bonne de Mr Nicolls, qui m'a appris plusieurs choses.

Les yeux de lady Caroline brillèrent de curiosité et elle se pencha vers Anne.

— Oh ? Dites-moi tout !

— La veille de sa mort, Mr Nicolls n'était déjà pas très bien et il n'a pas mangé grand-chose. Un potage aux petits pois, de la viande froide et quelques fraises à la crème. Mrs Nicolls a mangé la même chose, et les deux servantes ont terminé les restes le lendemain. Aucune des trois n'a été malade.

— Cela nous confirme que son malaise ne viendrait pas de leur dîner, dit pensivement lady Caroline, ni d'un aliment avarié.

— Probablement pas. Mais le lendemain de la mort de Mr Nicolls, Charity – c'est le prénom de la plus âgée des deux servantes – a surpris Mrs Nicolls en train de vider une bouteille de sirop dans le jardin. Le sirop que prenait son époux pour ses maux de ventre.

Lady Caroline pâlit et se redressa sur son fauteuil.

— Grands dieux !

— Charity lui a demandé pourquoi elle le jetait et Mrs Nicolls a répondu que le sirop était trop vieux, mais ce n'était pas vrai ! De plus, ce sirop servait à toute la maisonnée…

— C'est très inquiétant, dit lady Caroline. Je ne vois que deux possibilités, soit notre pauvre Harriett perd vraiment la raison, soit il nous faut sérieusement envisager que…

Elle fixa Anne d'un air entendu.

— Oui, souffla Anne.

Elle prit à l'instant la mesure de la gravité de la situation, et cela lui noua l'estomac. Si lady Caroline avait les mêmes doutes qu'elle, c'est que ces doutes étaient légitimes.

— À votre avis, murmura Anne, que devons-nous faire ?

— Surveiller Harriett Nicolls, tout d'abord, autant qu'il est possible. Nous savons tous de quoi peut être capable un esprit dérangé, hélas…

Anne se tut, comprenant que lady Caroline faisait allusion à l'infortuné roi George III, atteint de démence. Son fils, le prince de Galles, avait été nommé régent trois ans plus tôt et menait une vie dissolue qui le rendait très impopulaire, tant auprès du peuple qu'auprès de la gentry.

— Mais à part cela, poursuivit lady Caroline après un temps de silence, nous ne pouvons rien, je le crains. Nous n'avons pas assez d'éléments pour solliciter sir Lawrence, il nous prendrait pour deux folles.

Ce soir-là, alors qu'Anne somnolait dans son lit, elle eut une révélation : Ned ! Le jeune Ned ! C'était son prénom qu'Harriett Nicolls avait lancé juste après le décès de son époux : elle s'était lamentée en geignant « pauvre Ned », alors que le révérend Nicolls se prénommait Herbert. Était-ce un simple lapsus, ou pensait-elle à Ned Leroy ? Mais pourquoi donc l'aurait-elle cité, quel rapport ce jeune garçon pouvait-il avoir avec le décès de Mr Nicolls ?

Tout à fait réveillée à présent, Anne se perdit en conjectures. Mrs Nicolls craignait-elle que le jeune

Ned tombe malade à son tour ? Probablement pas, car enfin, il n'avait pas partagé leur repas. Ce devait être pour une autre raison, mais laquelle ? Ned était un fouineur, peut-être espionnait-il les Nicolls, mais si Harriett s'en était aperçue, si, par exemple, elle avait découvert que le garçon les observait par une fenêtre, pourquoi le plaindre ? Elle aurait plutôt dû se montrer furieuse. À moins que… Anne déglutit. Il y avait une autre possibilité. Si Harriett pensait que Ned était l'assassin et le plaignait, le prenant en pitié à cause de son jeune âge, n'osant confier ses soupçons à personne ? Non, Anne écarta de suite cette éventualité, c'était impossible, c'était trop horrible et absurde.

Le mystère restait entier. Anne avait beau réfléchir, elle ne pouvait imaginer en quoi le décès de Mr Nicolls pouvait affecter ce garçon.

***

Assise dans le salon, près de la fenêtre donnant sur le jardin, Jane Austen cousait une chemise destinée aux pauvres de sa paroisse. Elle ne répugnait nullement à l'exercice et s'y montrait assez habile ; tirer l'aiguille, surtout pour des ouvrages sans grande difficulté comme celui-ci, permettait à son esprit de vagabonder à sa guise. Penchée sur la toile bise, elle terminait un ourlet, un petit sourire aux lèvres. Elle songeait à son héroïne Emma, à la façon dont elle allait magistralement se tromper sur les sentiments et les ambitions de son amie Harriett. Elle se délectait d'avance des scènes qu'elle allait écrire, de la façon dont elle allait confondre cette piètre entremetteuse d'Emma, si sûre de ses talents, trop sûre… Quelle présomption ! Car enfin, qui peut être sûr de quoi que ce soit en matière de sentiments ? Dans la vie réelle, bien différente, hélas, de l'univers structuré des romans, il est déjà délicat pour une jeune fille de savoir si tel beau garçon, qui fait battre son cœur, sera l'époux qui lui convient. Quant à tenter de juger pour une autre personne…c'est bien trop périlleux ! Plus les années passaient, plus Jane, en observatrice passionnée des hommes et de leurs travers, trouvait l'âme humaine complexe. La dernière lettre d'Anne, cette charmante écervelée qui croyait voir Darcy dans le premier gentleman qui s'annonçait, lui revint en mémoire. Elle soupira, reposa son ouvrage sur ses genoux, et regarda par la fenêtre. Elle n'avait pas encore répondu à sa jeune admiratrice, et cela lui pesait comme un remords. C'est alors que son frère Henry entra, et s'étonna de la trouver désœuvrée.

— Je songeais à Anne Spencer, ma jeune correspondante qui s'imagine que le curé de Guildford a pu être assassiné. Je ne lui ai pas encore répondu, Henry, c'est très mal de ma part, mais je ne sais que lui dire pour tenter de réfréner son imagination.

Henri poussa un petit cri.

— Guildford ! Ah, ça y est, je me souviens !

Jane sursauta.

— Tu m'as fait peur ! Tu te souviens de quoi ?

— Lady Mitford, la dame dont tu m'as parlé. Son mari, sir Ambrose Mitford, est mort après avoir mangé un plat de champignons. Une méchante rumeur a couru, prétendant que lady Mitford, qui les avait ramassés elle-même, aurait délibérément cuisiné une espèce vénéneuse pour se débarrasser de lui.

— C'est une accusation infâme et extrêmement grave !

— En effet, et le plus cruel, comme pour toutes les rumeurs, est qu'il n'y eut jamais possibilité de la démentir.

— Ce sir Ambrose Mitford était-il désagréable ? Comment s'entendait-il avec son épouse ? Si cette rumeur a pu naître, j'imagine que ce n'était pas un couple très uni…

Henry haussa les épaules.

— J'ignore tout de son caractère, je sais juste qu'il était très dépensier, comme beaucoup de gentlemen. D'ailleurs, dès que son épouse a repris en main le domaine, après son décès, la situation s'est vite améliorée.

— Henry, fit Jane, rêveuse, puisque tu as la gentillesse de m'inviter à passer deux semaines chez toi à Londres, j'aimerais te demander un petit service…

19

Le lendemain, Anne se leva fort tard pour prendre son thé matinal. Depuis que les deux malades étaient guéris, la maisonnée avait retrouvé sa tranquillité et son rythme paisible, et la jeune fille pouvait se permettre de longues soirées de lecture. Elle avait repris *Raison et Sentiments,* et son esprit était encore plein des tourments de la malheureuse Marianne Dashwood abandonnée par le beau Willoughby. Précisons que, depuis qu'elle avait découvert ce roman, le beau Willoughby occupait une place de choix dans son panthéon personnel, presque à égalité avec Darcy. Miss Austen était vraiment douée pour imaginer des héros au charme ravageur.

Une lettre l'attendait en bas. Anne, qui avait reconnu l'écriture nette de sa mère, ne crut pas utile de se réfugier dans sa chambre. C'est donc dans la cuisine, assise près de la grande table de noyer, qu'elle la déplia et lut :

Guildford, le 10 juin

Ma chère Anne,

Je viens de recevoir ta lettre et n'ai guère de temps pour te répondre, car nous attendons d'un instant à l'autre la visite des parents du jeune Franck Sherborne, qui viennent s'assurer de ses progrès – je redoute fort qu'ils n'aillent au-devant d'une grosse déception. Ce garçon est d'une paresse incurable, je crains que ce ne soit un cas désespéré. Enfin, nous aurons au moins réussi à lui inculquer quelques bonnes manières.

Tout va pour le mieux à la maison ; ton père s'est foulé la cheville en tombant de l'escabeau de la bibliothèque, il est couvert de bleus mais il ne souffre pas trop, quoi qu'il en dise (tu sais comment sont les messieurs, ils se plaignent pour un rien). Je lui fais des compresses avec mon onguent au camphre, il guérira vite. Il fait très beau, les garçons passent beaucoup de temps dehors pour pouvoir profiter des bienfaits du grand air. J'ai accepté de raccourcir quelque peu leurs leçons et, comme tu l'imagines, ils ne s'en plaignent pas. Cela me laisse du temps pour m'occuper un peu du jardin. J'aimerais y planter des pivoines, mais je ne suis pas sûre que ce soit bon moment.

Je suis heureuse que tu aies pu assister à un bal, j'espère que tu n'as pas gâché tes souliers en dansant. Cette lady Caroline me semble être une personne bien aimable. Tu ne parles pas de son époux, est-elle veuve ? Ta cousine a de la chance d'avoir un tel voisinage.

Je suis désolée que le curé soit mort si brutalement (quel âge avait-il ?), mais je n'y vois rien d'extraordinaire. Si personne d'autre dans sa maison n'a été malade, ce n'est assurément pas une intoxication alimentaire, mais une telle mort peut s'expliquer autrement. Rappelle-toi, il y a deux ans, le mari de ma cousine Catherine Mac Leod s'est couché un soir avec un mal de ventre terrible, son médecin n'a pu le soulager et il est parti en deux jours. Ton frère James, qui terminait alors ses études de médecine, m'a dit qu'il s'agissait probablement d'une forme d'inflammation aiguë de l'intestin, contre laquelle la science ne peut rien[1]. Il nous faut accepter la volonté du Seigneur, et j'espère que l'épouse de ce révérend, que tu dis être si affectée, aura tôt fait de se ressaisir. A-t-elle des enfants ? Il n'y a rien de tel que de devoir s'occuper de jeunes enfants pour chasser les idées noires. Si elle n'en a pas, elle pourrait sans doute trouver quelque tâche utile pour la distraire de son chagrin, il n'est pas bon pour la santé de rester trop longtemps enfermé à se morfondre et cela ne profite à personne.

J'espère que ma cousine Jenny, son époux et leurs enfants se portent bien. Transmets-leur mes meilleures pensées.

Tendres baisers de ton père et de ta

Maman

Anne replia la lettre et la glissa dans une poche de sa robe. Mrs Landry qui, durant le temps de la lecture, l'avait épiée d'un œil curieux tout en écossant des petits pois, lui demanda :

— Tout va bien chez vous, miss Anne ?

— Oui, merci. Je reprendrais volontiers un peu de thé, s'il vous plaît…

Imogen lui servit une tasse généreuse et ajouta un biscuit au gingembre. Anne avait remarqué avec satisfaction que, depuis qu'elle s'était démenée pour l'aider

1. Il faudra attendre la fin du XIXe siècle pour qu'on réalise des appendicectomies.

durant la maladie de Thomas et Rose, la gouvernante se montrait bien plus aimable avec elle.

— Prendrez-vous du sucre ? Polly, casse un peu de sucre pour miss Spencer !

La domestique sortit de l'arrière-cuisine et apporta à Anne un plein bol de morceaux de sucre bien dorés. On aurait pu avec cela sucrer le thé d'un régiment au grand complet.

— Merci beaucoup, Polly.

Anne essaya de croiser son regard, mais la jeune femme baissa les yeux et repartit dans l'arrière-cuisine. Notre héroïne n'était jamais à l'aise avec Polly ; elle aurait aimé établir avec elle des relations cordiales – Polly ne devait guère compter plus de vingt-cinq printemps – mais pour l'instant c'était un échec cuisant. Tous ses efforts pour l'amadouer s'étaient heurtés à un mur. Polly détestait laver et repasser les vêtements d'Anne, elle renâclait à faire le ménage dans sa soupente, elle considérait que tout cela lui donnait un supplément de travail et elle le lui faisait bien sentir.

La porte de la cuisine, celle qui donnait sur le jardin et était réservée aux domestiques et aux fournisseurs, s'ouvrit doucement et Charity s'avança avec prudence. Apercevant Anne, elle esquissa une révérence.

— Miss Spencer, Mrs Landry, bonjour. Je suis désolée de vous déranger.

Anne ne la trouvait pas du tout désolée, elle avait même l'impression que les yeux verts de Charity brillaient d'excitation comme ceux d'une personne qui a des nouvelles sensationnelles à annoncer.

— Entre, petite, et prends un peu de thé, dit la gouvernante. Qu'est-ce qui t'amène ?

— Je voudrais connaître votre recette pour rattraper les taches d'eau sur le bois foncé, Mrs Landry. Et pour récurer à fond le cul d'un sautoir[1] en cuivre qui est bien noirci.

Imogen Landry haussa les sourcils.

— Tu fais un grand ménage, dirait-on.

— Faut bien cela, dit Charity en soufflant sur son thé, puisque madame est partie en nous disant que tout doit être impeccable d'ici trois jours.

Elle lorgna Imogen et Anne pour voir si son annonce avait fait son petit effet, et ne fut pas déçue.

— Comment cela, madame est partie ? Où donc ? demanda la gouvernante.

— Elle est allée s'installer chez son filleul, Mr Leroy. À ce que j'ai compris, c'est tout ce qu'elle a comme famille, maintenant. Hetty et moi, on n'est pas désoccupées, elle nous garde à son service. On ira travailler chez les Leroy, mais avant, on doit tout briquer pour que le nouveau curé soit content.

— Les meubles iront au remplaçant de Mr Nicolls ? s'étonna Anne. Ils n'appartiennent pas à sa veuve ?

— Je n'en sais rien, miss, tout ce que je sais, c'est que je dois tout nettoyer et cirer. Peut-être qu'elle les emportera là-bas ?

Mrs Landry plissa la bouche avec une pointe de mépris.

— Pour ce que je connais de la demeure des Leroy, ils n'ont vraiment pas besoin de récupérer les meubles d'un simple clergyman… Mais les cuivres sont toujours les bienvenus dans une cuisine de bonne maison !

1. Sorte de sauteuse sans manche, avec deux anses.

— Les meubles de Mr Nicolls ne sont pas si mal, vous savez, fit Charity, songeuse. Il s'était même acheté deux beaux fauteuils et un grand tableau le mois dernier.

— Eh bien, dit Imogen Landry, poings sur les hanches, on dirait qu'il ne se refusait rien !

— C'est sûr ! Il disait même qu'il aurait bientôt une voiture…

— Une voiture ? s'exclama Anne.

— Oui, miss ! Mais ça, il prétendait que c'était un cadeau. Mrs Nicolls en était tout étonnée, et monsieur n'a rien voulu dire de plus. Moi je pense que c'est lady Caroline qui voulait la lui donner, qui d'autre ? Et puis, il y a autre chose. Avec une voiture, il lui fallait au moins un cheval de plus, et je ne sais pas comment…

— Nous ne le saurons jamais et cela ne nous regarde pas, coupa Mrs Landry en essuyant la table avec énergie. Quant à ce que tu es venue chercher, je vais te donner ça. Polly ! cria-t-elle en tournant la tête vers l'arrière-cuisine.

La jeune domestique accourut à nouveau, en s'essuyant les mains à un torchon.

— Oui, Mrs Landry ?

— Va me chercher ma bouteille de préparation au brou de noix ! Et mon cahier !

Universellement connu dans le quartier, le cahier de Mrs Landry suscitait la convoitise de toutes les ménagères. Il contenait quelque trente ans de recettes secrètes qu'Imogen partageait rarement. Polly le posa avec tout le respect qui lui était dû sur la table. Mrs Landry prit du papier et un crayon dans un placard, s'assit, et recopia soigneusement quelques lignes sur une feuille qu'elle tendit à Charity.

— Tu sais lire, me semble-t-il ? demanda-t-elle en fronçant les sourcils.

— Oui, Mrs Landry, bafouilla Charity, embarrassée. Quand c'est pas trop long…

Anne, gênée, détourna le regard, mais la gouvernante hocha la tête, satisfaite.

— Bien ! Ça, c'est ma recette pour récupérer les cuivres noircis, dit-elle. Quand le noir sera parti, frotte-les avec un mélange de vinaigre et de gros sel, auquel tu auras ajouté un peu de farine, ça marche très bien.

— Je ne savais pas, pour la farine. Merci madame !

— Et voici le flacon de teinture pour le bois taché, rapporte-le-moi dès que tu n'en auras plus besoin. Et maintenant, file !

Charity se confondit en remerciements et partit. Le cerveau d'Anne bouillonnait. L'héritage inespéré de Mr Nicolls, ces dépenses, cette voiture annoncée comme un cadeau… C'était louche. Le pontifiant curé aurait-il été malhonnête ? Et si c'était le cas, cela avait-il causé sa mort ?

Elle n'eut pas le loisir d'y réfléchir davantage, car Jenny avait besoin de son aide pour s'occuper des vêtements d'été. Depuis que son fils était guéri, elle retrouvait peu à peu de l'énergie. Ce jour-là, elle avait décidé de trier les habits du bébé, ainsi que ceux de Thomas et Juliet.

Anne ne lui avait jamais fait part de ses soupçons, ni de ses conversations avec lady Caroline, pas plus qu'elle n'en avait parlé à David, pour des raisons différentes. Jenny aurait été choquée et horrifiée, Anne en était persuadée. Quant à David, il était tellement imprévisible qu'Anne le croyait capable d'aller trouver Harriett

– ou toute autre personne – pour lui raconter, sous prétexte de plaisanterie, que lady Caroline et Anne la soupçonnaient d'avoir assassiné Mr Nicolls. Telle était la piètre opinion qu'Anne avait de son cousin, même si elle l'aimait beaucoup. Tandis qu'elle dépliait les anciens vêtements de bébé des deux aînés pour voir ceux qui devaient être relavés avant d'être rangés dans la nursery pour Frederick, elle écoutait Jenny qui parlait brassières, chemises et culottes.

Au bout de quelques minutes, Anne relâcha son attention. Ces occupations domestiques suffisaient-elles à remplir une vie ? Pour Jenny, c'était le cas. Elle rayonnait, se montrait tendre avec ses enfants et adorait son époux. Elle s'était battue comme une lionne pour imposer sa décision au docteur Pearson, quand il avait voulu qu'elle confie le bébé à une nourrice. Elle s'épanouissait à sa manière dans sa vie d'épouse et de mère. Certes, elle avait plaisir à écouter Anne lui lire des chapitres de *Raison et Sentiments*, mais elle n'était pas hantée par les personnages comme l'était notre héroïne. Anne était sûre qu'une fois la lecture terminée, Jenny n'y pensait plus une seconde, alors qu'Anne emmenait Elizabeth Bennett ou Marianne Dashwood partout avec elle ! Elle se brossait les cheveux avec Elinor, s'endormait en rêvant de Darcy, discutait intérieurement avec Mr Bennett. Il lui était même arrivé, dans un moment de courage, de rabrouer mentalement lady Catherine de Burgh… Mais Jenny, tout comme la mère d'Anne, n'avait aucune imagination. Pour ces deux femmes, la littérature était juste une aimable distraction de l'instant. Au moins Mrs Spencer était-elle très active, alors que Jenny était si nonchalante…

— Et voilà, dit Jenny, nous en avons fini avec les affaires de Frederick. Il nous reste à trier les vêtements de Juliet… Oh, j'allais oublier !

Anne, qui écoutait d'une oreille distraite le bavardage de sa cousine, releva la tête.

— Oui, Jenny ?

— Miss Cavendish nous a aimablement invitées à prendre le thé cet après-midi. J'ai décliné car je voudrais terminer cette tâche, mais je lui ai dit que vous iriez, cela vous fera passer un agréable moment.

20

Anne était déjà allée chez miss Cavendish, qui habitait une fort jolie maison de High Street. C'était la rue principale de Guildford, ce qui convenait parfaitement à la bonne dame, car elle pouvait facilement épier les passants depuis la fenêtre de son salon, et obtenir ainsi de précieuses informations qu'elle saurait distiller avec gourmandise à ses amis et relations. C'est là qu'elle reçut Anne, avec une grosse théière et des toasts bien beurrés.

La jeune fille s'attendait à y retrouver quelques personnes, Harriett Nicolls peut-être, ou une de ces veuves ou vieilles filles venues se délecter des commérages de leur hôtesse, mais elle fut surprise de découvrir que miss Cavendish n'attendait qu'elle. Elle s'assit dans un confortable vieux fauteuil d'acajou, qui avait dû être acheté par feu le père de miss Cavendish dans sa jeunesse. Ainsi installée, elle tournait le dos à la fenêtre, ce qui lui permit d'admirer le pare-feu brodé devant la cheminée de marbre noir, ainsi que les nombreux bibelots qui encombraient chaque surface plane : statues en coquillages, animaux de plâtre peint, vases en opaline, et quelques jolies porcelaines françaises représentant des bergers et bergères. La maison tout entière, pleine d'objets datant d'une bonne quarantaine d'années, aurait ressemblé à un mausolée à la mémoire des parents de miss Cavendish si le caractère aimable de son actuelle propriétaire ne l'avait teintée de gaîté. L'endroit était chaleureux, car miss Cavendish, bien qu'elle eût conservé, sans en jeter une seule, ces reliques d'un passé révolu, avait disposé des coussins çà et là pour le confort de ses invités, et veillait à ce qu'il y ait toujours un bouquet ou deux pour égayer les lieux. Son thé de Chine était excellent et elle ne lésinait pas sur le bois, à la mauvaise saison, pour faire flamber un bon feu dans la cheminée et réchauffer son salon. En un mot, chez elle, on se sentait attendu et accueilli.

Anne se demanda si son hôtesse était heureuse. Miss Cavendish n'était pas mariée, et semblait parfaitement satisfaite de son sort. Notre héroïne essaya de l'imaginer plus jeune. Aurait-elle pu vivre une grande histoire d'amour déçu, telle Marianne Dashwood ? Anne avait du mal à le concevoir – tout le monde n'est pas bâti pour la passion. Toutefois, miss Cavendish aurait pu rencontrer un homme qui la rende heureuse. Un ornithologue, par exemple, un érudit, pourquoi pas. Anne se figurait aisément les deux époux, penchés sur un livre et oubliant de déjeuner, ou explorant les buissons à la recherche d'un passereau rare. Quoiqu'il en soit, depuis qu'elle connaissait miss Cavendish, Anne n'avait jamais détecté chez elle la moindre trace de mélancolie. Cette bonne dame était, tout comme Mrs Spencer, de nature joyeuse. *Pourrais-je vivre comme elle ?* se demanda Anne. *Non, j'en serais incapable !* Si Anne, dans ses moments de rêverie, s'imaginait parfois en célibataire, c'était soit pour porter le deuil éternel d'un beau fiancé mort à la guerre, soit pour vivre une vie de voyages et d'aventures. Nous devons toutefois confesser, en ce qui concerne cette dernière proposition, qu'Anne n'avait pas la moindre idée de la manière dont une vie d'aventure et Anne Spencer pourraient un jour se trouver et s'accorder.

— Un peu de sucre, miss Anne ?

— Oui, volontiers ! Merci, miss Cavendish.

Elles sirotèrent leur thé, miss Cavendish demanda à Anne des nouvelles de la famille Burnett, puis elles passèrent à un sujet plus intéressant.

— Je me réjouis d'être conviée au pique-nique de demain, dit miss Cavendish. Vous ne connaissez sans doute pas encore l'endroit, miss Anne, vous verrez, c'est superbe !

— Je suis ravie moi aussi ! Lady Caroline est décidément très aimable et généreuse.

Miss Cavendish reposa brusquement sa tasse sur sa soucoupe, éclaboussant ses manchettes de dentelle noire.

— J'ai cru comprendre que l'idée venait de son neveu, le beau Mr Clarke.

— Vous avez raison, mais j'imagine que l'organisation de la journée sera assurée par sa tante !

— Probablement. Ces deux-là s'entendent à merveille, bien qu'ils soient de caractères fort différents. Ils vous apprécient beaucoup, miss Anne ! Si si si, ne rougissez pas, j'ai entendu lady Caroline vanter vos mérites et Mr Clarke, d'habitude peu démonstratif, a renchéri…

Miss Cavendish fixa Anne d'un air espiègle et se resservit de thé. Anne aurait donné son bras droit – et probablement le gauche en prime – pour savoir ce qu'avait dit le séduisant gentleman à son sujet, mais un reste de fierté l'en empêchait. Son interlocutrice eut pitié d'elle et mit fin à son supplice.

— Il a dit que vous étiez charmante et qu'il était impressionné par votre imagination.

Anne espérait mieux. Était-ce vraiment flatteur ? Willoughby, par exemple, ne se serait jamais contenté de dire que Marianne était charmante. Et Darcy ? Darcy avait vanté les beaux yeux d'Elizabeth, puis il avait confessé qu'elle était l'une des femmes les plus belles qu'il connaisse… Voilà un beau compliment ! Alors qu'être simplement charmante, c'était quelque peu décevant. Et cette remarque sur son imagination sonnait presque comme une critique.

— Il me semble que vous vous rendez très souvent à Oak Lodge, poursuivit miss Cavendish, ce qui est une excellente chose pour lady Caroline qui souffre toujours de l'absence de sa filleule.

— Oui, elle lui est très attachée, ainsi qu'à Mr Clarke. Il est bien triste que lady Caroline n'ait jamais eu d'enfant…

— Mais elle en a eu, ma chère, fit miss Cavendish, sur le ton de la confidence. Elle avait une petite fille !

— Oh ! Je l'ignorais…

— Une petite Emily morte alors qu'elle n'avait que quatre ans. D'une mauvaise chute dans l'escalier.

— Dans le grand escalier d'Oak Lodge ?

Miss Cavendish hocha la tête. Anne sentit un frisson glacé parcourir son dos. Elle imaginait sans peine l'horreur de la découverte du petit corps, le désespoir des parents, la chambre d'enfant qu'il fallait fermer…

Qui aurait cru, en voyant aujourd'hui lady Caroline si curieuse, si gaie, qu'elle avait vécu un tel drame ? Elle avait choisi la vie, et à présent, même si ce chagrin demeurait enfoui au plus profond de son cœur, cela ne l'empêchait pas de profiter de l'instant. Lady Caroline aimait discuter avec la jeunesse, s'habillait en rose ou en bleu ciel, et cultivait ses précieuses fleurs et ses plantes vertes.

— Je suis désolée pour lady Caroline.

— Cette enfant était un amour, très intelligente et affectueuse. Elle était très calme… Quand on pense qu'elle a glissé dans l'escalier, alors que de jeunes casse-cous, comme l'était par exemple Ned Leroy au même âge, s'en sortent avec quelques égratignures !

Anne était bien d'accord. Elle lui raconta les nombreuses mésaventures de ses frères, ainsi que des jeunes protégés turbulents de ses parents, qui jamais ne s'étaient cassé quoi que ce soit. Elles tombèrent d'accord sur un point : la vie était injuste.

— Lady Caroline ne parle jamais de cette enfant, dit Anne, ni de son époux, d'ailleurs… Comment était-il ?

—Sir Ambrose ? Oh, il y aurait beaucoup à dire…

Anne ne demandait qu'à écouter. Miss Cavendish détourna le regard et plongea dans ses souvenirs.

— C'était un homme assez désagréable, pas du tout causant et aimable comme son épouse. Il avait amassé une fortune dans les affaires et avait été fait chevalier. Il avait acheté Oak Lodge à un jeune lord qui n'avait plus les moyens de l'entretenir, mais il s'en était vite désintéressé. Il s'occupait très peu de la gestion du domaine. Il passait les trois-quarts de son temps à Londres, sans lady Caroline qui a toujours préféré la campagne, et le reste dans sa bibliothèque. Je crois savoir, poursuivit miss Cavendish, un ton plus bas, qu'il lui reprochait les dépenses qu'elle faisait pour ses jardins, alors qu'il n'était pas du tout dans la gêne… Lui-même était fort dépensier !

— Oh !

— Lady Caroline, quant à elle, était la fille d'un banquier de Southampton, ce qui explique sans doute qu'elle ne soit ni hautaine ni imbue de son rang comme certaines grandes dames. Elle était beaucoup plus jeune que son époux. Quand leur petite Emily est morte, ça a été terrible. Sir Ambrose reprochait à lady Caroline de ne pas l'avoir surveillée. Elle avait pourtant embauché une nounou, dont le seul travail était de s'occuper de la fillette !

Anne était choquée. La malheureuse lady Caroline aurait dû pouvoir s'appuyer sur son époux pour surmonter ce drame, plutôt que d'essuyer des reproches injustifiés. Elle se rappela les portraits accrochés dans le vestibule d'Oak Lodge. Sir Ambrose Mitford était probablement l'un de ces messieurs sévères à longue figure.

—Sir Ambrose était-il très attaché à Emily ?

— S'il l'était, il le cachait bien ! Mais je ne veux pas médire… Emily n'avait que quatre ans, il est rare que les gentlemen s'intéressent vraiment à leurs enfants à un âge si tendre. La mort de la petite l'a affecté, bien entendu, mais je dirais que, contrairement à son épouse, il semblait éprouver davantage de colère que de chagrin. Toujours est-il que les relations entre les époux se sont détériorées après ce drame. Si vous aviez vu notre chère lady Caroline à cette époque, vous ne l'auriez pas reconnue ! Je me souviens d'elle à l'église, sur le banc des

Mitford, elle n'était plus que l'ombre d'elle-même. Elle avait beaucoup maigri et elle était si triste… Elle ne sortait plus et, bien évidemment, son deuil lui interdisait de recevoir. Quelques mois plus tard, sir Ambrose mourrait à son tour, après un repas trop arrosé.

Anne sursauta.

— Après un repas… comme Mr Nicolls ?

— Maintenant que vous le dites, oui, comme Mr Nicolls ! C'est curieux, avoua miss Cavendish en reposant lentement sa tasse. Mais je n'ai pas entendu dire qu'il ait eu mal au ventre, cela ressemblait plutôt à une attaque. Certaines personnes médisantes ont incriminé des champignons – il avait mangé une omelette qui en contenait – mais comme c'était lady Caroline qui les avait ramassés, et qu'elle connaît les champignons mieux que personne, je ne l'ai jamais cru. Non, pour moi, il a eu une attaque. Sir Ambrose avait un tempérament sanguin, il était bien plus âgé que ne l'était Mr Nicolls à sa mort. Lady Caroline avait mangé la même omelette que lui, sans être le moins du monde incommodée. Mais parlons d'autre chose ! Vous savez que notre Harriett a déjà déménagé ?

— Oui, nous avons eu ce matin la visite de sa bonne, Charity. Elle venait demander de l'aide pour le ménage à Mrs Landry, mais en réalité je pense qu'elle venait surtout bavarder…

— Charity ? La grande fille maigre avec des yeux verts et un museau de fouine ?

— C'est bien elle !

— Elle est maligne, cette fille.

— Mrs Nicolls va la garder à son service, m'a-t-elle dit, ainsi que la petite Hetty.

— C'est très bien, approuva miss Cavendish, cela évitera un surcroît de travail aux domestiques des Leroy. Ils ont suffisamment à faire avec les quatre jeunes gens ! Je suis allée l'aider à déballer ses affaires, elle n'a pas grand-chose, la pauvre. Mais William l'a installée dans une fort belle chambre, avec vue sur le jardin, elle y sera bien !

— Se retrouver avec William, Charlotte et tous les enfants, cela va beaucoup la changer de sa vie au presbytère, dit Anne, qui venait d'en prendre conscience. La maison est sans doute bruyante.

— Cela lui fera le plus grand bien, répliqua miss Cavendish, péremptoire. Elle connaît bien les jeunes Leroy, vous savez ! Elle s'est beaucoup occupée d'eux après le décès de leur grand-mère. De toute manière, il vaut mieux ne pas laisser Harriett avec ses idées noires, on sait de quoi elle est capable…

— Comment cela ? fit Anne.

— Elle peut sombrer, comme elle l'a fait à la mort de Ned.

À la mort de Ned ? Anne était perdue.

— Veuillez m'excuser, miss Cavendish, je ne comprends pas. Qui était Ned ?

— Son fiancé ! Vous l'ignoriez ? Décidément, Jenny et David ne vous ont pas beaucoup expliqué les choses. Quand elle avait vingt-et-un ans, Harriett était fiancée à Edouard Nicolls.

Anne ouvrit des yeux aussi grands que des soucoupes.

— Nicolls, comme Mr Herbert Nicolls ? Le révérend ?

— Oui, bien sûr ! Ned était son frère aîné.

— Ned est le diminutif d'Edouard ! Oh, c'était donc ça ! s'écria Anne.

Ce fut au tour de miss Cavendish d'être dépassée. Anne s'expliqua :

— Quand son mari est mort, Mrs Nicolls a dit quelque chose comme « pauvre Ned ». C'était donc à son fiancé qu'elle pensait ? Pas à Ned Leroy ?

— Ned Leroy ? Mais quelle idée ! Harriett pensait probablement à Edouard, qu'elle adorait. Cela prouve bien à quel point elle est fragile ! La mort de son époux a sans doute ravivé le souvenir de la mort de son fiancé.

— Comment est-il mort ?

— Dans un accident, avec Mary et William Leroy – les parents du William que vous connaissez.

— Dans l'accident de calèche ! Jenny l'a évoqué, mais elle m'a expliqué qu'à l'époque David et elle habitaient Londres, elle n'a pas pu me donner beaucoup de précisions.

— C'est cela ! Les deux couples, Harriett Wilson et Ned Nicolls, qui étaient fiancés, Mary et William Leroy, qui étaient mariés et avaient déjà toute une tripotée d'enfants, étaient partis en promenade.

— Ils étaient amis ?

— Mary et Harriett étaient cousines. On ne saura jamais pourquoi, mais les chevaux se sont emballés, la calèche a versé près de la Wye, et Harriett est la seule qui ait survécu. Le malheureux Edouard a été écrasé par la voiture, William s'est noyé en tentant, en vain, de secourir sa femme Mary, qui était tombée à l'eau. Cela a été un drame terrible, pour les enfants Leroy, bien sûr, mais aussi pour Harriett. Elle avait plusieurs côtes cassées, mais était surtout très choquée. Au début, elle refusait de croire que Ned était mort. Elle est restée prostrée chez elle pendant des mois, sans voir personne d'autre que ses parents. Puis elle est sortie de son isolement, mais elle n'a plus jamais été comme avant. Elle qui avait été si gaie était comme éteinte, avec des sautes d'humeur, des moments de profonde tristesse.

Anne pensa à la lettre de sa mère. Annabel Spencer n'aurait jamais compris un tel comportement. Sans doute aurait-elle conseillé à la pauvre Harriett de prendre une bonne tasse de thé bien sucré, de se secouer, d'aller prendre l'air, de se rendre utile.

— Deux ans plus tard, poursuivit miss Cavendish, à la surprise générale, Harriett accepta la demande en mariage du frère cadet d'Edouard, Herbert, le curé que vous avez connu. Ah, je ne vous l'avais pas dit, mais Edouard devait être ordonné et habiter le presbytère de Guildford après son mariage avec Harriett, sir Ambrose le lui avait promis. Au lieu de ça, le bénéfice de la cure et le presbytère revinrent à son frère Herbert.

— Edouard Nicolls ressemblait-il à son frère ?

— Oh non, ils étaient aussi différents que deux frères peuvent l'être. Edouard était grand, très élégant, aussi intelligent que discret. Quant à Herbert, vous l'avez connu… Entre nous, beaucoup d'habitants de Guildford ont pensé que si Harriett consentait à ce mariage avec Herbert Nicolls, qu'elle n'aimait pas, c'était pour vivre au presbytère, dans le souvenir d'Edouard, l'amour qu'elle avait perdu.

Anne était troublée, elle se sentait pleine de pitié pour la malheureuse Harriett. Elle envisageait à présent d'un œil nouveau les étrangetés de son comportement, sa distance, son mutisme, et son trouble lors du décès de son époux. Certes, elle ne l'avait guère aimé, mais sa mort brutale avait dû réveiller tant de terribles souvenirs. Anne imaginait sans peine une Harriett plus jeune, souriante et amoureuse, dont la vie se trouvait soudain brisée pour toujours. Toutefois, elle aurait préféré une héroïne qui décide de se couper du monde, de vivre en chérissant le souvenir de son amour disparu, plutôt que d'épouser le frère terriblement décevant de son fiancé défunt. Il y avait là un côté morbide auquel notre jeune Anne ne pouvait adhérer. Elle comprenait enfin que personne, à part sa bonne cousine Jenny pour qui la maternité était l'alpha et l'oméga du bonheur, n'envisageait qu'avoir des enfants avec Mr Nicolls eût pu rendre Harriett heureuse.

Autre chose ajoutait au trouble de la jeune fille : quelle que soit la sympathie que lui inspiraient les épreuves de Mrs Nicolls, cette dernière était manifestement très émotive et fragile. Au point de commettre l'irréparable ?

21

Chawton, le 12 juin

Chère Miss Spencer,

Mon frère Henry a la gentillesse de m'inviter à séjourner deux semaines chez lui à Londres. Nous passerons par Guildford, qui se trouve sur notre route. J'aime beaucoup cette ville, je garde un excellent souvenir de la superbe vue qu'elle offre sur Horsham[1], ainsi que de la charmante promenade aménagée au bord de la rivière. Aussi ai-je proposé à Henry que nous y fassions une halte de deux heures pour le déjeuner. J'espère, bien évidemment, vous y rencontrer et faire votre connaissance. Je vous propose donc, si vous ne craignez pas d'être déçue par la confrontation entre votre idéal d'écrivain et la modeste réalité de ma personne, de venir me retrouver après le déjeuner le mercredi 15 juin, au Angel Hotel, nous pourrons faire ensemble une promenade et bavarder. J'imagine que, lorsque vous recevrez cette lettre, vous aurez déjà terminé la lecture de *Raison et Sentiments*. Vous êtes-vous réconciliée avec la trop sage Elinor ? Je parierais que non.

Sincèrement vôtre,

Jane Austen

P.-S. Si cette lettre arrive trop tard, n'ayez pas trop de regrets !

1. Jane est allée à Guildford en 1811 et a écrit tout le bien qu'elle pensait de cette petite ville à sa sœur Cassandra.

Anne n'en croyait pas ses yeux, à tel point que la lettre, qu'elle avait déjà lue deux fois, tremblait entre ses mains. Miss Austen allait venir à Guildford, miss Austen proposait de la rencontrer, Anne allait la voir ! Anne allait lui parler ! Jamais, dans ses rêves les plus fous, elle n'aurait pu imaginer pareille aubaine. Elle ne pourrait pas être déçue, bien sûr ! Comment une personne aussi fine et spirituelle pourrait-elle s'avérer décevante ? Le rendez-vous était fixé au mercredi 15 juin, le lendemain, donc. Ce mardi de pique-nique était décidément un jour béni des dieux.

Anne était en train de s'habiller lorsque Polly lui avait porté la lettre de Jane Austen. Toute à son émotion, elle avait pris du retard et Jenny dut la rappeler à l'ordre pour qu'elle termine ses préparatifs. Elle avait choisi sa robe de cotonnade rose, qui, selon elle, mettait en valeur son teint. Il lui restait à se coiffer, ce qu'elle fit devant la minuscule glace de sa chambre. Jenny, qui avait toujours le cœur sur la main, lui prêta un charmant bonnet à visière de paille blonde, maintenu sous le menton par un ruban de soie. Ainsi parée, Anne se sentait prête à affronter sans rougir le regard de Mr Clarke. Elle monta dans la calèche où l'attendaient, outre David et Jenny, Thomas et Juliet, excités et joyeux.

Le rendez-vous était fixé en bord de rivière, à la sortie sud de Guildford. Très vite, les maisons disparurent. La rivière se mit à serpenter le long de champs bordés de grands arbres et de prés où paissaient des vaches et des moutons. La calèche de David s'arrêta peu après, quand ils aperçurent la voiture de lady Caroline stationnée sous un arbre. Selon ses ordres et avec l'aide d'un domestique, Trilling avait installé un somptueux pique-nique. Sur de petites tables couvertes de nappes brodées agrémentées de bouquets de roses provenant de la roseraie d'Oak Lodge, des pâtés, des plats de sandwiches, des salades, du jambon, des saladiers de fraises et de framboises, des gâteaux, des gelées et des jattes de crème attendaient les convives. Les boissons, quant à elles, étaient tenues au frais dans la rivière, sous la surveillance d'un jeune garçon embauché pour l'occasion.

Anne, quand Mr Clarke l'avait invitée, s'était imaginé que le pique-nique ne réunirait qu'un nombre restreint d'invités, mais elle s'aperçut vite de son erreur. Outre Mr Clarke, se trouvaient là miss Cavendish et tous les Leroy, Mr et Mrs Pearson, Harriett Nicolls, dont la tenue de deuil tranchait sur les vêtements clairs du reste de l'assemblée, le capitaine Glover et les deux autres officiers qu'elle avait vus lors du bal, mais également, à son grand étonnement, Grace Bolton, ainsi qu'une dame inconnue.

Lady Caroline, installée à l'ombre d'un chêne dans un fauteuil de rotin, une ombrelle à la main, les reçut avec son amabilité coutumière. Grace Bolton, consciente que sa présence était une surprise, car aucun de ceux qui connaissaient ses habitudes ne s'attendait à la voir revenir si tôt, saluait les nouveaux arrivants avec un petit sourire satisfait. Elle justifia sa présence le plus simplement du monde : elle se rendait à Bath, pour accompagner sa tante qui allait y prendre les eaux et ne désirait pas y séjourner seule. Guildford se trouvait sur leur route, aussi avaient-elles décidé de s'y arrêter quelques jours. C'est donc ce qui expliquait la présence de la tante, frêle personne enveloppée de lainages malgré la chaleur. Trilling l'avait installée sur une chaise pliante près de lady Caroline. Elle n'ouvrit pas la bouche de la journée et, dès qu'elle eut terminé de picorer dans son assiette, passa son temps à somnoler.

De l'avis de tous, les débuts du pique-nique furent un succès. Très vite, des groupes s'étaient formés. Lady Caroline conversait avec Grace. David et Jenny s'étaient installés aux côtés de Miss Cavendish et Anne les entendit bientôt discuter et rire. La jeune Alice Leroy, qu'Anne rencontrait pour la première fois, se révéla être une fille discrète mais aussi efficace que sa sœur Charlotte. Elle prit en main Thomas et Juliet dès leur arrivée, en organisant des jeux de balle et de cache-cache. Son frère Ned traînait d'un groupe à l'autre, et faisait des ricochets dans la rivière. William, Harriett et Charlotte avaient pris place près du docteur Pearson et de son épouse.

En voyant que le capitaine Glover faisait partie des invités, Anne avait redouté qu'il n'aille à sa rencontre pour accaparer son attention, anéantissant ses espoirs de passer la journée en compagnie de Mr Clarke. Mais ses craintes n'étaient pas fondées. Quand le capitaine la vit arriver, il était en train de présenter ses respects à lady Caroline, et, s'il eut le temps d'adresser un sourire de connivence à Anne, Mr Clarke fut plus rapide.

— Miss Spencer, dit-il, je vous ai choisi un coin tranquille à l'ombre. Voulez-vous me dire si cela vous convient ?

Il avait ôté sa veste et Anne le trouva plus séduisant que jamais en bras de chemise et gilet de soie crème. Ils prirent place tous les deux sur une couverture, sous un saule, un peu à l'écart. Après s'être assuré qu'Anne était confortablement installée, Mr Clarke alla chercher deux assiettes suffisamment pleines pour les occuper un bon moment sans avoir à se lever pour les regarnir. Anne était enchantée. L'endroit était magnifique, l'air embaumait l'herbe, les roses et la rivière. Le ciel était d'un bleu vif et le soleil n'était pas encore assez violent pour incommoder les dames. Tout cela semblait idéal pour passer une journée délicieuse, pourtant elle remarqua que Mr Clarke, depuis qu'il s'était assis, restait silencieux, presque maussade, le regard perdu en direction de la Wye. Certes, cela permettait à Anne d'admirer son profil, mais cela limitait les possibilités de conversation.

— Vous semblez soucieux, dit-elle.

— Je suis désolé de l'être, miss Spencer, je manque à tous mes devoirs. Je pensais que la liste des invités, telle que je l'avais dressée, était arrêtée. Ce n'était visiblement pas le cas.

— Vous faites allusion à miss Bolton et sa tante ? Ou aux trois officiers ?

— Je pensais à miss Bolton. Je vous avoue que je me serais volontiers passé de sa présence.

Anne n'osait l'interroger franchement, de peur de se montrer indiscrète. Elle tenta un moyen détourné.

— J'espère que cela ne gâchera pas votre journée. J'ai été étonnée, je le reconnais, de découvrir miss Bolton ici. Je croyais qu'elle ne devait pas revenir avant des mois, mais je comprends qu'elle ait profité de l'occasion qui se présentait, puisqu'elle se rendait à Bath…

Mr Clarke ricana.

— Miss Bolton ne laisse rien au hasard. Elle sait parfaitement ce qu'elle veut, et fait tout ce qu'il faut pour l'obtenir.

— Vous ne l'appréciez guère ?

La question était superflue. Francis Clarke se tourna et regarda fixement Anne.

— Je suis persuadé que c'est une intrigante, et que son affection pour ma tante est tout sauf sincère. Elle espère avoir une belle part de son héritage. Ma tante s'est pourtant déjà montrée fort généreuse envers elle en lui offrant ses plus beaux bijoux, mais cela ne lui suffit pas.

— Miss Bolton n'a-t-elle plus de famille ?

— Mais si ! Sa mère est morte, elle vit avec son père, un gentleman assez aisé, et son frère aîné, qui héritera un jour du domaine.

— Elle va probablement se marier un jour.

Mr Clarke sourit.

— Vous pensez sans doute, comme beaucoup de personnes ici, que miss Bolton et moi formerions un couple idéal aux yeux de ma tante. Son cher neveu et sa filleule… Mais ce n'est pas le cas, miss Spencer ! Miss Bolton sait que j'ai percé à jour ses intentions, et elle ne peut me souffrir. D'ailleurs, voyez comme elle nous observe !

En effet, Grace Bolton fixait Anne et Mr Clarke, et son regard était glacial. Se découvrant épiée, elle détourna aussitôt les yeux.

— Je suis navrée, dit Anne. Cette situation est très désagréable pour vous.

— Oh, nous nous croisons rarement, fort heureusement. J'aurais préféré ne pas la voir ici aujourd'hui, mais que cela ne gâche pas ce pique-nique ! Attendez…

Il se leva d'un bond, alla jusqu'à une table et préleva une rose rouge dans l'un des bouquets. Il la tendit à Anne.

— Elle sera du plus bel effet sur votre chapeau ! Miss Spencer, je me fais une joie de passer la journée en votre compagnie.

— J'en suis flattée, murmura Anne, qui se sentit rougir.

— Votre naturel et votre franchise sont à l'exact opposé du comportement de miss Bolton. Elle est froide et calculatrice, alors que vous…

Un ange passa, qu'Anne n'avait nulle envie de chasser. Mr Clarke fixait Anne, qui suspendait son souffle.

— Vous êtes aussi sincère que miss Bolton est hypocrite. Je vais vous faire une confidence : si je suis parti pour Londres très vite, poursuivit-il, le lendemain du bal, ce n'était pas seulement à cause de mes affaires. Je ne supportais plus de voir miss Bolton faire son numéro de charme à ma tante. Je n'imaginais pas, alors, que…

Anne sentit un choc violent dans le bas de son dos et poussa un cri : c'était une balle de cuir, lancée imprudemment par le jeune Ned. Ce fut la fin de ce moment de grâce.

— Pardon, miss, dit Ned, tout penaud. Je suis désolé.

— Êtes-vous blessée ? s'écria Mr Clarke.

— Non, ce n'est pas grave, dit Anne en retenant une grimace de douleur.

William Leroy accourut pour réprimander son frère, et lady Caroline, qui voulait savoir ce qu'il s'était passé, agita son ombrelle pour héler son neveu.

— Je suis navré de devoir vous quitter, mais ma tante m'appelle. J'espère revenir bientôt vous retrouver.

Anne se rassit, et soupira. Quelle déveine ! Juste au moment où la conversation prenait un tour tellement agréable et prometteur… Elle attendit quelques instants, mais Mr Clarke et sa tante discutaient à présent avec le capitaine Glover et David. Dépitée, elle se leva pour faire quelques pas et se dégourdir les jambes. Elle s'approcha de Charlotte et William, dans l'idée d'inviter la jeune fille à la rejoindre. Elle passa devant Mr Pearson qui, penché vers Harriett, lui parlait à voix basse ; son épouse, l'air pincé, triturait son ombrelle. Anne se demanda si Mrs Pearson était jalouse. L'intérêt de Mr Pearson pour Harriett Nicolls dépassait le cadre professionnel et tournait à l'obsession. Cela devenait désobligeant pour sa femme.

— Charlotte, dit Anne, voudriez-vous marcher un peu avec moi ? Je me sens tout engourdie…

Charlotte accepta avec joie et les deux jeunes filles prirent le chemin qui longeait la Wye, en direction de Guildford.

— Comment allez-vous, Anne ? J'espère que vous n'avez plus mal au dos. Je suis vraiment désolée, Ned est incorrigible.

— Oh, vous parlez de sa balle ? Non, ce n'est rien, vraiment. Ce sont des choses qui arrivent !

— Ned est incapable de tenir en place. Je lui ai proposé de rester assis avec nous, mais il n'en a rien fait. Il traîne d'un groupe à l'autre, c'est très gênant et pas très poli.

— Comment se passe le séjour de Mrs Nicolls chez vous ?

Charlotte hésita quelques secondes, ce qu'Anne remarqua.

— Tout se passe bien. William lui consacre beaucoup de temps. Mais elle est encore…

La jeune fille cherchait ses mots.

—… très abattue. J'ai eu du mal à la convaincre de venir aujourd'hui. Elle protestait qu'elle était en deuil, qu'il valait mieux qu'elle reste seule avec son chagrin, ce genre de choses.

— Je vois.

— William l'a rassurée en lui expliquant qu'un pique-nique était une invitation informelle, en petit comité, et que personne ne serait offusqué qu'elle y participe.

— C'est très généreux de la part de William de l'accueillir chez vous, j'espère que sa présence ne vous dérange pas trop. Pensez-vous qu'elle pourrait être dangereuse ? hasarda Anne.

Charlotte ouvrit de grands yeux.

— Dangereuse ? Mais pourquoi le serait-elle… Oh, vous ne voulez pas dire qu'elle pourrait se faire du mal ? Tenter de… Non, ce serait affreux !

Elle était choquée et Anne regretta d'en avoir trop dit.

— Non, je ne pensais pas à *ça*, mais il me semblait que parfois elle n'était plus maîtresse d'elle-même. Elle pourrait, je ne sais pas, laisser brûler quelque chose par inattention, ou se blesser sans le vouloir. Mais laissons cela, je ne veux pas vous inquiéter !

— Vous croyez que nous devrions la surveiller ? Elle est rarement seule…

— Ce serait bien en effet, mais je suis sûre que vous faites tout ce qu'il faut pour son bien-être.

— J'ai vu que Mr Clarke avait déjeuné avec vous, souffla Charlotte. Il vous apprécie, Anne, j'imagine que vous le savez ?

Mais Anne ne lui répondit pas : elle regardait au loin. Une jeune fille courait en titubant en leur direction.

— Charlotte, dit-elle, regardez !

— On dirait la jeune bonne des Nicolls.

En effet, c'était bien Hetty, rouge et affolée. Anne et Charlotte, aussi vite que leur permettaient leurs longues jupes, se précipitèrent vers elle. Hetty alla droit vers Anne.

— Miss Spencer ! Oh, Dieu soit loué ! Je ne…

Elle haletait tellement qu'elle ne pouvait plus parler. Anne, d'autorité, la fit taire.

— Reprenez votre souffle. Que se passe-t-il ? Où courrez-vous comme cela ? Vous allez vous trouver mal !

— Vous êtes venue à pied depuis le presbytère ? demanda Charlotte.

— Oui ! Je vous cherchais, miss Spencer. C'est Charity… Oh, miss, elle est très malade, elle vous réclame !

Hetty s'effondra en sanglotant dans les bras d'Anne.

22

Anne resta figée. Charlotte réagit la première :

— Venez vite, Anne, je vais demander à William de nous y conduire.

— Mais si Charity n'est pas bien, ne faudrait-il pas aussi en informer le docteur Pearson ?

— C'est vous qu'elle veut voir, miss, insista Hetty.

Les trois jeunes filles rejoignirent les autres. William avait observé la scène et s'était levé, inquiet, attendant des explications. Mr Clarke, hélas, n'avait rien vu, il leur tournait le dos, occupé qu'il était à discuter avec le capitaine Glover. Anne aurait aimé que ce soit lui qui la conduise au presbytère, mais Charlotte la prit de court en expliquant rapidement la situation à son frère. William accepta immédiatement de faire un aller-retour en voiture pour accompagner Hetty et Anne. Celle-ci, à son grand regret, s'excusa de devoir s'absenter auprès de lady Caroline.

— Allez-y, Anne, dit lady Caroline, et j'espère que vous nous reviendrez très vite pour profiter de cette belle journée !

— Que se passe-t-il ? demanda Francis Clarke, inquiet.

— Une servante du presbytère est malade et réclame miss Spencer, expliqua Lady Caroline, allez savoir pourquoi ! Mr Pearson ?

Le médecin accourut.

— Milady ?

Lady Caroline lui expliqua l'affaire. Le médecin, qui n'avait visiblement aucune envie de gâcher son pique-nique, promit de passer en fin de journée pour ausculter Charity.

— Cette fille est jeune et robuste, dit-il, ce n'est probablement pas grave.

— Voulez-vous que je vous accompagne ? demanda Charlotte à Anne.

Anne déclina, il était inutile de priver Charlotte d'un bel après-midi, surtout si Charity ne voulait parler qu'à elle. Après avoir jeté un dernier regard empreint de regrets à Mr Clarke, qui la fixait d'un air pensif, elle rejoignit William dans sa voiture, où l'attendait déjà Hetty.

— Avec un peu de chance, miss Spencer, dit William pour la rassurer, ce ne sera pas grave, et vous reviendrez avec moi.

Anne en doutait. Elle éprouvait un très mauvais pressentiment qui ne la quitta pas durant le bref trajet. Une fois arrivés au presbytère, William déclara :

— Je vais rester dehors avec les chevaux, j'attendrai le temps qu'il faudra. Si elle va très mal, nous irons tout de suite chercher de l'aide. Dans le cas contraire, vous me direz si vous désirez rester ici avec elle ou si vous préférez retourner au bord de la Wye pour rejoindre les autres.

Anne hocha la tête, soulagée. William ne lui était guère sympathique, mais elle préférait ne pas être seule avec Hetty, qui n'était qu'une gamine affolée, si Charity était au plus mal. Hetty la précéda dans l'escalier qui conduisait à l'étage. Anne se rappela y être allée pour conduire Harriett dans une chambre, le jour de la mort de son époux. Ce souvenir ne fit qu'aggraver l'impression de malaise qu'elle ressentait depuis l'annonce d'Hetty. Une fois dans le couloir, celle-ci s'arrêta devant une porte.

— C'est là, miss. Je peux descendre, maintenant que vous êtes là ?

— Oui, merci !

— Miss Spencer ? C'est vous ?

La voix de Charity était rauque, méconnaissable. Anne entra et découvrit la jeune fille pliée en deux dans son grabat, une mauvaise couverture sur le corps. Son visage blême luisait de larmes et de sueur. Sur le sol, traînait une cuvette malodorante que la pauvre malade n'avait pas eu la force de cacher.

— Mon Dieu, Charity, vous êtes au plus mal ! s'écria Anne. Il vous faut un médecin !

Elle s'assit au bord du lit et prit dans ses mains celles de la jeune domestique.

— Que s'est-il passé ? Depuis quand êtes-vous dans cet état ? Je vais aller chercher le docteur Pearson !

Charity hocha vigoureusement la tête.

— Non, attendez, miss, il faut d'abord que je vous parle.

Une nouvelle crampe au ventre la broya à nouveau, elle gémit.

— J'ai tellement mal, dit-elle quand la crise fut passée. Je n'ai jamais eu aussi mal de ma vie !

— Est-ce que je peux vous apporter quelque chose ? Un peu d'eau ?

— Non, écoutez-moi ! C'est ma faute. J'ai fait une bêtise.

— Comment cela ?

— Quand nous avons tout nettoyé, Hetty et moi, j'ai trouvé quelque chose en retournant le matelas du révérend. Une petite bouteille plate…

Elle glissa la main sous son lit et en sortit une flasque d'argent.

— Il y a encore du rhum dedans. Vers midi, comme j'avais passé des heures à me fatiguer sur les cuivres, je me suis dit que quelque chose de fort me ferait du bien. J'en ai bu, pas beaucoup, miss, je le jure, et dans l'heure d'après, ça a commencé !

— Du rhum ! s'écria Anne. Mais… le docteur a dit que Mr Nicolls avait réclamé du rhum quand il était malade !

— Il l'avait pas *réclamé*, s'écria Charity en se redressant sur son lit. Je suis désolée de le dire, miss, mais le docteur n'a rien compris. Ce que je pense, moi, c'est que Mr Nicolls essayait plutôt de dire que c'était le rhum qui l'avait rendu malade ! Qui l'avait empoisonné !

— Mon Dieu !

Ainsi c'était vrai. Mr Nicolls avait été empoisonné, ce n'était plus un jeu pour rire avec lady Caroline, bien installées devant un thé. Et cette pauvre Charity risquait de devenir la deuxième victime. La tête d'Anne lui tournait, que devait-elle faire ?

— Je vais tout de suite chercher le docteur Pearson, dit Anne.

Charity lui saisit la main. Son visage exprimait une terrible détresse.

— Vous croyez qu'il le faut ? J'ai peur, miss !

— Vous avez peur de lui ?

— Je sais plus… il aime beaucoup Mrs Nicolls, et je me dis que peut-être…

Elle retomba sur le lit avec un sanglot.

— Ce n'est sans doute pas le docteur qui a empoisonné ce rhum, dit Anne d'une voix tremblante.

Elle tentait de se convaincre elle-même autant que Charity. Non, cela ne pouvait pas être Mr Pearson, ce serait trop affreux.

— Et de toute manière, poursuivit-elle en affermissant sa voix, nous n'avons pas d'autre choix. Il est le seul à pouvoir vous soigner.

Épuisée, Charity pleurait doucement, la tête tournée vers le mur.

— Écoutez, ajouta Anne sous l'effet d'une impulsion, si vous le voulez, je resterai avec vous lorsqu'il vous examinera. Et s'il vous donne un médicament, je le goûterai ! Vous êtes d'accord ?

Le visage de la jeune fille s'éclaira, tandis qu'Anne commençait à regretter sa proposition.

— Merci, miss ! Vous êtes si gentille ! Mais ce serait plus simple que ce soit Hetty…

Elle saisit la flasque de rhum qui était restée sur le lit.

— Je lui demanderai de rester quand le docteur sera là, ça me rassurera. Gardez ça, je ne veux plus le voir !

— Il faudrait montrer ce rhum au docteur, insista Anne.

— Je n'oserai jamais lui avouer que j'ai bu du rhum en cachette ! s'écria Charity. Non, il saura bien me soigner sans ça !

Anne en doutait, et essaya de convaincre la jeune fille, en vain. Charity fut inflexible. Il ne lui restait plus qu'à la laisser, et à aller chercher le médecin en urgence. Elle descendit l'escalier, les jambes tremblantes, la flasque à la main. Elle appela Hetty, qui s'était terrée dans la cuisine, et lui expliqua qu'elle allait chercher Mr Pearson. Elle en avait presque oublié William, aussi cacha-t-elle la flasque derrière elle, par réflexe, lorsque le jeune homme se leva en la voyant sortir du presbytère. William, qui avait suivi son mouvement des yeux et se demandait sans doute ce que miss Spencer avait pu lui cacher derrière sa jupe, n'en parla pas et demanda simplement :

— Comment va-t-elle ?

— Très mal, hélas ! Mr Leroy, je pense vraiment que le docteur Pearson doit l'examiner au plus vite…

— Allons-y !

Il hésita sur le seuil.

— Est-ce bien prudent de la laisser seule ? Si vous voulez rester, je peux aller chercher le docteur sans vous et revenir au plus vite ?

— Non !

Anne avait presque crié, et elle en eut honte. Elle ne se voyait pas rester une minute de plus, impuissante, au chevet de Charity.

— Hetty est avec elle, et je préfère expliquer moi-même au docteur ce que j'ai vu. Je vous en prie, ne vous froissez pas, mais…

William posa sa main sur son bras avec gentillesse.

— Je comprends très bien, miss Spencer, ne vous en faites pas ! Allons-y !

Quand ils arrivèrent sur le lieu du pique-nique, les officiers étaient déjà repartis. Les autres convives semblaient attendre le retour d'Anne. Elle réussit sans peine à convaincre le docteur Pearson de l'urgence de la situation, et il partit aussitôt avec William. Après son départ, Anne eut fort à faire pour répondre à toutes les questions qu'on lui posait à propos de Charity, et quand tout le monde eut regretté que cet incident ait gâché la fin de la fête, les conversations reprirent comme avant. Toutefois, Jenny s'inquiéta :

— Pourquoi cette pauvre fille voulait-elle vous voir vous, Anne, plutôt que Mr Pearson ? J'ignorais que vous la connaissiez…

Anne réfléchit vite, il fallait trouver une explication vraisemblable.

— J'ai discuté plusieurs fois avec Charity, dit-elle, qui m'a avoué que le docteur Pearson l'intimidait. J'ai réussi à la convaincre de se laisser examiner, mais j'ai eu du mal.

Jenny soupira.

— Vous avez bien fait ! Je crois que je vais rentrer, moi aussi, il me tarde de revoir Frederick. J'espère que tout s'est bien passé à la maison…

David lui prit tendrement la main.

— Ma chérie, Frederick va bien, Rose s'est occupée de lui toute la journée. Et rassurez-vous, rien ne dit que cette pauvre fille des Nicolls ait une maladie contagieuse.

Anne n'avait pas pensé une seconde que Jenny pouvait s'inquiéter pour la santé du bébé, mais David l'avait deviné. Jenny, reconnaissante, serra la main de son époux en lui souriant. *Comme ils se connaissent bien* ! songea Anne. *Quand on entend les plaisanteries cruelles de David, quand on considère à quel point leurs caractères sont différents, on pourrait penser que leur couple est mal assorti, mais il n'en est rien. Comme l'alchimie entre deux êtres est chose mystérieuse !*

— Miss Spencer ?

Anne se retourna. Mr Clarke, inquiet, la fixait.

— Tout va bien ? Maintenant que le docteur Pearson a pris les choses en main, peut-être pourrions-nous faire quelques pas ?

Anne regarda le beau gentleman qui faisait battre son cœur. Que devait-elle lui dire ? La flasque, dans sa poche, lui semblait peser le poids d'une enclume. Tout allait trop vite ; depuis que Charity s'était confiée à elle, elle n'avait pas eu une minute seule pour réfléchir calmement. Elle avait besoin de temps.

— Êtes-vous sûre d'aller bien ? insista Mr Clarke. Puis-je faire quelque chose ?

Sous son regard bienveillant, Anne s'apaisa. Cette histoire de rhum empoisonné lui parut tout à coup invraisemblable, presque grotesque. Charity était une faiseuse d'histoires, cela ne faisait aucun doute. Peut-être qu'en ce moment même, le docteur lui diagnostiquait une simple indigestion, peut-être qu'elle ne supportait pas l'alcool – elle ne devait pas en boire souvent – peut-être que la chaleur de cette journée de juin, ajoutée à la fatigue des heures de ménage, l'avait rendue malade. Oui, c'était sûrement cela. Anne avait tellement envie que ce soit cela !

— Vous êtes décidément très affectée, murmura Mr Clarke. Cette pauvre fille va si mal que cela ?

— Oui, lui confia Anne. Elle souffre beaucoup, son état m'inquiète. J'espère que ce n'est pas grave, mais… Oh, Mr Clarke, puis-je vous confier quelque chose ? Me promettez-vous de ne pas me trouver ridicule ?

— Je vous le promets. Je vous en prie, parlez, si cela peut vous soulager !

Anne ne pouvait plus garder ses doutes secrets, elle avait besoin de les partager. Elle expliqua au jeune homme stupéfait que Charity pensait s'être empoisonnée avec une flasque de rhum ayant appartenu au révérend Nicolls.

— Mr Nicolls lui-même, sur son lit de mort, a parlé de rhum, souffla-t-elle. Est-ce que ce n'est pas une étrange coïncidence ?

Elle regarda timidement Mr Clarke, et fut soulagée qu'il ne lui rie pas au nez. Au contraire, il semblait considérer cette affaire avec le plus grand sérieux.

— Je comprends que vous soyez troublée, dit-il. Il nous faut en avoir le cœur net. Si je comprends bien, vous n'avez pas parlé de ces soupçons au docteur ? Vous ne lui avez pas montré la flasque de rhum ?

— Non, Charity ne veut pas qu'il sache qu'elle en a bu, elle a honte… devrais-je le faire malgré tout ?

Mr Clarke réfléchit.

— Je ne pense pas. Si ce rhum s'avère inoffensif, ce que j'espère, vous passerez pour une intrigante aux yeux de Mr Pearson. De plus, il est très proche de Mrs Nicolls, il serait capable de lui raconter toute l'affaire. Car vous songez à Mrs Nicolls, n'est-ce pas ? Vous pouvez me le dire à présent. Depuis le début, ma tante et vous pensez que son esprit malade a pu aller jusqu'à…

Anne détourna la tête et jeta un bref coup d'œil à Harriett, comme pour vérifier qu'elle ne pouvait pas les entendre. Assise sous un saule à côté de Charlotte, la veuve du révérend effeuillait machinalement une marguerite, le regard perdu dans le vague.

— Jusqu'à assassiner son époux qu'elle ne supportait plus, oui, murmura Anne. Parce qu'elle n'a jamais réussi à surmonter la mort de son fiancé, Edouard, le frère du révérend. De plus, Mr Nicolls avait emprunté à votre tante un livre sur les plantes qui précise lesquelles sont toxiques. Sa femme a pu s'en servir pour trouver comment empoisonner le rhum.

Francis Clarke hocha la tête. Anne était soulagée de constater qu'il l'écoutait avec beaucoup d'attention.

— Concernant cette flasque de rhum, dit-il, il y a un moyen assez simple et rapide d'être fixés, même s'il doit vous paraître cruel…

— Comment cela ?

— Si vous voulez bien me confier ce flacon, je peux faire goûter quelques gouttes de ce rhum à un vieux chien de ma tante qui est en train de mourir.

Anne sursauta, horrifiée.

— Miss Spencer… Anne, l'implora Francis Clarke, cette pauvre bête va très mal, c'est l'affaire de quelques jours de toute façon. Dites-vous que si le rhum est empoisonné, cela abrégera ses souffrances. Et nous serons fixés ! Nous pourrons alors demander un entretien à sir Lawrence, le magistrat de Guildford, et lui faire part de nos conclusions.

En entendant évoquer sir Lawrence, Anne grimaça.

— Je le connais bien, insista Francis qui avait remarqué la réticence de sa compagne, je peux vous assurer que malgré ses abords revêches, c'est un homme intelligent et compétent. Il se chargera de l'enquête.

Anne avait envie de pleurer, tout en étant soulagée que Mr Clarke ait pris les choses en main.

— Très bien, murmura-t-elle en lui glissant la flasque dans les mains. Je crois que vous avez raison, c'est la seule solution…

23

Le pique-nique s'acheva quand un petit vent frais se leva, marquant la fin de la fête. Trilling rangea les restes du festin dans des paniers, on distribua aux dames les bouquets de roses un peu défraîchis. Jenny consola Thomas et Juliet qui voulaient rester plus longtemps. L'une après l'autre, les voitures s'ébranlèrent, et chacun rentra chez soi. De retour à la maison, Jenny fut rassurée de constater que son petit Frederick se portait comme un charme. Anne, pour passer ses nerfs et se rendre utile, alla couper des fleurs fanées dans le jardin.

En fin de soirée, David alla au presbytère pour prendre des nouvelles de Charity et en revint très inquiet. La malheureuse souffrait toujours, Mr Pearson lui avait donné des pilules et Hetty veillait sur elle. Le docteur avait promis de revenir le lendemain matin à la première heure.

Cela ne rassura pas Anne qui eut du mal à s'endormir. Quand enfin elle y parvint, elle fit des cauchemars. Lady Caroline, des ciseaux à la main, la menaçait en criant : « Pourquoi avez-vous donné le flacon à mon neveu ? Il fallait me le donner à moi ! À moi ! À MOI ! » Puis lady Caroline se mettait à gonfler, gonfler, elle devenait énorme et s'approchait d'Anne pour couper le ruban de son bonnet. Pendant ce temps, Charity et le docteur Pearson riaient et se moquaient d'elle.

Au matin, elle se réveilla oppressée, et mit quelques secondes à se rappeler pourquoi. Charity, la flasque de rhum empoisonné, sa discussion avec Francis, peu à peu, tout cela lui revint. Elle décida de se rendre au presbytère pour prendre des nouvelles de Charity. Avec un peu de chance, l'état de la jeune fille se serait amélioré, et peut-être que Mr Clarke viendrait la voir pour lui faire part des résultats de son expérience.

Elle versa de l'eau fraîche dans une cuvette et s'aspergea le visage, se coiffa et s'habilla rapidement. Sa jolie robe de la veille ainsi que le bonnet de paille à ruban de soie prêté par Jenny traînaient sur le sol. Un peu honteuse d'avoir été si négligente, elle les ramassa, secoua et plia la robe, et descendit avec le bonnet à la main pour le rendre à sa cousine. La maison résonnait de bruits désormais familiers. Frederick qui gazouillait, Juliet qui babillait avec Rose, les pas de Polly qui s'affairait en cuisine. À travers les vitres, brillait un soleil éclatant, une belle journée s'annonçait, des oiseaux pépiaient. Anne se sentit un peu mieux.

Soudain, elle sursauta. Mais on était mercredi ! Mercredi, le jour où miss Austen devait venir à Guildford ! Comment avait-elle pu l'oublier ? Vite, elle remonta dans sa chambre, fouilla sa malle pour y retrouver la dernière lettre de miss Austen. Oui, c'était bien cela, mercredi, et miss Austen l'attendrait après le déjeuner… Cela lui laissait du temps. Le Angel Hotel… Il se trouvait sur High Street, près de chez miss Cavendish. Parfait ! Anne se changea pour remettre la robe rose qu'elle portait au pique-nique, et vérifia sa coiffure dans le petit miroir posé sur sa coiffeuse. Elle tenait à faire bonne impression sur miss Austen. Elle descendit l'escalier, salua Jenny qui jouait avec son bébé dans le salon. Une théière était posée sur un guéridon, Anne sortit une tasse du buffet et se servit.

— Comment allez-vous ce matin ? demanda-t-elle poliment.

Sa cousine cessa de chatouiller Frederick et leva vers elle des yeux tristes.

— Je vais bien, mais nous avons reçu de mauvaises nouvelles du presbytère. La malheureuse fille est morte.

Anne laissa tomber sa tasse, qui se brisa.

— C'est l'autre petite domestique qui est venue nous l'annoncer, expliqua Jenny, celle qui était venue vous chercher hier au pique-nique. Vous n'étiez pas encore réveillée, je lui ai dit que je vous préviendrai. C'est bien triste…

— Mon Dieu, quelle horreur…

Anne se laissa tomber sur une chaise et se mit à pleurer.

— Oui, nous sommes peu de choses ! dit placidement Jenny.

Mrs Landry apparut, attirée par le bruit de la porcelaine.

— Quelque chose s'est cassé, madame ?

Les éclats de porcelaine, qui brillaient sur le plancher, attirèrent son regard.

— Ah, en effet… Je vais vous envoyer Polly !

Elle jeta un coup d'œil vers Anne et la trouva bouleversée.

— Vous avez appris pour la pauvre Charity, miss Anne, à ce que je vois. Quelle pitié !

— Oui, c'est affreux !

— On est vraiment peu de chose, murmura la gouvernante avant de quitter la pièce.

— Savez-vous où est Hetty à présent ? demanda Anne à Jenny après le départ d'Imogen. Elle n'est pas restée chez les Nicolls avec le… avec le corps de Charity ?

Jenny ouvrit des yeux ronds.

— Je n'en ai aucune idée ! Mais attendez… Je crois qu'elle m'a dit que William Leroy était avec elle ce matin. Ce cher William, j'imagine qu'il était venu prendre des nouvelles, bien qu'il ait tant de choses à faire.

Anne se sentit profondément mortifiée que William Leroy soit allé aux nouvelles alors qu'elle dormait encore.

— J'y vais ! dit-elle.

— Au presbytère ? Si tôt ? s'étonna Jenny.

Mais déjà Anne était partie. Elle sentait comme une boule dans sa gorge, qui l'empêchait de respirer librement, et ses larmes coulaient. Le décès de Mr Nicolls ne l'avait pas affectée, il faut le reconnaître, mais celui de cette pauvre Charity, c'était autre chose. Elles devaient avoir le même âge, et Charity s'était confiée à elle. Si vraiment cette mort avait été causée par le flacon de rhum, c'était horrible. Anne marchait vite, elle ressentait le besoin de bouger. Quand elle arriva devant le presbytère, elle aperçut Hetty et William qui en sortaient. William fermait la porte et la pauvre petite Hetty pleurait dans son mouchoir.

— Bonjour, miss Spencer, dit le jeune homme. Vous êtes au courant de la triste nouvelle, je suppose ? Je vais emmener Hetty à la maison.

— Que s'est-il passé ? Où est Charity ? demanda Anne d'une voix étouffée par l'émotion.

— Mrs Pearson et deux dames de la paroisse se chargent de la veiller, dit William. Elle est morte ce matin, nous n'avons rien pu faire.

— Vous étiez là ? s'étonna Anne.

— Oui, je suis venu très tôt prendre des nouvelles, Harriett s'inquiétait beaucoup pour Charity. Elle n'a presque pas dormi de la nuit. J'ai veillé avec elle et je suis venu ici au petit matin. J'espérais lui rapporter de bonnes nouvelles et la réconforter, mais je me trompais, hélas. Quand je suis arrivé ici, le docteur Pearson était déjà là ; il a tout tenté pour soulager Charity, en vain. D'après lui, son état s'était beaucoup aggravé durant la nuit, il n'y avait plus rien à faire.

Anne sentit monter une bouffée de colère contre Mr Pearson. Rien à faire ? C'était un peu trop facile…

— Et qu'a-t-il dit ? Qu'est-ce qui a bien pu tuer cette pauvre Charity, à son avis ? En a-t-il la moindre idée ? Elle n'avait que seize ou dix-sept ans !

— Seize, murmura Hetty. Oh, miss, cette nuit, c'était épouvantable…

William, surpris par la réaction d'Anne, la dévisagea.

— Mr Pearson pense que c'est une inflammation brutale du ventre.

— Nous voilà bien avancés ! grinça Anne.

Furieuse et choquée, elle détourna les yeux en croisant les bras.

— Comment vous sentez-vous ? s'inquiéta William. Vous êtes bouleversée, vous devriez vous reposer…

William Leroy lui disait cela alors qu'il venait de passer une nuit blanche. C'était tellement humiliant ! Pour qui la prenait-il ?

— Je vais très bien !

Il soupira.

—Soit ! Faites attention à vous, miss ! Je vais annoncer la triste nouvelle à ma marraine. Je vous souhaite une bonne journée.

Anne l'ignora et prit les mains d'Hetty dans les siennes.

— Hetty, je suis vraiment désolée pour Charity.

La petite renifla et hocha la tête, pour montrer qu'elle appréciait cette marque de sympathie.

— J'ai de la peine pour Charity, je l'aimais bien ! Mais ça ira pour moi, miss. Je vais dans une bonne maison.

William et elle s'éloignèrent. *Une bonne maison, chez William Leroy, avec Harriett comme invitée ?* songea Anne. *J'aimerais en être sûre.*

Il lui restait trois heures avant de déjeuner rapidement et d'aller au rendez-vous fixé par miss Austen. Elle aurait aimé avoir l'esprit libre pour ne songer qu'à cela, mais ce n'était pas le cas. Elle avait du chagrin, elle était en colère contre William Leroy, contre le docteur, contre elle-même qui ne comprenait plus rien à ce qu'il se passait autour d'elle. Elle marchait à grands pas dans la rue quand elle vit arriver un cavalier qui ressemblait fort à un certain gentleman. Son cœur battit plus vite. Mais oui, c'était Francis Clarke ! Comme elle l'espérait, il s'arrêta près d'elle et descendit de cheval.

— Miss Spencer, je vous cherchais ! Je suis passé chez Mrs Burnett qui m'a informé que vous étiez allée au presbytère.

— Vous a-t-elle dit que Charity est morte ? demanda Anne, d'une petite voix.

— Oui, répondit-il. J'en suis désolé. Voudriez-vous faire quelques pas avec moi ? J'ai des choses à vous dire… en particulier !

— Où allons-nous ? demanda-t-elle. À Oak Lodge ?

— Non, c'est trop loin, ma tante vous accaparerait, et je dois vous parler seul à seul, répondit Mr Clarke. Que diriez-vous de marcher vers l'endroit du pique-nique ?

Anne était d'accord. Cela lui laissait quelques instants de répit, car elle n'était pas pressée d'entendre des nouvelles du pauvre chien.

— Toutefois, je dois être rentrée assez tôt pour le déjeuner, dit-elle en songeant à miss Austen.

— Nous n'irons pas loin, je vous rassure. Vous serez rentrée bien avant !

Mr Clarke prit son cheval par la bride, et ils marchèrent un quart d'heure en silence. Ils s'arrêtèrent après un méandre de la Wye. Mr Clarke regarda autour de lui, pour s'assurer que personne ne pouvait les entendre. L'endroit était calme, on ne voyait que quelques paysans sur la rive opposée, occupés à travailler leurs champs.

— Ce que j'ai à vous annoncer n'est pas vraiment réjouissant, dit enfin le jeune homme.

Voilà, le chien était mort, Anne l'aurait parié.

— A-t-il souffert ? demanda-t-elle d'une voix étranglée.

— Non. Mais vos soupçons étaient fondés, il est mort quelques minutes à peine après avoir bu la cuillère de rhum que je lui avais donnée. Cela ne peut pas être un hasard.

Anne sentit ses jambes se dérober sous elle. Elle le savait, au fond d'elle-même, depuis qu'elle avait vu Charity exsangue dans son lit. Mais elle avait voulu garder un semblant d'espoir.

Tout se passa très vite. Quelque chose – ou quelqu'un ? – la poussa, elle vit tourner le ciel au-dessus de sa tête, son pied glissa dans l'herbe et elle tomba dans la rivière. Elle cria, entendit un cri en écho, l'eau froide la submergea. Sa robe, qui s'était d'abord déployée en corolle dans l'eau grise de la Wye, l'entraînait à présent vers le fond. Anne battit des bras, battit des jambes, mais elle était gênée par ses vêtements et ne réussit qu'à s'entortiller davantage dans le voile de coton. Elle but, cracha, inspira, repartit sous l'eau, dans une lutte acharnée pour ne pas sombrer et se noyer. Le courant l'emportait. Elle entendit Mr Clarke sauter à son tour dans la Wye et reprit espoir. Entre deux passages sous l'eau, elle le vit nager vers elle, et son cœur se gonfla de soulagement. À présent, ses jambes étaient tellement empêtrées dans ses jupes qu'elle ne se maintenait qu'à la force des bras et s'épuisait. Elle soufflait, crachait. Mr Clarke arrivait, il s'approchait… Mais une fois près d'elle, alors qu'Anne se croyait sauvée, il lui enfonça brutalement la tête sous l'eau d'une main ferme. Anne suffoqua, autant sous l'effet de la surprise que sous la pression. Incapable de réfléchir, elle se débattit avec vigueur, donna des coups de pied, mais Mr Clarke était fort et savait bien nager. Anne faiblissait, elle allait renoncer… Quand, tout à coup, la pression sur sa tête céda et elle sentit un bras sous le sien, qui la tirait vers le haut.

Sa tête émergea de l'eau, elle inspira à pleins poumons et ouvrit les yeux. Elle regarda son sauveur qui la maintenait toujours à la surface : c'était William Leroy. À dix pas de là, entraîné par le courant, Francis Clarke se battait contre un autre homme, en chemise, qu'elle ne parvenait pas à reconnaître. Elle n'y comprenait rien.

— Que… qu'est-ce qui s'est passé ? bredouilla-t-elle.

— Vous êtes sauvée, miss, ne bougez pas, ne résistez pas, je vais vous tirer jusqu'à la rive.

Épuisée, Anne ferma les yeux et se laissa tracter jusqu'à la berge. William l'aida à se remettre debout, à grimper sur le talus glissant et à faire quelques pas dans l'herbe avant de se laisser tomber sur le sol. Dès qu'elle fut assise en sécurité, il la lâcha, et courut vers la rivière pour secourir l'homme qui se battait contre Mr Clarke. Anne reconnut le capitaine Glover. Hébétée et épuisée, notre héroïne essayait de comprendre : pourquoi Francis Clarke avait-il essayé de la noyer ? Mais son esprit, comme engourdi, ne trouvait aucune explication.

Pendant ce temps, dans la Wye, la lutte se poursuivait entre les deux nageurs. Francis Clarke semblait avoir le dessus, il maintenait la tête de Mr Glover sous l'eau, et le capitaine se débattait. En voyant William plonger à son tour dans la Wye, Francis Clarke comprit qu'il n'aurait pas le dessus contre deux hommes et réagit vite : d'une forte poussée, il se débarrassa de l'officier et nagea en se laissant porter par le courant. Il s'agrippa à un buisson, sortit de la Wye et siffla son cheval, qui courut jusqu'à lui. Tandis que Mr Glover et William prenaient péniblement pied sur la berge en amont, Francis Clarke sauta en selle et partit au galop à travers champs.

24

Le capitaine Glover et William, trempés et essoufflés, rejoignirent Anne.

— Cette crapule aura pris la route d'Horsham, dit sombrement le capitaine Glover. Venez, Leroy, je connais un raccourci !

— Miss Spencer, vous venez avec nous ! dit William.

Le cerveau d'Anne fonctionnait encore au ralenti.

— Mais comment ?

Personne ne lui répondit, mais elle fut prestement jetée sur un cheval, que montait William.

— Passez votre jambe ici, ordonna le jeune homme, et accrochez-vous à la selle. Vous tiendrez mieux !

Anne se retrouva à califourchon sur la selle devant William, sa robe dégoulinante d'eau. Les bras du jeune homme, qui tenaient les rênes, l'enserraient de part et d'autre. Si ce n'était ni esthétique ni convenable, c'était rassurant. Le capitaine Glover, sur une autre monture, les devançait. Ils coupèrent à travers des prés, rejoignirent la route, et aperçurent Clarke, au grand galop, loin devant eux.

— Glover va le rattraper ! s'écria William.

Il mit le cheval au trot, puis au galop, sans trop forcer l'allure pour ménager Anne. Mais celle-ci ne faisait pas attention aux soubresauts, ni à ses jupes trempées, pas plus qu'au garçon qui la pressait par derrière. Elle fixait, hébétée et fascinée, l'homme qui fuyait devant eux. Mr Clarke, son Darcy, qui avait tenté de la tuer. Et qui était probablement l'assassin du révérend Nicolls et de Charity.

Entendant la cavalcade, Mr Clarke se retourna et constata qu'il était suivi. Cela lui fut fatal. Au détour d'un virage, un cabriolet arrivait en sens inverse. Son conducteur vit arriver le cavalier fou, en plein milieu de la route. Il poussa un cri et tira sur les rênes. Ses deux chevaux ralentirent, mais il était trop tard. Quand Mr Clarke les aperçut, il tenta d'arrêter sa jument, mais celle-ci, lancée à pleine allure, chuta lourdement sur le bas-côté de la route, entraînant son cavalier.

La voiture, enfin, s'arrêta. Le capitaine Glover, arrivé sur les lieux, descendit d'un bond de son cheval pour neutraliser Mr Clarke qui gisait, assommé, à demi inconscient.

— Monsieur, cria Mr Glover, pour l'amour de Dieu, aidez-moi, cet homme est un dangereux criminel !

Le conducteur de la voiture sauta immédiatement à bas de son siège et se hâta de prêter main-forte à Mr Glover. William et Anne les rejoignirent, juste au moment où une dame descendait de l'habitacle. Elle portait un chapeau de paille très simple, des gants gris assortis à son manteau de voyage. Mince et vive, elle avait une quarantaine d'années et des yeux noisette. Elle se tourna vers le conducteur, occupé avec Mr Glover à lier les mains de Francis Clarke derrière son dos, et lui demanda :

— Par tous les dieux, Henry, est-ce que tout va bien ? Qui est cet homme ?

C'est ainsi qu'Anne, hébétée et trempée, rencontra Jane Austen.

***

— Je ne suis pas sûre d'avoir tout compris, dit Jenny en reposant sa tasse de thé.

Ils étaient tous réunis chez elle. David, miss Cavendish, le docteur Pearson et son épouse, ainsi que le capitaine Glover, William Lefroy, le jeune Ned et Charlotte, lady Caroline et Grace Bolton, Harriett Nicolls, Anne, et, ô merveille ! Henry et Jane Austen. Le capitaine Glover, William et Anne avaient pris le temps d'enfiler des vêtements secs. Le capitaine, aidé par William, avait fait enfermer Francis Clarke en lieu sûr en attendant de le conduire devant Sir Lawrence.

— C'est une terrible histoire, ma chère, dit David. Mr Clarke n'était pas le charmant gentleman que nous nous imaginions.

Il tourna les yeux vers lady Caroline. La dame, habituellement si gaie, semblait avoir vieilli de dix ans. Tassée sur un fauteuil, elle s'essuyait les yeux avec un mouchoir brodé. Assise à ses côtés, Grace Bolton lui tenait l'autre main.

— J'ai vécu bien des drames, murmura lady Caroline, mais celui-là, je n'arrive pas à le comprendre.

William Leroy s'éclaircit la gorge.

— Si vous le voulez bien, milady, je vais tâcher de vous dire ce que je sais. Peu avant de mourir, notre curé…

Jane Austen lança un regard de connivence à Anne, qui hocha la tête.

— … Mr Nicolls a confié à son épouse qu'il pensait être malade pour avoir bu du rhum.

William se tourna vers le docteur, qui semblait très mal à l'aise et agitait nerveusement ses jambes.

— Docteur Pearson, poursuivit William, ma marraine vous a fait part de ses interrogations à ce sujet et, plus tard, elle m'en a également parlé. Je dois avouer que, comme vous, je ne les ai pas prises au sérieux.

Le docteur Pearson se tortilla sur sa chaise en grommelant.

— Elle était choquée… Oui, elle m'a parlé de rhum, mais c'était tellement absurde. J'ai pensé que le malade délirait, qu'il voulait en boire. Comment aurais-je pu imaginer… ?

Exaspérée, Anne se mordit la lèvre.

— Mr Nicolls m'a dit que c'était du rhum qui lui avait brûlé le ventre, murmura Harriett. Mais comme nous n'en avions pas à la maison, j'ai pensé qu'un de ses paroissiens lui avait servi de l'alcool frelaté. Je lui ai demandé d'où provenait ce rhum, il n'a jamais voulu me répondre.

— Il avait gardé la flasque et l'avait cachée sous son lit, murmura Anne, comme pour elle-même. Mais, Mrs Nicolls, pourquoi avez-vous jeté le sirop le lendemain ? Vous pensiez qu'il était mauvais ?

— Le sirop ? demanda Harriett, sans comprendre.

— Oui, Charity vous a vu vider une bouteille de sirop pour la digestion dans le jardin, le lendemain du décès de Mr Nicolls.

— Ah, dit Harriett. Cette bouteille-là ! Ce n'était pas du sirop, c'était un cordial pour les nerfs que Mr Pearson m'avait confectionné il y a plusieurs mois. J'avais voulu en prendre pour dormir le soir de la mort d'Herbert, et je m'étais aperçue qu'il avait moisi…

Charity avait donc confondu les bouteilles. Anne était très gênée. Par chance, sa question incongrue semblait n'avoir intrigué personne dans l'assemblée.

— J'en reviens au rhum, poursuivit William. Mon jeune frère Ned, ici présent, est comme vous le savez un incorrigible curieux.

Tous regardèrent le garçon qui souriait avec malice, les yeux baissés, en balançant ses jambes sous sa chaise.

— Mais pour une fois, sa curiosité a été fort utile. Le lendemain du bal, alors qu'il traînait vers le moulin, Ned a surpris une conversation très animée entre Mr Clarke et Mr Nicolls.

Grace Bolton poussa un petit cri de surprise.

— Comment cela, le lendemain du bal ? s'étonna-t-elle. Mais Mr Clarke était déjà reparti pour Londres, dès le matin…

— C'est ce qu'il a tenté de nous faire croire, dit William. En réalité, il avait donné rendez-vous à Mr Nicolls en secret. Hier, pendant le pique-nique, Ned a entendu Mr Clarke dire à Miss Spencer qu'il était à Londres ce jour-là. Mon frère savait que c'était faux, puisqu'il l'avait vu ici, à Guildford, ce même jour ! Il a compris que Mr Clarke mentait, ça l'a intrigué, et il m'en a parlé tout à l'heure.

— J'ai été drôlement étonné, c'est pour ça que j'ai lancé ma balle de travers et qu'elle vous a touchée, miss

Spencer, ajouta le gamin en se tournant vers Anne. Je suis désolé.

Anne écoutait avidement, mais ne comprenait toujours pas.

— Et alors ? demanda-t-elle. Qu'en avez-vous déduit ?

— Ned m'a raconté la conversation qu'il avait surprise. Mr Clarke était énervé et faisait de grands gestes. Mr Nicolls lui parlait avec insistance. Ned n'entendait pas ce qu'ils se disaient mais c'était visiblement une sorte de dispute. À la fin de leur conversation, Mr Clarke a sorti une liasse de billets de sa poche et l'a donnée, de mauvaise grâce, au révérend.

— Oh ! s'écria miss Cavendish, stupéfaite.

— Ned, dis-nous ce que tu as vu ensuite, l'encouragea William.

Ned se dressa fièrement.

— Mr Clarke avait attaché sa jument tout près, dit-il. En allant la retrouver, il a laissé tomber une flasque en argent. Quand il a été loin, Mr Nicolls l'a ramassée. Il l'a ouverte, a reniflé pour savoir ce qu'il y avait dedans, et en a bu un peu. Puis il l'a fourrée dans sa poche et il est reparti à son tour.

— Vous suggérez que mon neveu aurait gardé une flasque de rhum empoisonné dans sa poche ? s'écria lady Caroline. Mais c'est absurde ! Pourquoi aurait-il fait cela ?

— Oh non, dit miss Cavendish, c'est très malin, au contraire ! Pardonnez-moi, ma chère Harriett, mais nous savons tous que votre époux avait un faible pour l'alcool…

Mrs Nicolls baissa la tête, honteuse.

— Mr Clarke aurait donc apporté un flacon de rhum empoisonné, dit Anne, réfléchissant à voix haute, et il l'aurait fait tomber exprès, dans l'espoir que Mr Nicolls le prenne et le boive ?

— C'est très ingénieux, je dois le reconnaître ! dit miss Austen.

— C'est horrible, murmura Charlotte, qui avait les larmes aux yeux.

— Aussi, poursuivit William, quand Ned m'a parlé de cette conversation et de la flasque que le révérend avait bue, je me suis rappelé le rhum dont vous m'aviez parlé, ma chère marraine. J'ai compris d'où il venait et j'ai réalisé que vos soupçons étaient fondés.

— Mais je ne pensais pas que ce rhum avait été empoisonné exprès, murmura Harriet Nicolls, le regard vague. C'est monstrueux !

— Miss Spencer, dit William, quand vous êtes sortie de la chambre de Charity, je vous ai vue cacher quelque chose derrière votre dos. Une flasque. Sur le moment, je n'en ai pas tiré de conclusions…

Anne rougit. Heureusement que William ne l'avait pas prise pour une pocharde !

— Charity avait désiré vous parler en particulier ; ce qu'elle vous avait confié ne me regardait pas. Mais quand je suis rentré du presbytère, ce matin, et que Ned m'a tout raconté, j'ai compris que ce rhum venait de faire une deuxième victime. J'ai supposé que la pauvre Charity en avait bu et vous avait confié le flacon.

— Mais… comment avez-vous su me retrouver ? demanda Anne.

— J'ai pris mon cheval et j'ai cherché partout Mr Clarke, persuadé qu'il était un assassin.

Lady Caroline gémit.

— S'il savait que vous aviez cette flasque, dit William à Anne, vous étiez en danger. Je n'ai pas réfléchi.

— Je trouve au contraire que vous réfléchissez fort bien, monsieur, dit Jane Austen.

Surpris, William regarda celle qui n'était pour lui qu'une inconnue, mêlée par hasard à ce drame.

— Merci madame ! Par un heureux hasard, j'ai croisé le capitaine Glover qui vous avait aperçue, miss Spencer, marchant vers le sud en compagnie de Mr Clarke. Sans entrer dans les détails, je lui ai demandé s'il voulait bien me suivre, car je craignais pour votre sécurité. Il n'a pas hésité, heureusement !

Le capitaine Glover se tourna vers Anne et s'inclina galamment. Jane Austen réprima un petit sourire entendu, et Anne, confuse, le remarqua.

— Nous avons vu de loin Mr Clarke vous pousser dans la rivière, et vous connaissez la suite. Madame, monsieur, dit William en s'adressant à Henry et Jane Austen, votre voiture est arrivée fort opportunément pour faire chuter Mr Clarke, ce qui nous a permis de le mettre hors d'état de nuire.

— C'est ce qui s'appelle arriver au bon moment, dit Henry Austen, amusé. Je suis heureux que notre petite halte à Guildford vous ait aidés à neutraliser ce misérable.

— Nous allons le conduire sous bonne garde chez sir Lawrence, ajouta le capitaine Glover.

— J'imagine que c'est le magistrat du secteur ? demanda Henry.

Le capitaine Glover le confirma. Henry hocha la tête.

— Mais enfin, je ne comprends pas ! éclata lady Caroline qui, jusque-là, s'était retenue. Pourquoi mon neveu aurait-il donné cet argent à Mr Nicolls, et pourquoi l'aurait-il tué ?

Grace Bolton inspira profondément et prit la parole.

— Ma chère marraine, de toute évidence, Mr Nicolls le faisait chanter.

— Oui, dit William, c'est ce qu'il nous a confié.

Jenny étouffa un cri tandis qu'Harriett Nicolls blêmissait, les yeux écarquillés par l'effroi.

— Mais pourquoi ? insista la malheureuse lady. Aurait-il eu des dettes que ce n'aurait pas été un drame ! Quel gentleman n'en a pas…

William et le capitaine Glover regardaient au loin, embarrassés. Grace Bolton soupira.

— Je pense deviner. Messieurs, dites-moi si je me trompe ?

— Miss, s'écria le capitaine, vous n'êtes pas obligée !

Grace leva la main.

— Je vous remercie, mais je peux assumer mes actes.

— Quels actes ? demanda lady Caroline, perdue.

— Il y a trois ans, Francis Clarke m'a séduite. Oh, je ne veux pas me poser en victime, je l'admirais et j'étais très flattée d'avoir attiré son attention. Il était beau et savait se montrer sous son meilleur jour. Moi, je n'avais que seize ans. Notre mariage vous aurait réjouie, je le sais, ajouta-t-elle en pressant la main de lady Caroline. Mais hélas, il m'apparut vite qu'il n'avait aucune intention de m'épouser.

Lady Caroline pâlit tellement qu'Anne craignit qu'elle ne s'évanouisse. Stupéfaite et choquée, miss Cavendish eut un hoquet, tandis que la bonne Jenny, horrifiée, mettait une main devant sa bouche. Jane Austen pinça les lèvres.

— Il me l'avoua en riant, il ne m'aimait pas, il ne m'avait jamais aimée. Quant à m'épouser, je n'étais pas un assez bon parti pour lui, il visait bien plus haut. Francis Clarke, voyez-vous, a de gros besoins d'argent, il a la passion du jeu. Ce fut une cuisante déception, mais je repris vite le dessus. Sa mauvaise foi, ainsi que les constantes vexations qu'il m'infligea chaque fois que je me trouvais en sa compagnie à Oak Lodge, m'aidèrent à me détacher de lui. Il pensait me blesser, il m'a libérée de son emprise. Il me restait la honte d'avoir cédé à un misérable, mais peu à peu, je l'ai surmontée.

Lady Caroline lui prit la main.

— Ma chère enfant, je suis positivement horrifiée ! Dire que tout cela s'est passé sous mon toit et que je n'ai rien vu…

— Milady, vous êtes la bonté même, comment auriez-vous pu imaginer que votre neveu était si manipulateur ? Miss Spencer, quand j'ai compris que vous alliez faire la connaissance de Mr Clarke, je me suis inquiétée pour vous, mais je n'ai pas osé vous mettre en garde franchement. Pour cela, il aurait fallu que je vous donne les raisons de mon aversion.

— Je comprends, souffla Anne.

Comme elle avait mal jugé Grace Bolton !

— Mais que vient faire Mr Nicolls dans cette histoire ? demanda David. Comment était-il au courant ?

— Le mois dernier, alors que je lisais dans la bibliothèque, Mr Clarke vint me trouver et me provoqua une fois de plus. Je ne réagis pas, il m'était devenu indifférent, mais j'eus plaisir à lui dire que j'étais fiancée à un honorable gentleman de Londres, et que nous allions prochainement nous marier et être très heureux. Oui, dit-elle à lady Caroline qui avait poussé un cri de surprise, j'allais bientôt vous faire part de cette bonne nouvelle !

La lady essuya ses larmes et lui pressa la main en souriant.

— Quand je suis sortie de la bibliothèque après cette discussion très animée, poursuivit Grace, j'ai heurté Mr Nicolls qui visiblement nous écoutait, l'oreille collée à la porte. Oh, il a prétendu le contraire, bien sûr. Il n'était pas difficile, s'il avait entendu toute notre conversation, de deviner quels avaient été nos liens. J'imagine qu'à la suite de cette découverte, il a fait chanter Mr Clarke, lui menaçant de tout vous révéler, chère marraine, s'il ne lui donnait pas d'argent. Vous auriez alors pu déshériter votre neveu… et cela, il voulait l'éviter à tout prix !

Elle fixa le capitaine Glover.

— Est-ce que je me trompe, Capitaine ?

— Non, miss. C'est bien ce qu'a avoué Mr Clarke. Il nous a dit que Mr Nicolls s'était enhardi, lui demandant toujours plus, si bien que Mr Clarke s'était endetté, il ne pouvait plus payer. Il lui avait alors promis une voiture, qu'il n'avait aucune intention de lui donner.

— Voilà qui explique que Mr Nicolls ait laissé une coquette somme à sa mort, murmura miss Cavendish.

— Mon neveu vous a-t-il dit comment il a empoisonné ce rhum ? demanda Lady Caroline.

— Il a fait macérer dans le rhum plusieurs plantes toxiques de vos jardins, milady, lui avoua William.

— C'est le bouquet, murmura la vieille dame, accablée.

— Mais ce que je ne m'explique pas, dit David, c'est qu'il ait tenté de noyer notre chère petite Anne !

Anne, qui jusque-là s'était montrée assez discrète, sursauta. Tous les yeux étaient braqués sur elle.

— Je… J'avais eu la sottise de lui confier la flasque. Charity m'avait dit qu'elle avait bu ce rhum, qu'il était empoisonné. Elle ne voulait pas que j'en parle au docteur Pearson, parce qu'elle avait honte d'avoir bu de l'alcool.

— Pauvre petite… murmura Jenny.

— Je ne savais qu'en faire. Je faisais confiance à Mr Clarke, je lui ai tout dit. Il a pris la flasque, et m'a dit qu'il allait tester le rhum sur un vieux chien de lady Caroline.

— Quel chien ? demanda lady Caroline qui tressaillit. Mon neveu n'a pas de chien, et moi non plus !

— Il a donc menti aussi à ce sujet, murmura Anne, découragée.

Comme elle avait été imprudente, et crédule !

— Vous en saviez trop, dit doucement le capitaine Glover. Vous représentiez une menace.

— Miss Spencer, dit Jane Austen en se levant, je crois que vous me devez une promenade. Un peu de marche vous fera du bien !

Anne se leva sous le regard stupéfait du reste de l'assemblée, à l'exception de David qui, connaissant ses liens avec la romancière, ne s'en étonna pas et sourit.

— Merci, miss Austen, dit-il, c'est une excellente idée.

Épilogue

Le silence n'avait jamais gêné Jane Austen, mais Anne n'en avait guère l'habitude. Voilà dix minutes qu'elles marchaient toutes deux vers les ruines romantiques du vieux château – il n'était pas question pour Anne de revoir la Wye, même en peinture – et elles n'avaient pas prononcé un mot. Anne se sentit obligée de parler.

— Vous devez me trouver bien stupide, murmura-t-elle.

— Pas du tout !

La réponse était claire, franche.

— Vous êtes une jeune fille curieuse qui a eu affaire à un monstre, à un homme dénué de tout sens moral, poursuivit Jane. Dieu sait ce que j'aurais fait à votre place…

— Vous m'aviez pourtant mise en garde contre Mr Clarke, sans même le connaître…

— Je voulais vous éviter de le confondre avec Mr Darcy, rectifia Jane. Je n'imaginais pas qu'il était capable d'assassiner un clergyman, ni de vous jeter dans la rivière !

— Il se montrait si aimable, regretta Anne. Je m'en veux tellement de m'être trompée à ce point !

— Il a aussi trompé miss Bolton, et surtout lady Mitford. Miss Bolton a été fort courageuse en reconnaissant publiquement avoir été séduite par Mr Clarke, admit Jane. Elle m'a impressionnée ! Cette jeune femme a beaucoup de caractère.

— En effet !

Anne songea à Grace Bolton, à la dignité dont elle avait fait preuve en confessant sa triste mésaventure. Elle ne pouvait s'empêcher de l'admirer – aurait-elle été capable d'un tel cran ?

— Miss Austen, que pensez-vous de Mr Leroy ?

Jane Austen éclata de rire. Un rire frais, juvénile.

— Pourquoi riez-vous ? demanda Anne, confuse.

— Je ne ris pas ! Eh bien, ma chère Anne, car vous permettez que je vous appelle Anne, n'est-ce pas ? Nous sommes liées non seulement par notre correspondance, mais aussi par ces événements tout à fait extraordinaires…

— J'en serais honorée !

— J'avoue être étonnée que vous n'ayez jamais évoqué ce jeune homme dans vos lettres. Il a d'excellentes manières, il est manifestement intelligent, efficace et discret.

— Il m'agace, murmura Anne. Quand on me l'a présenté, je l'ai pris pour un fermier.

Jane se remit à rire.

— Et savez-vous pourquoi il vous agace ?

Anne l'ignorait.

— Voilà une énigme intéressante. Il y a plusieurs possibilités, je vais en risquer une : dès le début, vous étiez fermement décidée à le trouver votre inférieur.

En beauté, en naissance, en intelligence. Or, la suite des événements a prouvé le contraire. Et vous vous êtes vexée.

Anne était honnête et dut reconnaître que l'hypothèse de Jane l'éclairait, bien que fort désagréablement, sur elle-même.

— C'est possible, confessa-t-elle. Ce ne serait donc qu'une blessure d'amour-propre ?

— Ce sont souvent les plus longues à guérir, croyez-moi !

— Mais…

Anne s'arrêta de marcher et réfléchit.

— Je ne m'explique pas pourquoi il a eu cette attitude étrange un jour que j'allais à Oak Lodge. Il marchait derrière moi, mais quand je me suis retournée et que je l'ai aperçu, au lieu de venir me rejoindre, il s'est caché dans les fourrés.

Jane soupira.

— Anne, il ne vous aura pas échappé que ce garçon est follement amoureux de vous ?

— Oh !

Elle n'avait jamais envisagé cela.

— C'est pourtant évident, il vous regarde avec un air de chien battu qui ne trompe pas. Et vous savez qu'un excès de sentiment, surtout chez un gentleman aussi jeune, peut paralyser l'intelligence. Plus vous lui plaisez, plus il se montre maladroit. Et plus il se montre maladroit, plus il vous agace. Comme il est loin d'être stupide, il s'en rend compte, et cela aggrave encore les choses. C'est un cercle vicieux !

— Miss Austen, vous êtes un génie ! s'écria Anne. Quelle chance j'ai de vous connaître ! Mais je n'ai pas du tout l'intention de tomber amoureuse de William Leroy…

— Préférez-vous ce charmant capitaine qui vous dévorait également des yeux ? Tous les deux, si j'ai bien compris, ont sauté dans la rivière pour vous sauver. C'est merveilleusement romanesque !

— Non, miss Austen, affirma Anne, qui en prit conscience à l'instant. J'ai l'intention de ne pas tomber amoureuse du tout.

— Je n'en crois rien, ma chère. Mais nous en reparlerons dans quelques années, si vous le voulez bien ? Et si c'est encore le cas, je vous souhaiterai la bienvenue dans le club des célibataires !

FIN

Remerciements

Je remercie Frédéric Thibault, qui a cru en ce texte
sans doute plus que je n'y croyais moi-même ;
et un grand merci à Élisabeth Segard, pour
son travail éditorial et sa précieuse amitié.

Brève bibliographie

AUSTEN Jane, *Du fond de mon cœur* : lettres à ses nièces, éditions Finitude, 2015.

CECIL David, *Un portrait de Jane Austen,* Petite bibliothèque Payot, 2013.

TOMALIN Claire, *Jane Austen, passions discrètes*, éditions Autrement, 2008.

Et bien sûr les œuvres complètes de Jane Austen.

On consultera avec profit :
https://janeausten.co.uk/ : le site du Jane Austen Center, à Bath.
https://janeaustens.house/ : le site du Jane Austen Museum, à Chawton.
Pour en savoir plus sur le mystérieux comte d'Antraigues, émigré français et espion : https://fr.wikipedia.org/wiki/Louis-Alexandre_de_Launay#:~:text=Emmanuel%20Henri%20Louis%20Alexandre%20de,fran%C3%A7aise%20et%20les%20guerres%20napol%C3%A9oniennes.

Retrouvez-nous sur les réseaux sociaux :

City Éditions

www.city-editions.com
@cityeditions
www.facebook.com/cityeditions/
@CityEditions
@cityeditions

Achevé d'imprimer en août 2025
sur les presses de la Nouvelle Imprimerie Laballery
58500 Clamecy
Numéro d'impression : 507988

Imprimé en France

La Nouvelle Imprimerie Laballery est titulaire de la marque Imprim'Vert®